汝《きみ》よさらば

浮世絵宗次日月抄

写真・文／編集部

宗次《そうじ》は**圧倒的威風満つ格調高い**白壁の巨邸に改めて息を飲んだ。**美しい品位**漂わせる父の屋敷だった。第二御門を潜るまでもなく宗次は待ち構える**将軍家柳生《やぎゅう》衆**たちの**秘殺剣《ひさつけん》**の気配を既《すで》に捉《とら》えていた。それはもはや父の屋敷ではなかった。

竹林を抜ける寸前で**舞《まい》**はフッと足を止めた。暗い林の中から眺める眩《まぶ》しい日差しの中のその屋敷は神神《こうごう》しくやさし気《げ》だった。だが**舞《まい》**はその外周に潜む**秘殺剣《ひさつけん》**の気配を捉え、二天一流《にてんいちりゆう》の小太刀《こだち》を抜き放つや女の命を賭《と》して打って出た。

汝《きみ》よさらば(五)

浮世絵宗次日月抄

門田泰明

祥伝社文庫

一四八

その頃、江戸・神田《かんだ》では極めて深刻な事態が起きようとしていた。

凄腕《すごうで》の目明し、春日町《かすがちょう》の**平造《へいぞう》親分**の下で働く数人の下っ引の中で最古参の**五平《ごへい》**（三十一歳）と、時に彼の手足となっている一匹 狼《おおかみ》の**スリの市蔵《いちぞう》**（二十三歳）は今、濠端《ほりばた》の木陰《こかげ》に身を潜《ひそ》め、八軒長屋《はちけんながや》を注視していた。

太く古い丸太《まるた》ん棒《ぼう》が二本地面に打ち込まれただけの長屋門の前に、先程から**二人の女**が長屋の様子を窺《うかが》うようにして、じっと佇《たたず》んでいる。

実はこれが三日に亘《わた》って続いていたので、長屋の住人から春日町の平造親分へ「薄っ気味が悪い……」と訴えが出ていたのだ。

それで「五平、急ぎ様子を検《み》てこい……」と親分に命じられた五平が、子分のスリの市蔵を従えやって来たのだ。

市蔵が首をひねって囁《ささや》いた。

「どうも変ですね**親方**。あの二人の女、長屋の住民に見つかる恐れなんざ気にせず、長屋門の前に突っ立ったまま、まるで動きませんや」

「う、うむ……」

市蔵にとっては五平は**親方**だった。『親分』ではなく『親方』なのだ。『親分』よりは一段も二段も下位である、という気遣いで『親方』を使っている。

一匹狼の現役のスリであるのに、平造親分も五平もそれについては、何も言わなかった。見逃している、と言うのでもない。知らん振《ぷ》りをしているのだ。全く知らん振《ぷ》りを……。

現役のスリの市蔵が持っている江戸市中の**裏の情報量**が色色と豊かだからである。それに加え、捏造《ねつぞう》情報が皆無《かいむ》ときている。

そのため、平造、五平、市蔵三人の付き合いは、深過ぎもせず、浅過ぎもせず、長く続いてきた。

「ちょいと接触してみやしょうか親方。おい、お前ら何をしているんだ、と……」

「いや、まだ早い。もう少し待ってみよう」

「しかし親方……」

「前から気付いていたが、どうもお前《めえ》は、女に狙いをつける姿勢が甘かあねえか」

「仕方ござんせんよ。俺《おら》あ生まれながらの孤児《こじ》なもんでよ。親方だって、俺についてのそれくらいは、知っているじゃあござんせんか。母親恋し、の俺が女に甘いってえのは」

「ん、まあな……」

「あ、動き出しやしたぜ。あの二人、長屋門の中へ入って行きやす」

「慌《あわ》てるな。出て来るのを待つのだ」

そう言いながら五平は、今にも木陰から踏み出そうとするスリの市蔵の肩を強く押さえた。

スラリとした背丈《せたけ》の女二人の身形《みなり》は、木陰に身を潜める非常に目のいい五平とスリの市蔵の位置から、はっきりと視認出来ていた。

二人の女は、生地《きじ》の撓《しな》り具合などから木綿《もめん》だろうと想像のつく着物を着ており、ただ、袖口《そでぐち》と半襟《はんえり》は縮緬《ちりめん》——細かな皺《しわ》を浮かせた絹《きぬ》織物——のようだった。白足袋《しろたび》の足は日和下駄《ひよりげた》にのせている。日和下駄とは晴れた日に履《は》く低い差し歯の下駄のことだ。

そして二人とも菅笠《すげがさ》を被《かぶ》り三味線《しゃみせん》を今にも弾き出すかのようにして、抱えていた。

「右側の女の後ろ姿は、若くはなさそうでしたね」

「そうよな。四十半《なか》ばくらいってえ、背中に見えたがねい」

「同感でさあ親方……」

五平とスリの市蔵は、見誤ってはいなかった。

背丈に恵まれた二人の女の身形は何処《どこ》から眺《なが》めても、女太夫《おんなだゆう》のそれであった。女太夫は必ずと言っても言い過ぎではないほど二人連れで、しかも一方は年長だ。

「いいのですかい親方。俺《おら》あ何だか不安になってきやしたぜ」

「勘《かん》の鋭いお前《めえ》がそこまで言うなら……よし、行ってみるかえ」

「へい」

「力み過ぎるなよ。相手がとんでもない奴と決まった訳じゃあねえんだから」

「心得ておりやす」

二人は木陰から出て、丸太ん棒の長屋門へゆっくりと近付いていった。

宗次《そうじ》先生のことを嗅《か》ぎ回《まわ》っている奴がいるってえ噂《うわさ》が耳に入ってんだ。接近は慎重でなくちゃあいけねえ。出来れば後をつけるなりして正体《しょうたい》を摑《つか》んでこい。

平造親分からそう指示されて動き出した五平だった。

「お前《めえ》は俺の後ろにいろ」

長屋門が目の前に近付いてくると、五平は、ともすれば前に立とうとするスリの市蔵の肩を摑んで後ろへ引っ張った。

「おい市蔵。あの女太夫が本物かどうか、先《ま》ずそれを確かめにゃあならねえ」

「へい。確かにね。考えてみりゃあ、貧乏長屋で知られたこの長屋を、目《め》の肥《こ》えている筈《はず》の女太夫がわざわざ選ぶってなあ、ちょいと不自然でござんすね」

「その通りよ。直《す》ぐ其処《そこ》の神田の本通りへ出りゃあ、金《かね》になる立派な商店《たな》が幾《いく》つも在《あ》るってのによう」

そう言いながら五平は丸太ん棒の陰に体を張り付け、顔半分をそっと覗《のぞ》かせた。

いつもは長屋の女房たちの井戸端《いどばた》会議で賑《にぎ》やかな八軒長屋であることを、よく知っている五平だった。平造親分の用事を受けて、宗次先生の自宅を訪ねたことも一度や二度ではない。長屋の女房たちとも顔見知りだ。

だが今朝の――正午に少し近付きつつはあったが――八軒長屋はひっそりと静まり返っていた。いつもなら溝板《どぶいた》の上を走り回っている洟垂《はなた》れ小僧《こぞう》たちの姿も、見当たらない。

「どうです親方……」

と、スリの市蔵が、五平の後ろ首のあたりで囁いた。

「おい市蔵。お前《めえ》は小便小路《しょうべんこうじ》を回り込んで、長屋の裏小口《うらこぐち》から入れ」

「判《わか》りやした」

「女太夫は今、宗次先生の自宅前にいる。どうも様子が変だ。こうなりゃあ挟み撃ちだ。急げっ」

「合点承知《がってん》……」

スリの市蔵は囁いて身を翻《ひるがえ》した。

そろそろ市蔵が反対側へ回り込んだ頃か、と推《お》し測《はか》った五平は、後ろ腰の帯に通していた十手《じって》を、手にした。

この十手は、平造親分が神田の鍛冶屋《かじや》に造らせた私造品だ。

但《ただ》し平造親分が所持する十手は、『凄腕の証《あかし》』として町奉行が直接下賜《かし》した**江戸市中何処《どこ》でも御免《ごめん》**（但し武家屋敷および寺社奉行管轄地《かんかつち》は除く）の**紫の房付き十手**である。

溝板小路の向こう突き当たりに、スリの市蔵の姿をチラリと認めた五平は、「よし……」と頷《うなず》き丸太ん棒の陰から出て溝板小路に踏み入った。

女太夫二人が、五平に気付いて、長屋門の方へと戻り出した。その背後からスリの市蔵がそろりと迫る。

市蔵の右の手には、こういう場合に限り許されている**尺棒**《しやくぼう》があった。尺棒とは全長一尺余の鋼《はがね》の棒で、太さは十手と同じ程度で柄《つか》が付いていた。

女太夫二人は、背後から近付いてくる市蔵の気配に気付いて振り返り、歩みを止めた。菅笠《すげがさ》の下の表情に、これといった変化はない。二人とも、なかなかの美形だ。整い過ぎた美形、つまり舞台役者のような美しさだ。

五平が、長屋の住人を憚《はばか》って、声低く訊《たず》ねた。

「ここで何をしている」

「浮世絵師の宗次先生を訪ねましたのさ」

年長の女太夫——四十半ばくらいの——が応じた。冷ややかな口調であった。

五平は、ジリッと一歩を詰めて、十手の先をその女太夫の胸元へ向けた。

「お前《めえ》たち、浮世絵師の宗次先生を知ってるのけ」

「お目にかかったことはまだ一度もござんせんけれど、余りにも有名な絵の先生ゆえ名前くらいは存じ上げておりましたよ」

と、突き放すような女太夫の口調であったため、五平の目つきが変わった。

「一度も会ったことのねえ宗次先生に、何の用で訪ねて来たんだ」

「絵を一枚、描いて戴《いただ》こうと思って訪ねて参りましたのさ」

「なにい。お前《めえ》たち宗次先生の一枚画が幾らするか知ってんのけい。一尺四方の小さいので、今や二百両とも三百両とも言われてんだ」

「それがどうしたのさ。お前《まい》さん、女太夫を馬鹿にしなさるのかえ」

「こ、こいつ。どうも臭《くせ》え。ちょいと番屋まで来い」

「おかしな事を仰《おつしや》いますねえ。私たちが一体何をしたと言うんです。ますます女太夫を馬鹿にしていなさる」

「四の五の言わねえで、とにかく番屋へ来い」

五平が、年長の女太夫の肩をわし摑みにした。

いや、実際は、わし摑みにしようとした、であった。

刹那《せつな》――。

「わあっ」

「ぎゃっ」

男二人の悲鳴が溝板小路を震わせ、年長の女太夫に左肩を斬り落とされた五平と、若い美形の女太夫に心の臓を刺し貫かれたスリの市蔵が、凄《すさ》まじい勢いで溝板に叩《たた》きつけられた。

溝板が音立てて割れ、汚水と血しぶきが噴《ふ》き上がる。

女太夫たちの手には、三味線《しゃみせん》の長さ三尺余の延棹《のべざお》に潜ませた、仕込み刀があった。

長屋の住人たちの中には表口を開けて顔を出した者がいたが、凄惨《せいさん》な光景にすぐに顔を引っ込めた。悲鳴をあげた者もいる。

女太夫たちは、血で汚れた刃を懐紙で清めると、仕込み刀を延棹《のべざお》に納め、何事もなかったように三味線を弾きながら八軒長屋を後にした。

溝板の上に仰向《あおむ》けの五平とスリの市蔵は、すでにコトリとも動かない。

軽《かろ》やかな三味線の音が、次第に遠のいていった。

一四九

ほぼその刻限、相模国鎌倉《さがみのくにかまくら》。

宗次と舞《まい》は肩を並べるようにして、重厚壮大な構えの三門《さんもん》の外へと出た。

二人にとって幸《さいわ》いであったのは、参拝する者が目立って増え出したことだ。

四人の虚無僧《こむそう》たちは、宗次と舞の後ろにおよそ七、八間《けん》（一間は約一・八二メートル）の間を空けて付き従った。

そう、付き従った、という表現がそっくり当て嵌《は》まるかのように、落ち着いた柔《じゅう》順《じゅん》な様子の足取りだった。殺気立ったところは、全くない。

「宗次先生、これから何処《どちら》へ参られるのですか」

舞が前を向いたまま訊《たず》ねた。

「次の角を左へ折れよう……」

「はい。少し先に青青と輝いているように見える美しい竹林が広がってございます」

「竹林を抜け出たばかりなのに、また竹林とは、心細いかね」

「いいえ、少しも……先生とご一緒ですもの」

「あの竹林のことを鎌倉武士たちは古《いにしえ》より聖竹苑《しょうちくえん》と呼んできた。鎌倉で一番美しい竹林なのだ」

「しょうちくえん……なんとのう耳にやさしい響きでございますこと」

「文字は……」

「頭《かしら》に聖《ひじり》、末尾に神苑《しんえん》とか御苑《ぎょえん》の苑《えん》ではございませぬか」

「その通りだ。いつも感心させられるが、舞のひらめきは凄いものだのう」

「背後の四人、間を少し詰めたようでございます」

「気にするでない。気にし過ぎると、それは相手にも伝わる」

「はい」

「曲がるぞ。聖竹苑を潜《くぐ》り抜けた所にな、笹寺《ささでら》という名の小さな古寺があるのだ」

「笹寺《ささでら》……まさか笹《ささ》の寺《てら》と書く、と申されるのではございませぬか。そして笹が繁《しげ》っている？」

「また当たりだ。その笹寺《ささでら》の境内《けいだい》はな、千島笹《ちしまざさ》という多年性《たねんせい》の常緑笹に一面覆《おお》われており……」

そこで言葉を切った宗次の表情が、急に険《けわ》しくなった。

「舞よ。少し足を速めて早く聖竹苑に入った方がよい」

宗次が、そう囁いた。

「先生。もしや聖竹苑へ虚無僧たちを誘い込むお積《つ》もりでしょうか」

「舞はまだ感じぬか」

「え?……」

「虚無僧たちの感情が熱くなり出しておる」

「殺気……でございましょうか」

「うむ……」

「申し訳ございませぬ。今の私《わたくし》にはまだ捉《とら》えることが……」

「鎌倉という歴史ある町中《まちなか》で、無頼《ぶらい》の連中に抜刀《ばっとう》させるのはまずい。襲撃してくる積もりなら私が竹林の中で叩く」

「畏《かしこ》まりました」

「但し、そのとき舞は少し離れた位置に控えていなさい」

「いいえ、私《わたくし》も闘えます先生」

「駄目だ。用心のため長尺懐剣《かいけん》を抜くのはよいが、あくまで離れた位置にいなさい。

これは頼みではない。私の指示である、と捉えなさい。よいな」

「承知いたしました」

二人の歩みは速くなり、そして宗次の話は千島笹《ちしまざさ》に戻った。

「先程言った笹寺《ささでら》の境内を埋めている千島笹《ちしまざさ》だがな、冬場を除いて実に美味《おい》しい、ほっそりとして柔らかな笹筍《ささたけのこ》を芽吹いてくれるのだ」

「まあ、笹筍《ささたけのこ》は私《わたくし》も大好きでございます。けれども江戸市中では余り手に入りませぬ」

「それはな、千島笹の笹筍は普通、五月から六月頃にかけてしか芽吹かぬからなのだ」

「まあ。では笹寺の千島笹は、名は同じでも別の種類なのでございましょうか」

「いや、不思議なことに全く同じなのだ。仏の力が及んでいるのかも知れぬ。亡くなった父（大剣聖・梁伊対馬守隆房《やないつしまのかみたかふさ》）も笹筍が大好きでなあ。父と共に訪れた鎌倉での半月ばかりに及ぶ滞在では、昼餉《ひるげ》に必ず千島笹の笹筍飯《ささたけのこめし》を食したものであった」

「ふふっ、聞いているだけで、ますます御腹《おなか》がすいて参りました」

「聖竹苑を抜けて直《す》ぐの所にある笹寺の筋向かいに四季亭《しきてい》という風雅《ふうが》な小料亭があるのだが、そこで千島笹の笹筍飯が食せる。これからその小料亭を訪ねるのだ」

「楽しみでございますこと。今は亡きお父上様も鎌倉旅では必ず、その**四季亭**を訪ねられたのですね」

「うむ。殆《ほとん》ど笑顔というものを見せたことのない父であったが、四季亭の前まで来ると、目を細め表情がやさしくなるのだ」

「素敵《すてき》なお話でございますこと」

そう応じた舞であったが、このときは後ろに迫りつつある虚無僧たちの只《ただ》ならぬ気配を漸《ようや》く捉えていた。そして自身の鼓動がかなり硬化していることにも気付いていた。

それだけに宗次の、飄飄乎《ひょうひょうこ》たるそよ風のような様子に、小太刀《こだち》の遣《つか》い手を自負する舞は改めて、〝凄《すご》い御人《おひと》〟と感じずにはおれなかった。

目の前に聖竹苑の広がりが、迫ってきた。

「舞……」

「はい」

「先に聖竹苑へ駆け込みなさい。出来るだけ奥深くへ……通り抜けてもよい」

「承知いたしました先生」

舞は宗次の言葉に、素直に従った。

小駆けで舞の後ろ姿が竹林の中へ消えるのを待って、宗次は道を塞《ふさ》ぐかたちで振り返った。

虚無僧四人も、宗次を睨《にら》みつけるようにして、穏《おだ》やかに歩みを止めた。

睨みつけるようにして、とは言っても、虚無僧四人の目配りが宗次に見えている訳ではない。

彼ら四人は、筒状の深い天蓋《てんがい》と呼ばれる深編笠《ふかあみがさ》をかぶっていた。筒状に深い編笠であるからそのままでは視界が塞がれる。したがって目窓《めまど》が付いてはいたが、網状もしくは格子《こうし》状に拵《こしら》えられた目窓であるため、距離を隔《へだ》てた第三者には、とてもではないが彼らの目配りは窺えない。

が、剣客《けんかく》も宗次ほどの位《くらい》になると、目窓の奥の彼らがどのような目配りをしているか、**見えないが見えている**のであった。

虚無僧としての彼ら四人の身形《みなり》には不自然さはなく完璧に見えた。

黒い小袖《こそで》に丸絎帯《まるぐけおび》をしめ、首に絡子《らくす》（袈裟《けさ》）をかけ、手甲《てっこう》、脚絆《きゃはん》、足袋《たび》をきちんと身に着けて草鞋《わらじ》を履《は》いていた。

胸前には偈箱《げばこ》（餉箱《げばこ》とも）をも下げ、いずれも長めの尺八《しゃくはち》を左の手にしている。

尺八の標準管長は古くから一尺八寸（約五四センチ余）程度と伝えられ、長いもので三尺（約九〇センチ）前後あるとされているから、長さだけを見れば彼らが手にする尺八にとくに不審な点はない。

腰には黒鞘《くろざや》の小刀を帯びているが、これも虚無僧として定まった身形である。

「私をつけているようだな。何ぞ御用か」

宗次は物静かな口調で訊ねた。

しかし、返ってきたのは無言と、身じろぎ一つしない姿勢だった。

宗次は、彼らが一様《いちよう》に長めの尺八を、左手に持っている点に注意を払っていた。

闘いを控え右利《き》きの者がいち早く抜刀するには、当然刀は左手に持っていなければならない。

しかも虚無僧たちは、直立の姿勢を、八の字に開いた足構えで支えていた。

「もう一度訊ねる。この私、浮世絵師宗次に何ぞ御用か」

「………」

返ってきた答えはやはり無言だった。

「絵一枚の注文もなしとはな……」

そう言って鼻先でフンと笑った宗次は、四人に背を向け竹林に入っていった。

この時の宗次は、ある重大な点を見逃したことに、まだ気付いていなかった。

宗次ほどの手練《てだれ》の者がである。

そして、その重大な失態は、**『恐るべき危機』**を舞に向け、矢のように疾走《しっそう》させていた。

一五〇

舞は広大な竹林である聖竹苑の笹寺方向の出口を目指して急いだ。

急ぎながら小太刀の遣い手としての鋭い聴覚を、後方へ集中させることを怠《おこた》らなかった。

しかし、間《ま》もなく感じ取れるであろうと思っていた宗次先生の闘いの気配や相手の叫び声などは、まだ伝わってこない。それでも宗次先生は一撃のもとに、虚無僧四人を沈めるであろうと信じて疑わなかった。

竹林の前方が明るさを強めて出口を示したとき、舞は歩みを止めた。

瞬時に、全身が硬直していた。

竹林に射《さ》し込んで来る強い明りを背にするかたちで、虚無僧姿と見紛《みまご》う筈もない黒い影が、こちらを見ていた。むろん、見ていた、というのは舞の直感だったが。

道はごく緩《ゆる》く蛇行《だこう》してはいたが、舞の視界を邪魔するほどではない。

すでに舞は、宗次先生の言葉「……用心のため長尺懐剣を抜くのはよいが……」に従って、右の手に懐剣を握《にぎ》っていた。

舞は全身を硬直させながら、だが恐れずにその黒い人影となっている虚無僧姿に近付いていった。

しかし相手との間を幾らも詰めぬ内に、舞の端整《たんせい》な表情がハッとなる。

二重屋根の重厚壮大な『五間三戸』の十二脚門を持つ大名刹《めいさつ》の竹林の中に、五人と推測される不審者の気配があったことを思い出したのだ。

（尾行していた虚無僧は四人……そして今、目の前に一人。先回りされていたとは……）

舞はそう思って、自分はまだまだ未熟であると険しい目つきになった。

舞は言い放った。凜《りん》と響く澄《す》んだ声であった。

「私《わたくし》は書院番頭《しょいんばんがしら》**笠原加賀守房則**《かさはらかがのかみふさのり》の娘、舞じゃ。私《わたくし》が狙いならば腹を据《す》えて遠慮のう掛かって参れ」

「………」

相手――虚無僧――は無言だった。

が、滑るように舞との間を詰めるや、八、九間《けん》ばかりの間を空けて歩みを止めた。

すると、その隔《へだ》たりを不満に思ったかの如《ごと》く、舞の方がするすると五、六間を詰めたではないか。

その強気、大丈夫なのか舞。

「これはこれは大変な自信家のようですな」

相手がはじめて声を発した。百歳を超えている年寄《としよ》りでは、と思わず想像してしまうような野太く曇《くも》ったかすれ声だった。まるで深い地の底から漏《も》れ伝わってくるかのような印象だ。

「私《わたくし》を討《う》つ積もりならば、天蓋《てんがい》を取り素顔を見せなされ」

舞はそう言い言い、尚《なお》も三、四歩をジリッと詰めた。

「ふふっ、よろしい。お望みどおり取りましょう」

野太く曇ったかすれ声の年寄り、いや、老虚無僧は尺八を持った右の手は動かさず、左手でゆっくりと天蓋を取った。

舞の端整な表情が、アッとなって思わず二、三歩を退《さ》がった。

天蓋の中より現われたのは、その老いた不気味な声には似ても似つかぬ、眉目麗《みめうるわ》しい女性《おなご》であった。年齢《とし》の頃は二十三、四、あるいは、もう少し行っているか？

「何者じゃ。身分素姓《すじょう》を明かしなされ」

「身分も何も、この通り見ての通りの、貧しき虚無僧でございますよ」

言葉のはじめは、どろどろにくぐもった老いの声であったが、言葉の終わりに近付くにしたがって、綺麗《きれい》な澄んだ声になっていた。

舞は再び相手との間を詰めた。

今度は大胆であった。五、六歩をしかも一気に詰めていた。

「私《わたくし》に用があるならば申しなさい。ひそかに尾行して、こうして待ち構えていたのであろう」

「お命を頂戴《ちょうだい》したい」

「なにゆえに……私《わたくし》には他人様《ひとさま》から恨《うら》まれる覚えはない」

「舞殿……と申されたのでありましたな」

そう言って女虚無僧は、ひっそりと笑った。

舞は答えなかった。もはや問答を交わす必要はない、と思った。

女虚無僧は付け加えて、またひっそりと笑った。

「**我ら**は、舞殿に対し何の遺恨《いこん》も抱《いだ》いてはおらぬ。ただ其方《そなた》を切り刻んで浮世絵師宗次に大衝撃を与えたいだけのこと。気の毒だが覚悟しなされ」

我ら、という言い方をした女虚無僧だった。同じ刻限、宗次に襲い掛かろうとしている四人の虚無僧の一味であることは、疑う余地もなかった。

「面白い。切り刻めるものなら、切り刻んでみるがよい」

負けずに言い返した舞ではあったが、背すじを冷たいものが流れるのを感じていた。

「では、参る……宜《よろ》しいな」

女虚無僧は落ち着いた様子で言い、なんと長めの尺八に仕込んであった刀を静かに抜き放った。

刃と竹製である尺八の内皮《ないひ》とがこすれ合って、チリチリチリという不思議な音を立てる。

舞は更《さら》に二歩を詰めてから、左足を引いて腰を軽く沈め、右手にした長尺懐剣を片手正眼《せいがん》で構え、その切っ先を相手の下顎《したあご》にぴたりと張り付けた。舞が最も得意とする二天一流《にてんいちりゅう》の小太刀業《こだちわざ》『落雁《おちかり》』である。舞の父親である書院番頭笠原加賀守は、美しい我が娘のこの刀法を『楊貴妃構《ようきひがま》え』と称して高く評価していた。父親としての立場ではなく、武《ぶ》の者《もの》としての立場でである。

その舞の『落雁《おちかり》』の構えを見て、女虚無僧の表情が明らかに変わった。

「殺してやる」

女虚無僧は呟《つぶや》き、それは舞の耳にも届いた。

憎悪《ぞうお》を孕《はら》ませた呟き、舞はそう捉えて、かたちよい唇《くちびる》を引きしめた。

女虚無僧が間を詰めた。

舞が呼吸《いき》を止め、更に腰を僅《わず》かにだが沈める。

二重《ふたえ》の切れ長な瞼《まぶた》の奥にある澄んだ瞳に、これ迄《まで》に見せることのなかった凄みを覗かせている舞であった。殺《や》る、という剣士の凄みをだ。

一五一

虚無僧四人は歩み出した宗次との間を詰めるや、二手《ふたて》に分かれて道から逸《そ》れ、竹林の中を頭を下げ姿勢低く走った。まるで猪《しし》が全力で疾《はし》走る様《さま》であった。しかも当たり前の速さではない。

そして宗次の前方へ回り込み、立ち塞がるや四人が四人とも、尺八に仕込んだ刀を抜刀した。

宗次が立ち止まって言った。

「私の命が望みか?……ならば堂堂と天蓋《てんがい》を取って向かって参れ」

「……」

「また無言のお返しか。天蓋をかむったままでは視界が利くまい。私の動きは素早いぞ。気が付いた時には、背後に回り込んでおる」

言い終えて宗次は、ふふっと声低い含み笑いを漏らした。

と、虚無僧のひとりがゆるゆるとした動きで天蓋を取り、あとの三人もそれに続いた。

見紛うことなき男虚無僧どもであった。しかも四人皆が白髪《しらが》の年寄りだ。

但し、よぼよぼではない。

眼光いずれも鋭く、がっしりとした体格の四人には、不似合いな白髪だった。

「お命頂戴……」

四人の内の一人――最も背丈のある――が前に進み出るや、すうっと腰を沈め下段に構えながら声低く言った。切っ先が地面に触れるか触れないかの『地擦《ちず》り構え』だ。宗次にとって、とくに珍しい構えではない。

ただ、一分《いちぶ》のスキもなく、綺麗に決まった構えであることから、相当な修練を積んでいる、と宗次には判った。

残りの三人の老虚無僧は、その背丈に恵まれた眼光鋭い老虚無僧の背後で、一様に大上段に構えた。これも三人とも堂堂として威嚇《いかく》的で、自信を漲《みなぎ》らせている。

「私の命を望む理由は何だ……と訊《き》いても答えぬだろうな」

「問答無用……」

突き放すように返ってきた答えに、宗次は頷いた。頷くほかなかった。このような不快な場をこれまでに、数え切れぬほど経験してきた宗次である。その殆《ほとん》どの場合で、相手の主張を、呑《の》まされてもきた。まさに、已《や》むを得ず……。

「刀を抜けい」

背丈に恵まれた老虚無僧が低い声で叫んだ。地に響くような低く太い声だった。

宗次は胸の内で溜息《ためいき》を吐《つ》いた。出来れば腰の刀に手を触れたくなかった。

大刀は備前国包平《びぜんのくにかねひら》。脇差《わきざし》は備州長船住景光《びしゅうおさふねじゅうかげみつ》。

両刀とも、笠原家より鎌倉旅へ発《た》つ前に、主人《あるじ》の**加賀守房則**より寄与《きよ》（贈り与える、の意）された名刀である。血で汚したくなかった。

しかし、前《さき》に行った舞の身の安全を確実なものにするには、目の前の四人をそのままにはしておけない。

（仕方がないか……）

宗次はゆるゆると備前国包平を鞘《さや》より滑り出すと、先ず正眼に構えてから右脚をぐっと下げ、腰を沈めた。

そして刀の柄尻《つかじり》を腹部の直前まで引きつけ、そのまま不動となった。

瞼《まぶた》をやや細目に閉じ、その奥に潜めた両の目を相手のある一点に集中させる。

その、視線を集中させた〝一点〟とは？……

四人の虚無僧は、今にも炸裂しそうな殺気を全身で沸騰《ふっとう》させてはいたが、容易《ようい》に襲い掛かろうとはしない。

『激』と『静』の最中に己《おの》れの感情を抑《おさ》えて身構える老刺客《ろうしかく》たち四人を、宗次は「恐るべき鍛《きた》え様《よう》……」と読んだ。

宗次は一層のこと、不動の中に自身を置いた。

刀の柄尻を己れの腹部の直前にまで引きつけ、右脚をぐっと下げ腰を深く沈めた構えは、異様な〝正眼の構え〟であった。

が、四人の老虚無僧どもは全く圧倒されていない。

と、三人の仲間を背側に置いた背丈ある老虚無僧の口から、シイイイイッという不気味な呼吸音が漏れ出した。それと共に両の肩が盛り上がるように隆起し、そして次にゆっくりと沈んだ。

来るか、と捉えた宗次の腰が更に深く下がり、切っ先が逆に迫《せ》り上がる。

背丈ある老虚無僧の不気味な呼吸音が五度繰り返されたとき、彼の背後で身構える三人も、同様の不可解な呼吸を始め、大上段構えを一層のこと、居丈高《いたけだか》とした。圧倒的な見事な構えであった。

とても、白髪の老刺客のものとは思えない。

「参れええっ」

突如《とつじょ》、不動身《ふどうしん》に徹する宗次の口から、裂帛《れっぱく》の気合が迸《ほとばし》り出て、

「おおおっ」

と応じた刺客四人が、くわっと充血した眼を見開いた。

一五二

断じて斬る、という沸騰《ふっとう》し始めた感情に押され、舞《まい》は一糸《いっし》乱れぬ構えのまま相手に迫った。

女虚無僧《こむそう》も、たじろがない。チッと微《かす》かな舌打ちを鳴らすや、これも見事な大上段の構えに移って舞との間を詰めた。ただ、その目配りに漂う驚きようは、隠しようが

ない。

舞がまさか、全くすきの無い小太刀《こだち》の構えを見せるなど、予想だにしていなかったのだろう。

舞は舞で、相手の尋常《じんじょう》ならざる気迫と大上段の構えに、後ろは崖っ縁《ぷち》、の気分に追い詰められていた。但《ただ》し、恐怖心ではない。

斬る……。

舞は己《おの》れに命じるや否《いな》や、ぐいっと二歩を踏み出した。

女虚無僧が「くっ……」という奇妙な〝喉鳴《のどな》らし〟と共に、大上段から舞の眉間《みけん》に斬り下ろした。

恐れず「ぬん……」とばかり更に踏み入った舞の小太刀が、相手の白い顎《あご》を狙って下から上へと烈《はげ》しく掬《すく》い上げる。ヒヨッという鋭《するど》い風切音の中、彼我《ひが》の刃が女虚無僧の顎の下で激突。

青白い火花が散って、鋼《はがね》と鋼が甲高《かんだか》い音を響かせた。

女虚無僧は、よろめきもせず休みもしなかった。眉間、眉間、眉間と刃を舞に集中させる。

だが、その刃は舞に届いていなかった。いや、届かせることが出来なかった。

相手以上の手数と速さで、舞が『落雁《おちかり》』を女の白い顎へ、低い位置から連打していた。速打《はやう》ちであった。

「おのれ」

怒りを破裂《はれつ》させたのか、女虚無僧が舞の胸に矢を射《い》るかのような突き業《わざ》を放った。

舞がしなやかに、大きくのけ反《ぞ》る。

女虚無僧が「しめたっ」という凄《すご》みの形相で、のけ反った舞に烈火の突きを打ち込んだ。

のけ反った状態のまま舞が上体をひねって避けた。

逃がさじ、と女虚無僧の第二撃、第三撃が目の醒《さ》める速さで続く。

ガチン、チャリンと舞が鍔元《つばもと》で受けて、弾《はじ》き返すが足元がぐらりと大きく乱れた。

葵《あおい》装束《しょうぞく》の手練《てだれ》と闘って以降わずか二度目に過ぎない実戦経験の浅さ、いや、無きに等しい剣士としての弱点が、舞の足元に現われていた。

勝った、と女虚無僧の目に、傲慢《ごうまん》さが激しく漲《みなぎ》る。

戦闘中の傲慢は、剣士にとって『死』に値《あたい》する。実力伯仲《はくちゅう》の場合は尚更《なおさら》だ。

のけ反った状態から脱せないでいた舞が、そのまま仰向《あおむ》けに地面に倒れざま、伸《の》し掛《か》かるようにして第四撃の突きに入った女虚無僧の片足首に、両脚を絡《から》めた。

大身《たいしん》旗本家の姫としては、あられもない姿であった。

が、生死僅差の激闘である。どちらが生か死か判《わか》らぬ差の中での『一寸の諦《あきら》め』は一気に死へとつながる。

舞は白い素肌が露《あらわ》となった両脚を女虚無僧の片足首に絡めた瞬間、下肢《かし》に渾身《こんしん》の力を集中させ、体を一回転させた。

「あっ」

叫んだ女虚無僧が叩きつけられるように横転。しかし、さすがに女とは思えぬ手練の者であった。瞬時に立ち上がっていた。計算を誤ったのは、着物の乱れなどいささかも気にせず舞も反射的に身を起こしていたということだ。

「えい」

舞の『落雁』が炎《ひ》の如《ごと》く躍《おど》った。地から天に向け、炎《ひ》の如く噴き上がった。

ガツッと顎骨《あごぼね》を打つ鈍《にぶ》い音。女虚無僧の白い顎が喉を大きく反らせて皮膚《ひふ》を割る。

小さな血玉が赤い小花となって四方へ飛び散った。

「おのれ……」

女虚無僧はカッと目をむいた。顎から血を垂らした修羅《しゅら》の形相《ぎょうそう》だ。

舞は気を抜かなかった。一撃で倒したという自信があっても必ず二撃目を深打《ふかう》ちせよ、と父から厳しく仕込まれている。

腰低く、ぐいっと踏み込んだ舞が、強烈な**深打ち**を地から天に向かって跳ね上げた。

「があっ……」

と淀《よど》んだ唸《うな》り声を発し、女虚無僧はもんどり打って仰向けに沈んだ。

このとき舞は、左の頬《ほお》にヒヤリとしたものを感じたが、沸き立つ烈情《れつじょう》に包まれ殆《ほとん》ど意識をしなかった。

女虚無僧は、ざっくりと下顎から上唇までを割られ、もはや動かなかった。朱《あけ》に染まっている。

舞ははじめて、己《おの》が手《て》で倒した**敵なる者**の無残な姿を、間近に見た。

剣士としての自覚と覚悟で倒したのだ、という思いが胸の内から激しく噴き上がってくるのを抑《おさ》えられなかった。

薄紅《うすべに》を引いた自分の唇がぶるぶると震えているのも判った。

舞は冷静にならなければ、と努めながら血で汚れた長尺懐剣《かいけん》を懐紙《かいし》で清め、鞘《さや》に戻した。

それによって漸《ようや》く、「闘いは終わった……」という気持が生じてきた。

舞は用心深く、朱に染まった女虚無僧に、近寄った。

熟練の舞台役者がよく演じる、倒れて息絶えた、と見せかけ不意に身を起こして斬り掛かってくるようなことは、よもやあるまいという確信はあった。

「もし……これ」

舞は朱に染まって動かぬ女虚無僧に声を掛けた。

少しでも動くようなら、抱き起こして素姓《すじよう》を確かめたい、という思いは用意出来ていた。

「これ……」

と、二度目の声を掛けたがぴくりとも動かぬので諦めたとき、背後から人の気配が早駆けの勢いで迫ってきた。

舞は長尺懐剣の柄《つか》に手をやって、振り返った。

まるでぶつかるような勢いで迫ってきたのは、着衣に血玉を浴びた宗次《そうじ》先生だった。

「こ、これは……」

現場の光景に驚く宗次の胸に、舞は我れ知らぬ内にしがみついていた。

今頃になって冷たい恐怖が、全身を駆け巡る。

「顔を見せなさい……さあ」

宗次の胸に顔を埋《うず》めて今にも恐怖の嗚咽《おえつ》が込み上げてきそうになっている舞の顎に、宗次の手がそっと触れた。

舞は素直に顔を上げた。宗次先生の厳しい表情が目の前にあった。

その宗次先生の顔色が、みるみる青ざめていく。

舞は左の頰を切られ、血を流していた。糸のように細くはあったが。

しかし舞は御家人など下級武家の娘ではない。上様のお傍《そば》近くに詰める書院番頭《しょいんばんがしら》四千石の大身旗本家、笠原加賀守房則《かさはらかがのかみふさのり》の年若い（十九歳）未婚の姫である。

その姫を預かって鎌倉《かまくら》旅に出た立場の、宗次なのだ。

責任のある立場である。しかも鎌倉旅に舞を誘ったのは、宗次の方であった。

舞が頰を切られたと知って、宗次の顔色が変わるのも、無理はない。

「四名の虚無僧を倒した瞬間、前《さき》の大寺院境内《けいだい》の竹林における不審者は確か五名であったと気付いたのだ……なのに舞をひとり先へ行かせてしまった。油断した。すまぬ」

舞の頰の傷をよく検《み》ながら、宗次は青ざめた顔で詫《わ》びた。

「私《わたくし》の顔、切られているのでございましょうか先生」

「幸《さいわ》い微かにだが……痛むか？」

「いいえ、まったく……」

「大身笠原家の未婚の姫を負傷させてしまった。私の油断は余りにも大き過ぎる」

「宗次先生が責任を感じることはございませぬ。私《わたくし》は剣客の自覚のもと闘ったのでございます」

「とにかく治療を急がねば……傷跡が残ると取り返しがつかぬ。さあ、行こう」

宗次は自分から舞の手を引いて、歩き出した。

舞は自分の手が痛く感じる程に、宗次先生に確《しつか》りと握《にぎ》られていることで、たちまち心がやわらいで行った。

「倒した女虚無僧、何者であるか調べなくても宜しゅうございましょうか先生」

「調べたところで身分を証するものなど何一つ所持していまい。それに何者であるかは見当がついている」

「若《も》しや、この前に安乗寺《あんじようじ》境内で闘った葵装束《あおいしようぞく》の？」

「おそらく、それだ」

宗次と舞は聖竹苑《しようちくえん》を出て、日が降り注ぐ中で思わず眩《まぶ》しそうに目を細めた。

「舞、この明るさの中で念のため、傷口をもう一度よく検《み》てみよう」

宗次は歩みを止めると、両の掌《てのひら》で舞の端整《たんせい》な頬をそっと挟むようにして、頬の傷に険しくなっている目を近付けた。刃が持つ本当の怖さを知り尽くしている者の険しい目つきであった。

痛みも何も感じていない程度の傷でしかないのに、時と場合によっては将軍の座に就《つ》くかも知れぬ宗次先生が、これほど自分のことを心配してくれることに舞はふくよかな何とも名状しがたい喜びを覚えた。刃の持つ本当の怖さというものを、まだ知り尽くしていない者の思いであると言えた。

（うん……）

と小さく頷いて宗次の険しい眼差《まなざ》しが舞から離れた。その表情がホッとしたように緩んでいた。

「ともかく医師を探して診《み》て貰《もら》おう。軽い傷でもあとが残ることがあるのでな」

宗次は再び舞の手を引いて歩き出した。

直ぐのところに笹寺《ささでら》と覚《おぼ》しき古く小さな三門があって、その筋向かいに**笹筍飯《ささたけのこめし》の四季亭《しきてい》**に相違ない八棟造——さほど大きくもない——の建物が見られたが、そのいずれにも宗次は関心を示さずに通り過ぎた。

しかし彼は直ぐに「はて……」と困惑《こんわく》の表情で立ち止まった。

よく手入れされた田畑は広がっているが、百姓家《や》はぽつんぽつんとしかない。

「先生、私《わたくし》、大丈夫でございます」

舞はそう言ったが、困ったように田畑を見まわす宗次の返事はなかった。

未婚の美しい姫、それも上級幕臣である大身旗本家の姫の頬に、小さいとは言え傷がついてしまったことの重大さが、当の舞はまだ充分に理解出来ていなかった。

「少し遠いが、向こうに小さく見えている作業中の百姓に訊いてみるか……」

呟くように言った宗次であったが、舞ははっきり「はい」と同意した。

なるほど古くから東海道《とうかいどう》の要衝《ようしょう》であった鎌倉は確かに、源頼朝《みなもとのよりとも》によって**武家政権としての幕府**（鎌倉幕府）が開かれた地である。またその後天皇政権の強化で知られた**後醍醐《ごだいご》天皇**の時代には**鎌倉将軍府**（関東八ヶ国および伊豆《いず》、甲斐《かい》などの統括監理府）が置かれた歴史的な地でもあった。

だが巨大幕府と称してよい宗次時代の徳川《とくがわ》幕府から眺めた鎌倉というのは、地方の小さな町、いや、村でしかなかった。

江戸時代における鎌倉は、今泉《いまいずみ》村、岩瀬《いわせ》村、岡本《おかもと》村、植木《うえき》村、玉縄《たまなわ》村、関谷《せきや》村、津《つ》村、常盤《ときわ》村、笛田《ふえだ》村、手広《てびろ》村、梶原《かじわら》村、上町屋《かみまちや》村、寺分《てらぶん》村、山崎《やまざき》村、大船《おおふな》村、台《だい》村、腰越《こしごえ》村、小袋谷《こぶくろや》村の合わせて**十八ヶ村**である。

これがほぼ現在の鎌倉市内になっているのでは、という見方で大きな誤りはないと考えたい。

宗次と舞は手をつないだ状態で、畑中で作業に勤《いそ》しむ頬《ほ》っ被《かぶ》りをした二人の農婦に後方から間を詰めていった。

その寸前に然《さ》り気《げ》なく、宗次は畦道《あぜみち》から農婦たちの背に声を掛けた。畝《うね》四筋《すじ》を隔《へだ》てて、宗次は畦道から農婦たちの背に声を掛けた。


「忙しいところ真《まこと》に済まぬが、すこし訊《たず》ねたい……」

やわらかな調子で、宗次は声を掛けた。

「はい」

農婦のひとりが応じ、そして二人が同時に振り返った。

よく似た顔立ちの四十半ばくらいと、二十歳《はたち》前後くらいだった。母子《おやこ》であろうか。

宗次は穏やかな面立《おもだ》ちで訊ねた。

「この界隈《かいわい》に医者はいないであろうか……」

「あのう、いかがなされましたのでしょう」

農婦の年長の方が、遠慮がちな口調で応じた。

宗次の表情が、ほんの少し改まった。農婦の今の口調に、どことなく百姓には不似合いな印象を覚えたのだ。

「連れの者が小さな切り傷を負ったもので、塗り薬でもと思うているのだが」

「ああ、それならば……」

と農婦はにっこりとして、傍《かたわら》の若い農婦と顔を見合わせてから、右手の方角を指差してみせた。

「あの二本の大きな松の木に挟まれて建っている百姓家を訪ねなさると宜しゅうございましょう」

「あの百姓家に塗り薬が？」

「はい。たぶん大丈夫でございましょう」

「それは有り難《あがた》い。忙しい手を休ませてしまい申し訳ない」

「いいえぇ」

宗次は笑みを返す農婦に丁重《ていちょう》に腰を折って——当然、舞もそれを見習い——大きな二本の松の木を目指して畦道を歩き出した。

畦道は大八車の跡を刻んでいる幅広い農道とまじわっていた。

直《す》ぐ先で農道の端へ寄せた大八車が休んでいる。荷台には大根が山積みだ。これから大磯《おおいそ》宿の旅籠《はたご》とか飲食の店へ出荷するのかも知れないが、大八車の近くには誰もいない。

宗次と舞は大八車を横に見て、間近くなってきた目的の百姓家へ、歩みを速めた。

舞が何気なく先程の農婦たちの方へ視線を向けると、農婦たちもこちらを見ていて、丁寧《ていねい》に腰を折った。

舞も呼吸を合わせるようにして返した。

目的の百姓家は大きな造りではなかったが、小綺麗《こぎれい》という表現がそのまま当て嵌《は》まった。どうやら築《ちく》まだそれほど経《た》っていないのではないか、と思われた。

近寄って眺める二本の松はそれは見事で、樹齢相当なものに違いなかった。

生垣《いけがき》に囲まれた前庭を広く取った百姓家で、その庭で三、四歳になるかならぬかくらいの幼児が、キャッキャッと甲高い笑い声をあげて、何羽もの鶏《にわとり》を追いかけ回している。卵が幾つかころがっていたが、それを上手に避けていた。

鶏も慣れたもので、コッコ、コッコと嬉《うれ》しそうに喉を鳴らして幼児の足元で逃げ回っているのが面白い。

その逃げ方が幼児の足元にすれすれなものだから、微笑《ほほえ》ましいことこの上もない。

その光景を、縁側に姿勢正しく正座をした真っ白な髪の老人が、のんびりとした様子で見守っている。

近付いてきた宗次と舞に気付いて、その老人の方が先に軽く会釈《えしゃく》をした。いささか怪訝《けげん》な眼差《まなざ》しだ。訪ねて来る客など滅多《めった》にないのかも知れない。

生垣の手前から、宗次と舞も御辞儀《おじぎ》を返した。

「突然に訪ねて参った非礼をご容赦《ようしゃ》下され。私どもは実はお願いの儀があって参りましたる者……」

宗次の下手《したて》から出た穏《おだ》やかでやわらかな口調であった。

「ほう……ま、どうぞ御入り下さい」

と、白髪《しらが》の老人が応じた。大地を耕すことを生業《なりわい》としているには、ちょっと不自然な、とこの瞬時に感じた宗次と舞であった。

二人は生垣の切れた所——二本の太い丸太ん棒が突っ立っている——から敷地の内へと入った。

それまで走り回っていた幼児が静かになって、不思議そうに宗次と舞を見つめている。

鶏もぴたりと動きを止め、二人が庭先に入ってくるのを見守っているかのようだった。

宗次は舞が〝ちょっとした事〟で頰に切り傷を負ったことを打ち明け、何ぞ塗り薬などはありませぬか、と訴えた。争い事があったなどは、むろん噯《おくび》にも出さない。

老人は、目を細めて頷《うなず》き舞を手招いた。

「拝見させて下さらぬか。その白い頬に横に走っている、短い切り傷ですな」

舞が「はい」と答えて淑《しと》やかに縁側に近寄っていくと、老人はいささか腰の高さを上げて待った。

「どれ……少し頬に触れますぞ」

老人は先にそう断わって、皺《しわ》深い手を舞の頬に触れた。

その手の親指と人差し指が、ほんの一瞬、傷口の上下の皮膚を引っ張った。

その一瞬の〝診《み》立《た》て〟で老人は、

「刀傷《かたなきず》じゃな。全く心配はない。安心しなされ」

と、舞の目を見てやさしく告げ、宗次とは目を合わせ頷いてみせた。刀傷じゃな、という言葉に格別の力みもない。

「軟膏《なんこう》を進ぜよう。朝夕に二回それを塗布《とふ》すれば、その程度の刀傷なら三日目くらいには綺麗に消えていましょう」

老人はそう言い言い腰を上げると、次の間《ま》に消えていった。

と、それまで宗次の背後で息を殺したかのように大人しくしていた幼児と鶏たちが、宗次の横を抜けて舞に近付いた。宗次が思わず「お……」となる。

「あげる……」

と真下から声を掛けられた舞が「え？」という表情で視線を落とした。

小さな両手に卵三つをのせた幼児がにこやかに、鶏たちを従えて立っているではないか。

「まあ、私《わたくし》に？」

舞は嬉しそうに腰を下ろして、両手を差し出した。

少し前に長尺の懐剣を手に目配りに凄みを見せていた舞の両掌《りょうてのひら》に、幼児は卵三つをさも大事そうに移した。その移し様《よう》に大人並の用心深さがあったので、眺めていた宗次の彫りの深い顔がくしゃくしゃになった。彼はその卵を舞から預かって、そろりと着物の袂《たもと》に沈めた。

老人が次の間《ま》から手箱を提《さ》げて縁側に戻ってきた。

その手箱の蓋《ふた》を老人が開け、舞が思わず「まあ、綺麗……」と漏《も》らした。宗次の表情も「ほう……」となっている。

老人は目を細めた。

「綺麗じゃろ。檜扇《ひおうぎ》という貝でな、この辺りの海の岩礁《がんしょう》にちょっと潜れば幾らでも獲《と》れる。なかなかに美味《びみ》であるうえ、この通り扇《おうぎ》に形が似た殻長《かくちょう》四寸《すん》ほど（約十二センチ）の貝殻《かいがら》は黄、紫、茶、赤などと四、五色《しょく》があって大変に美しい」

　そう言いながら、老人は手箱を縁側の端へ寄せて、舞がよく見えるようにと気を配った。

　不快な激闘があって間もなくのことであったから、宗次も舞もさざ波立っていたそれまでの気分が和《なご》んだ。

　舞が軽く腰を折り、手箱の中を覗《のぞ》き込むようにして物静かな口調で言った。

「**ひおうぎ**、と申されましたけれども……檜《ひのき》の薄皮《うすかわ》を色糸で扇状となるようにとじて扇絵を散らした古《いにしえ》の時代の貴婦人が礼装時に持つ衵扇《あこめおうぎ》。その衵扇《あこめおうぎ》を檜扇《ひおうぎ》とも申しますけれど……」

「うん、それじゃ。よくご存知じゃな。お若いのに、たいした**奥方様**じゃの。ご覧なされ。扇は要《かなめ》（元綴《もととじ》）から優美に開いた天《そら》に向かって幾本もの骨（軸《じく》）を走らせておるが、この檜扇（貝）も要《かなめ》から天《そら》に向かって幾本もの軸筋《じくすじ》（普通は二十五本前後）が実に美しく走っておるじゃろう。手の指を広げたかのようなこの軸筋のことを『**肋**《ろく》』と申すのじゃ」

「**肋**《ろく》……でございますね。学ばさせて戴きました」

にこやかにそう答える舞を、宗次は油断なく四囲《しい》に注意を払いながら見守った。老人の**奥方様**という言葉にいささかの困惑《こんわく》を覚えながら。

「どれ、軟膏を塗って差し上げようかな」

老人は手箱の中から、朱色の檜扇を取り出し、殻を開いた。

中には濃い青緑色——やや茶色がかった——軟膏が詰まっている。

「宜しいかな、塗りますぞ」

「恐縮いたします」

老人は人差し指の先に軟膏を付けると、舞の頬にその指先を近付けてゆきながら言った。

「この軟膏はな、毒矯《どくだ》み、石蕗《つわぶき》、一薬草《いちやくそう》、蒲《がま》など十種類ほどの薬用植物の葉や茎《くき》や根を丹念《たんねん》に丹念に擂《す》り潰《つぶ》して拵《こしら》えた、この年寄り秘伝の塗り薬でのう。安心して用いなされ。一日朝夕に二度、軽く塗るだけでよい。三日目の朝には傷口はすっかり消えておろう……さ、これはお持ちなされ。差し上げよう」

老人は檜扇（貝）の殻を閉じると、礼を述べる舞の雪のように白い手にそれを預けて、思い出したように付け加えた。

「**御主人**の着物にも**奥方**の着物にも、少し血玉が付いておりますな。いま井戸の水を汲《く》んで参るゆえ、手拭《てぬぐい》を湿らせて拭《ふ》き取りなされ。湯《ゆ》は駄目じゃ。熱い湯で拭《ぬぐ》い取ろうとすると、余計に血の色が濃くなることもあるからの」

老人はそう言い言い縁側から下りて、庭の端に見られる井戸の方へ足を運んだ。

宗次は、老人と肩を並べ、舞は目を細めて幼児の前に再び腰を下ろした。舞は老人の**奥方様**に全く動じていないかに見える。

宗次が、

「有り難うございました。大変助かりましてございます。私は江戸の……」

と、名乗ろうとするのを待っていたかのように、老人は歩みをぴたりと休め、顔の前で手を横に振った。

「名乗らんでも宜しい。名乗って戴く程のことなど致してはおりませぬ。私も名乗りませぬぞ。ま、ある藩の侍医《じい》を長く勤め、漸《ようや》く隠居《いんきょ》を許されてホッとしている年寄り、とでも覚えておいて下され。はははっ」

「これはどうも……いい御方《おかた》に巡り会え、幸《さいわ》いでございました。深く感謝いたします」

宗次は丁重に頭《こうべ》を下げた。

「およしなされ。それにしても美しい**奥方様**じゃのう。大切に大切にしてあげなされよ」

「は、はい」

と、応じた宗次の困惑《こんわく》した表情が、珍しく赤くなった。

一五三

翌日の夕七ツ半（午後五時）過ぎ——書院番頭四千石旗本、笠原加賀守邸の書院。

空一面を覆《おお》った暗い灰色の雲の切れ目から座敷半ばまで射し込む茜《あかね》色の光を浴び、浮世絵師宗次は額《ひたい》を畳に触れ、身じろぎもしなかった。

床《とこ》の間《ま》を右手横に置くかたちで、加賀守房則と妻藤江《ふじえ》、そして加賀守房則の母勝代《かつよ》（六十七歳）の三人が、困ったような表情で黙然《もくねん》と座していた。

宗次は鎌倉の寺社巡りで仏画の神髄《しんずい》に達すること叶《かな》わぬうちに、江戸へ戻ってきたのだった。鎌倉で馬を借り、舞を馬の背に横向きに乗せて。

馬術にも抜きん出て長じている宗次だからこそ出来た、鎌倉から江戸への乗馬による戻り旅だった。

実は加賀守房則は今日の下城前に、若年寄心得《わかどしよりこころえ》にして**番衆総督**《ばんしゅうそうとく》の西条山城守貞《さいじょうやましろのかみさだ》頼《より》に、黒書院に間近い『**総督の間**』（新設）へ呼ばれて次のような人事を告げられていた。

「すでに内示してあった大番頭《おおばんがしら》に明後日《あさって》より就《つ》いてもらうことに正式に決まった。また当日、番衆総督の私から其方《そなた》に対し筆頭辞令（大番頭筆頭）を手交《しゅこう》する。申すまでもなく上様のご体調宜しくない故《ゆえ》、ご老中方の御前《おんまえ》にて人事の作法がご加増通知をも含め執り行なわれる。そう心得た上で、明後日は朝五ツ半（午前九時）に登城されよ」

目の前が一瞬眩《まぶ》しい程に明るくなった西条山城守様のお言葉、そう感じて屋敷へ戻り、妻、母ともども喜びを嚙《か》みしめていたところだった。

そこへ突如《とつじょ》として降って湧いた、未婚の愛娘《まなむすめ》の〝頰負傷事件〟である。

が、驚きはしたが、よくよく愛娘の頰を見てみると、すでに塗り薬は乾いて自然に剝《は》がれ落ち、一寸と無いうっすらとした線が横に走っているだけだった。素人《しろうと》目にも傷跡は残らないと判る。

加賀守も藤江もホッとしたのだが、宗次は己《おの》れに承知をしなかった。

思うがまま厳しく責任を問うて罰し下さいますように、と強く主張するのだ。

上級幕臣家の未婚の美しい姫の頰に刃が及んでしまった事に対する責任の重さを、それ程に自覚していた宗次だった。ただごとでは済まぬと自分で自分を責めていた。

けれども笠原家側にしてみれば、『御三家筆頭尾張《おわり》家の息《そく》』という宗次の隠された身状《みじょう》（身分）をすでに承知している。その身状は、時と場合によっては将軍の座に就くかも知れぬ立場である。

　そのような隠された身分の宗次に対し、笠原家側が「責任を問うて罰する」ことなど出来る筈《はず》がなかった。下手《へた》をすれば、笠原家が取り潰《つぶ》されるという方向へ事態が進む恐れもある。

　笠原加賀守は長い沈黙のあと、溜息《ためいき》を吐いて漸《よう》く口を開いた。

「判りました宗次先生。已《や》むを得《え》ませぬゆえ、それでは責任を取って戴きまする。その前になにとぞ、平伏を解いて面《おもて》をお上げ下され」

「はい」

　宗次は求められるまま面を上げ、姿勢を改めた。

「そのかわり先生、私が申し上げる責任の問い方に異議を差し挟むことがありませぬよう、お約束下され。宜しゅうございましょうか。天下第一の浮世絵師宗次先生と、この笠原房則との、身分立場をこえましたる男対男の約束でございます」

　笠原加賀守房則は敢《あ》えて、身分立場をこえて、の部分を強めて言った。

「確《しか》と承《うけたまわ》りましてございます」

宗次は頷いた。

笠原加賀守が僅《わず》かに眉《まゆ》をひそめ、やや苦し気《げ》な調子で言った。

「本日只今より、少なくとも半年の間は、笠原家への出入りをご遠慮願いたいこと。また同様の期間、舞との接触についても、ご遠慮願いたいこと」

「畏《かしこ》まりました」

笠原加賀守の言葉は、更《さら》に続いた。

「いま申し上げましたる処置にともないまして、宗次先生にお願い致しました離れの書斎の絵の件に関しましても、保留ということにさせて戴きたく存じまする」

「はい、異存ございませぬ」

宗次は暗い表情で深くこっくりと頷いた。

すると今度は笠原加賀守がそれまでの表情を、きりりと引きしめて丁寧にゆっくりと平伏した。

と、勝代も藤江も遅れること殆《ほとん》どなく、主人《あるじ》を見習った。

笠原加賀守が面《おもて》を伏したまま重苦しい口調で言った。

「四千石旗本ごときが真《まこと》に失礼この上もないことを申し上げてしまいました。これも宗次先生の現在《いま》のお苦しみをお察し致してのことと、何とぞご容赦下さりませ。なお、旅立ち前に先生にお受け取り戴きましたる家伝の刀備前国包平《びぜんのくにかねひら》および脇差《わきざし》備州《びしゅう》長船住景光《おさふねじゅうかげみつ》の二刀につきましては、末長く先生のお手元に置いたままにしておいて戴きたく、伏してお願い申し上げます」

「有り難く頂戴《ちょうだい》いたします。我が身を守るためとは言え、備前国包平はすでに血を見てしまいました。この償《つぐな》いの仕方につきましては暫《しばら》く、時をお与え下さいますよう」

笠原加賀守が小慌《こあわ》て気味な表情で面《おもて》を上げ、勝代も藤江もそれに続いた。

「償いなどと先生、とんでもございませぬ。それだけは、お止《よ》し下さりませ。それに致しましても先生。一体何者が鎌倉で待ち構えていたかの如《ごと》く、先生を襲ったのでございましょうか」

「さて、今のところ私にも見当がつきませぬ。ただこの件、目付の耳になど入りますと騒ぎが大きくなります。私が必ず対処いたしますゆえ、ひとつその点ご承知下さい」

「先生お一人でお動きになる、ということでございましょうか」

と、笠原加賀守の顔に、不安が広がっていた。

「ええ、一人で動く方が目立つことなく不審な集団に接近出来ましょう」

「必要とあらば、笠原家も家臣をあげて、お手伝い致します。いや、させて下さりませ」

「たった今、**笠原家とは交流を断つ**、と約束しましたではありませぬか」

「あ……」

「大丈夫です。私一人の方が動きやすい。それではこれで失礼させて下され」

宗次は両手をついて頭を下げると、脇に横たえてあった備前国包平を手にして立ち上がった。

一五四

その夜更《よふ》けから降り出した雨は、翌日の朝になっても止《や》むことがなく、時おり東から西に向かって吹く強い風が加わった。

朝空は鉛《なまり》色の雲で覆《おお》われ、一条の日の光も地上には届かず、まるで朝昼を飛ばして前日からの夜が続いているかのような暗さだった。

若年寄心得にして番衆総督九千五百石の西条山城守は奥取締の菊乃《きくの》に手伝わせて登城の身形《みなり》を整え終えると、美雪《みゆき》の書斎を訪ねた。

燭台《しょくだい》の明りが微かに揺れている閉ざされた障子《しょうじ》の向こうへ、彼は野太い声を静かに掛けた。

「美雪、入って少し話をしてもよいかな……雨の中、これより登城せねばならぬのじゃ」

「あ、父上。雨の中の御登城ご苦労様に存じまする。どうぞお入り下さいませ」

「うむ……」

西条山城守は堆《うずたか》く積み上げられた本や書面に埋《うず》もれているであろう愛娘《まなむすめ》の姿を想像しながら、障子を穏やかに引いた。

その通りであった。大きな文机《ふづくえ》の上に積み上げられた本や書面の間からこちらを見ている娘に、山城守は目を細めて近寄っていった。

「どうかな。女性教育塾を開学して幾日かが経ったが、何ぞ問題は生じておらぬか」

「はい。全て予定通りに進行致しておりまして、今のところ深刻な問題は生じておりませぬ」

「と言うと、小さな問題は生じている、と捉《とら》えてよいのかな」

「父上もご存知のように私《わたくし》が創設いたしました井華塾《せいかじゅく》は現在、ほんのごく少数の町人《まちびと》の特待生を除きますと、旗本の婦女子が塾生の中心となっております。けれども開学以来、諸大名の江戸藩邸より是非《ぜひ》とも姫君や姫君付女中たちを受け入れてほしいとの催促《さいそく》が次から次へと押し寄せて参りまして……」

「なに、山のように、とはいささか困ったのう。ま、それほど**井華塾**が画期的な存在と諸大名から見られておるのであろうが……」

「受け入れること自体には、私《わたくし》は反対ではありませぬ。しかし、そのためには二部制、三部制の授業を考えると同時に、すぐれた教授の数を一層充実させる必要がございまする」

「なるほど、そうであるなあ。すぐれた教授などというものは、そうそう簡単には見つからぬものじゃ。頭が良くて何何学を極めた、と自慢気に言うても人間が全く出来ておらぬ者が多い世の中じゃ。また逆に、人柄が良くとも能力が未熟では教育者として使いものにならぬしのう」

「暫くは諸大名家に対し丁寧にお断わり致しまして、現状のまま運営を続け、**井華塾**の体制を不動のものに近付けてゆきたく思います」

「判った。諸大名家に対して若《も》し、この父が動いた方がよいと判断される場合は、遠慮のう早めに言《ゆ》うてきなさい。力になろう」

「はい。有り難うございます」

「美雪……」

「はい……」

「この父は、どのような場合であろうとも、お前の味方じゃ。安心いたせ」

言い置いて山城守は、娘に背を向け書斎の外に出ると、美雪の心を労《いたわ》るようにそっと障子を閉じた。

「お父様……」

美雪は熱いものが胸の内から込み上げてきそうになるのをぐっと抑えて、三つ指をつき頭を下げ、もう一度「お父様……」とひっそり漏らした。

今は亡き廣澤和之進《ひろさわかずのしん》を夫とするまでは、「お父様……」と尊敬と甘えを織《お》り交《ま》ぜて用いていた美雪であった。

が、今は井華塾の創設者である。毅然《きぜん》たる精神かつ巋然《きぜん》たる姿勢を見失ってはならぬ立場であった。若年寄心得にして番衆総督九千五百石の名門西条山城守家の姫の立場としても……である。

そう自覚している美雪だったが、「疲れた……」と、ふっと気付くことなど一度としてない、と言えば嘘になる。

それでも美雪は、耐えていた。

「お嬢様、いま少し宜しゅうございましょうか」

障子の外で菊乃と判る声がした。今や菊乃は九千五百石西条家の奥を取締る立場にあると同時に、井華塾の事務取扱い（事務局）を一手に引受けている。塾の運営・機能が順調に動いていると確信出来る迄《まで》は、若い女中を手伝いに用いない覚悟で頑張《がんば》っていた。貧しかったとは言え百俵《ぴょう》取りの御家人の娘であったからこそ出来ている、菊乃の〝手腕〟であった。

「構いませぬよ。お入りなさい」

「はい、失礼いたします」

菊乃が書斎に入ってきた。

文机を挟んで美雪と向き合い、菊乃が言った。

「ただいま御殿様（西条山城守）の御登城を、お見送り致しました」

「御苦労様。警護の供揃《ともぞろ》えに不備は見られませんでしたか」

「大丈夫でございます。いつものように気力ひきしまった供揃えでございました」

「西条家には手練《てだれ》の者が多いゆえ、父も安心いたしておりましょう」

「御殿様が家臣たちを鍛えることに御熱心ゆえ、**西条家の一騎当千ぞろい**、とまで噂《うわさ》されるようになったのでございます」

「西条家にとってはよき噂、と捉えておきましょう。ところで、昨日の終日にわたる講座は多岐にわたって賑わいましたが、事務方《かた》として何か気付いた点などはありませんでしたか」

「教える側も生徒の側も大変熱心でありますことから、この二、三日お疲れのご様子が目にとまる先生方《がた》が二、三いらっしゃいますようで……」

「まあ、それはよくありませぬ。先生方のお疲れのご様子に対しては、いち早く手を打たねばなりませぬよ菊乃」

「はい。考えられる対策と致しましては、一教科の授業日数を毎日ではなく、週に一度か二度にするとか、あるいは一教科の授業を一人の先生専任ではなく、二人もしくは三人で分担して戴くとか……」

「授業の分担制についてはこの私《わたくし》も、開学前に真剣に考えたことがあります。けれども開学して暫くの間は、教授と生徒との絆《きずな》を深める意味において、また、担当の教授の目によって秀《すぐ》れた生徒を見つけて戴く意味においても、分担制は慌ててはならぬと考えました」

「お嬢様のお考え、的《まと》を射《い》ていると思いまする。幼少年部の塾生の中で、八軒長屋《はちけんながや》の屋根葺《やねふき》職人**久平《きゅうへい》**の娘**花子《はなこ》**の判断力、想像力、記憶力が抜きん出て秀《すぐ》れていることに、各教科の担当は皆、気付き始めてございます。これが一教科分担制となりますと、生徒の特質を見抜くのに、二倍三倍の刻《とき》を要するかも知れませぬ」

「菊乃の申す通りでしょう。先生方にはもう暫く、今の体制の中で頑張って戴きましょう。私《わたくし》も書斎での研究を控えて出来る限り、諸先生方と接するように致します」

「お嬢様……このような時……」

「え？」

「このような時、宗次先生が身近に居て下さいましたら、どれほど心強いご指導なりを戴けたことでしょうか」

「菊乃……宗次先生の名は二度と口にせぬ約束でございますよ」

「はい。それにつきましては弁《わきま》えるべき、と努めてございます。なれど……」

「何か胸の内に押《お》し止《とど》めてあるもので苦しんでいるのですか。それならば遠慮のう全て打ち明けて下さい。私《わたくし》と菊乃の間ではありませぬか」

「本当に打ち明けても宜しゅうございましょうか？」

「矢張《やは》り、胸の内に何か重苦しいものを隠しているのですね。構いませぬ。言葉を飾ることなく有りのままに打ち明けて下さい。今の私《わたくし》には、もう恐れるものは何一つありませぬから」

「あれはいつの事でございましたでしょうか。お嬢様は私《わたくし》に対し『**女性の心とからだ**』という教科があってもよいのではないか、急がずともよいから菊乃も考えてみて下さい、と申されたことがございました」

「ええ、覚えております」

「一昨日《おととい》、授業が午前中で終わった日、実は……」

「ああ、玉代《たまよ》を三、四日、下谷池之端《したやいけのはた》町の父親のもとへ帰しておやりなさい、と菊乃に申しつけた日のことですね」

「はい」

玉代とは、一昨年の秋から西条家に美雪付の行儀見習として奉公している、不忍池《しのばずのいけ》そばの酒味噌醤油問屋《みそしょうゆどんや》の老舗《しにせ》『伏見屋《ふしみや》』のひとり娘だった。

父親の嘉平《かへい》が風邪《かぜ》をひいて寝込んでいるとの連絡が玉代のもとに届いてはいたが、玉代は「軽いようですから心配ございませぬ」と帰宅しようとはしなかった。

それを気遣《きづか》った美雪が、「帰してあげなさい」と菊乃に促《うなが》したものであった。

すでに西条家での奉公を辞している舞は、この玉代を実の妹のように可愛《かわい》がっていたし、また美雪も菊乃もよく目を掛けてやっていた。

菊乃の言葉が続いた。真剣な眼差《まなざ》しだった。

「玉代を下谷《したや》池之端の生家《せいか》へ送り届けましたあと、私《わたくし》はふと『女性の心とからだ』という教科についてのお嬢様の言葉を思い出したのでございます」

そう告げる菊乃の表情が、苦し気な様子に覆われ出した。

そうと気付かぬ筈がない美雪であったが、黙して菊乃の次の言葉を待った。

「下谷《したや》池之端からはお嬢様、湯島《ゆしま》は目と鼻の先でございます……」

菊乃はそこで言葉を休めた。言うべきか、言わざるべきか、との迷いが胸の内で入り乱れているのであろうか。

改めて述べるまでもないが、下谷《したや》とは**現在の**東京都台東区《たいとう》の西地区を指している。**徳川家**との深い絆《きずな》で知られる東叡山《とうえいざん》**寛永寺**《かんえいじ》は上野《うえの》台地（台東区）に存在し、この上野台地一帯広くは山手《やまのて》台地と称されている。JR山手《やまのて》線の、あの山手《やまのて》である。

地勢的に見た下谷《したや》とは、右の**寛永寺**が存在する上野台地に相対して緩やかな低地域を形成する下町《したまち》を指している。

したがって下町《したまち》の町人《まちびと》たちは常に、**寛永寺**が存在する上野台地（の方角）を敬《うやま》いの気持でもって眺めることが多かった。

菊乃が話の先を続けた。

「……そこでお嬢様、『女性の心とからだ』を教科とするについて、湯島三丁目の**白**《しろ》

口髭《くちひげ》の蘭方医《らんぽうい》で知られる柴野南州《しばのなんしゅう》先生の御意見を伺《うかが》ってみようと思いついたのでございます」

「まあ、柴野南州先生の……」

「けれども私《わたくし》が南州先生にお目にかかって教科の話を持ち出すよりも先に、南州先生の方から大変なお話を打ち明けられてしまったのです」

「大変なお話？……聞かせて下さい菊乃。どのようなお話だったのでしょうか」

「それが……」

「どう致しました。余りよくないお話なのですか」

「心苦しいですけれども、言葉を飾らずにお話し申し上げることをお許し戴きたく存じます」

「はい、構いませぬ。決して取り乱しませぬゆえ」

「お嬢様、宗次先生はすっかり元気におなりになりまして、仏画の奥深くを極める目的で、過ぎし昔に亡き従一位関白《じゅいちいかんぱく》・豊臣秀吉《とよとみひでよし》様より『寺社領地』の安堵《あんど》を強く申し渡されている鎌倉へお出かけになられたようでございます」

「鎌倉へ……宗次先生がそこまで回復なされたとは大変喜ばしいことではありませぬか」

「ええ、仰《おつしや》いますように大変喜ばしいことではございます。けれども、宗次先生のその鎌倉旅へは、笠原家の舞様が御両親の同意を得た上で、御供《おとも》をなさっているようでございます」

「宗次先生の御供を……ご両親が同意の上ならば、何の問題も不安もありませぬ。それに御供のお相手が人品お人柄この上もない宗次先生でいらっしゃいますから」

「けれども、そう遠くはない鎌倉への旅と雖《いえど》も、仏画の奥深くを極める旅ともなりまするど、二日旅や三日旅では済みませせぬ」

「いつもは冷静な菊乃が一体何をそのように心配しているのです？」

「お嬢様。私の心配は、宗次先生も笠原家の姫君である舞様も、非常に魅力的な御人《おひと》であるという点にございます。それに舞様は自分の意思というものをはっきりと前面に押し出す性格でいらっしゃいます」

「この西条家に奉公する間に大身家の姫である舞をそのように教育したのは、菊乃や、其方《そなた》であり、そして私《わたくし》ではありませぬか」

「それはそうでございますけれども……お嬢様は、宗次先生と舞様の鎌倉旅の最中《さなか》に、何事か起こりはせぬかと心配になりませぬのでしょうか」

「はい。べつに心配になりませぬ。また旅の最中《さなか》に何事かがお二人の間に生じたとしても、それはお二人の問題であって、私《わたくし》や菊乃など第三者が口を挟むべきではありませぬ」

「判りました、お嬢様。この菊乃、ものの見方、考え方がいささか衰《おとろ》えたようでございます。申し訳ございませぬ」

「菊乃のやさしい気持はよく判っています。宗次先生と舞の鎌倉旅の噂が不意に私《わたくし》の耳に入って大きな衝撃を受けることを考え、先に私《わたくし》に知らせておこうとしたのでしょう。でも今の私《わたくし》にとって一番大事なことは、**井華塾**をどのように正しく運営し続けていくか、ということに尽きます」

「お強くなられたお嬢様の精神《こころ》の内側を、改めて見させて戴いた気が致しました。出過ぎた私の言葉で、かえってご不快なお気持にさせてしまったのではありませぬか。この通り深くお詫《わ》び申し上げます」

菊乃はそう言うと、座っていた位置を少し下げ、深深と頭を下げた。

そして、そのまま暫くの間、身じろぎひとつせず、頭を下げ続けた。

菊乃が悄然《しょうぜん》たる様子で書斎から出ていったあと、美雪は何事もなかったかのような穏《おだ》やかな表情で、厚くとじられた文書に目を通していった。そう、全く何事もなかったかのような、穏やかな表情で……。

強い美雪の姿が、明らかに精神《こころ》の強くなった美雪の姿が、そこにあるかのようであった。

さすが武の知者として知られた西条山城守の、娘ということか。

一五五

雨はその翌日も、その次の日も降り続いた。

ばちっ、ばちっと地面を打ち鳴らすような、重い粒の雨だった。

濃い灰色の雲は広く江戸の空を覆って、動く様子を見せない。

人人は家に閉じ籠《こ》もり、町町は雨があがるのを待って息をひそめた。

武蔵野《むさしの》台地の南東部に位置する広大な、将軍家お鷹狩《たかがり》の森。

言わずと知れた目黒《めぐろ》の森である。

江戸五色不動の一つで知られる、目黒不動（泰叡山瀧泉寺《たいえいざんりゆうせんじ》）から二町余も離れていない雑木林《ぞうきばやし》の中に、生垣に囲まれたさほどに古くはない切妻造《きりづまづくり》が在《あ》った。真屋《まや》とも呼ばれているこの切妻造は、大棟から両側《りようそく》へ流れ落ちる両下《りようさげ》と称する切妻屋根《やね》を指して言っている。

ただ、生垣の中にいま在《あ》る切妻造は、檜皮葺《ひわだぶき》の起《むく》り屋根《やね》だった。起《むく》り屋根《やね》とは、屋根の形状が、空に向かってむっくりとした感じで彎曲《わんきょく》した凸面《とつめん》形状になっているものを言う。

やさしい印象の屋根の流れである。

この起《むく》り屋根《やね》の下で重要な人物がいま孤高を貫いてひとり生活を送っているので、ここはひとつ、柿葺《こけらぶき》の編笠門《あみがさ》を潜ってみよう。

編笠門は屋根がまろやかに彎曲《わんきょく》した、粋《いき》でやさし気な鳥追の笠にどこか雰囲気が似ており、京都・上京《かみぎょう》の武者小路家《むしやのこうじ》茶室の露地《ろじ》に見られるもの、また同じく京都大《だい》徳寺孤篷庵《とくじこほうあん》に見られるもの、などは必見である。

三日の間、休みなく降り続く重い雨は、起り屋根の切妻造《きりづまづくり》を物寂《ものさび》しく鳴らしていた。編笠門を入って、真っ平《たいら》によく磨かれた四盤敷《しばんじき》（切石敷《きりいしじき》形式のひとつ）をものの五、六枚も踏み進むと、質素な庵《いおり》の角——そう、切妻造などよりは庵《いおり》と呼ぶ方が似合う——で**右**と**左**に分かれている。

左へは縁石《えんせき》に両側を挟まれた四盤敷が七、八枚続いて、腰低い四つ目垣を持つ猿戸《さるど》に突き当たっていた。その内側すぐのところが玄関だ。式台が無いのはその拵《こしら》えでひと目で判った。

一方の**右**へと続く四盤敷は縁石《えんせき》を持たぬままに広縁の前を過ぎ、庵の向こう端、鴨嘴《かものはし》で突き上げられた突上障子窓《つきあげしょうじまど》の下で尽きている。

広縁はゆったりとした幅に恵まれた拵えではあったが、三日の間降り続く雨によって、半ばあたりまで濡《ぬ》れていた。

開け放たれた障子の向こうに、薄暗い――日の光が無いために――板間《いたのま》が見えており、障子の端に背中を預けてひとりの男が胡坐《あぐら》を組み、腕組をして目を閉じている。

幾日も剃《そ》っていないかのような濃い髭面《ひげづら》だ。

広縁の前はさほど広くもない畑になっていて、幾筋かの畝《うね》に青菜がよく育ってはいたが、長雨に叩かれて萎《しお》れ、畝に這《は》い蹲《つくば》っている。

と、突上障子窓の向こう陰から傘も差さず不意に現われた百姓風の老爺《ろうや》が、まるで自分の庭先の如《ごと》く、ずかずかと畝の中へ立ち入った。

「あーあ、こりゃ駄目だわ。明日にでもカッと晴れてくれりゃあ別だがよ」

障子に背中を預けていた髭面男が薄目を開いたが、老爺の視線はいま来た方《ほう》を振り返っていた。

すると、またしても突上障子窓の向こう陰から、今度は小柄な老婆《ろうば》が矢張《やは》り傘も差さずヨチヨチとした歩き方で現われた。一見、歩き方が衰えているかに見えるが、背すじはシャンと伸びて確《しっか》りとした顔つきだ。

「こりゃ爺《じい》さん、若芽の今の内に摘《つ》み取って食べちまった方がいいわさ。漬物《つけもの》にしたり煮物にしたり味噌汁に入れたりしてよう」

「にしても食べ切れねえから、吾助《ごすけ》ん家《ち》や陣平《じんべえ》ん家《ち》にも分けてやるべえ」

「そんがええ、そんがええ。なあ、若先生よ」

夫婦に違いない年寄り二人の目が、漸く髭面男の方へ向いた。

髭面男が確りと目を見開いて答えた。

「うん、構わんよ。吾助ん家《ち》や陣平ん家《ち》や近所の衆にも食べて貰《もら》いなさい。それよりも、雨に濡れっ放しでは体の芯が冷える。耕造《こうぞう》も魚代《ななよ》も早《はよ》う家の中へ入んなさい」

「なあに、これくらいの雨、百姓仕事の者《もん》にとっちゃあ、小判《こばん》の湯《ゆ》に浸《つか》っているようなもんじゃわい。百姓の体にとって、この程度の雨なんぞ何《なん》てことはない。ははは っ」

耕造とかの言葉につられて髭面男も白い歯を覗《のぞ》かせ、チラリと笑った。

その顔は、誰かと見紛《みまご》う筈もない、浮世絵師宗次その人であった。

一体この起《むく》り屋根《やね》の切妻造、いや、庵は何なのであろうか。

宗次は何故《なぜ》、八軒長屋ではなく、此処《ここ》にいるのか。

魚代《ななよ》とかが、笑みで顔をくしゃくしゃにして言った。

「若先生、昨夜《ゆうべ》陣平が猪肉《ししにく》と玉子を仰山《ぎようさん》よう、持って来てくれたんだわ。今夜、若先生ん家《ち》で猪肉鍋《ししなべ》でもせんかね」

「ほう、猪肉とはこれまた。よし、やろう。吾助ん家《ち》や陣平ん家《ち》にも声を掛けてやっておくれ」

「決まった。吾助も陣平も喜びますよう……その前に若先生、その髭面、なんとかしなさいよう」

「判った。すまぬ……」

雨の中での遣《や》り取《と》りが済むと、耕造と魚代《ななよ》は自宅へ帰っていった。

とは言っても二人が棲《す》む百姓家は、目と鼻の先、神社の境内《けいだい》の森を背にして在《あ》った。

嚔《くしゃみ》を二つ三つ放っている間に着いてしまう。

耕造と魚代《ななよ》の姿が目の前から消えると、髭面と化している宗次の顔から、表情が消えた。

この庵は、もとは大剣聖**梁伊対馬守隆房**《やないつしまのかみたかふさ》の古い小屋敷の在った場所だった。剣の父であり人生の父でもあった対馬守が亡きあと、宗次は身を江戸へ移して、京への往《い》き来《き》を繰り返すなどで浮世絵師としてその才能に厳しく磨きをかけていった。それ以上の烈しさで孤独な剣の修行にも打ち込んできたことはいうまでもない。

対馬守の古い小屋敷はもともと傷《いた》みがひどく、長い年月雨風にさらされるままに劣化が進んだため、七年ほど前に宗次の手で取り壊された。彼は父との思い出を消さぬため、その跡地に直ぐさま庵を建てたのである。

が、何かと多忙な彼であったから、この庵を訪れるのは半年の間に一、二度でしかない。またこの庵の存在については、宗次と交流のある江戸市中の者たちは誰ひとりとして知らなかった。

宗次は今、かつてないほどの強い反省の中に、己《おの》れを閉じ込めていた。

鎌倉において、刺客《しかく》五名を四名と読み違え、それによる一名が舞に襲い掛かり激闘が展開されたことに、宗次は決して大袈裟《おおげさ》ではなく身震いを覚え、いまだその身震いから逃れられないでいた。

無理もない。舞に二天一流《にてんいちりゅう》の小太刀《こだち》剣法が備わっていなければ、彼女は命を落としていたのだ。

「何たる未熟……」

と、宗次は刺客の数を読み違えた己れを、厳しく叱責《しっせき》し続けた。

油断というよりも、思いあがりがあった、と己れを責め続けた。

その苦しみに確《しっか》りと対処せねばならぬ、とこの庵にひとり身を置いているのだった。夢の中に父（対馬守）が現われて叱《しか》って貰いたいと願ったが、父は現われてくれない。

宗次は、舞に申し訳ない、と**もう一点につき**歯ぎしりをしていた。

その、もう一点とは。

舞の頬の傷の手当を急いでいた宗次は、**男**虚無僧四人、**女**虚無僧一人の合わせて五名の刺客を斃《たお》したことを**笹寺**の住職に言葉短く告げ、地元鎌倉の役所への連絡を依頼した。

そして舞の頬の傷の手当を終え聖竹苑《しょうちくえん》まで引き返してみると、鎌倉代官（禄高《ろくだか》、三百俵《ぴょう》）、その配下の元締《もとじめ》（代官補佐役の古参手付、禄高五十俵三人扶持《ぶち》）、手付（御家人格、三十俵三人扶持）、手代（臨時の役人、両刀を許されているが**民間人**。二十両五人扶持）など七、八人が手薬煉《てぐすね》を引いて待ち構えていた。もう少し付け加えれば、皆が皆非常に険《けわ》しい顔つきで（参考・鎌倉代官制度は、慶長《けいちょう》十九年〈一六一四〉の米倉助右衛門永時《よねくらすけえもんながとき》にはじまり、安政《あんせい》六年〈一八五九〉の入江次郎太郎《いりえじろうたろう》まで、二十七名が担《にな》った）。

その場で宗次と舞は、普化僧《ふけそう》（虚無僧のこと）を手に掛けたということで鎌倉代官の執《しつ》拗《よう》な取調べを受けたのだった。宗次は『五名の普化僧はいずれも仕込刀《しこみがたな》を所持し命を奪う目的で烈しく襲い掛かってきた僧にあらざる暴力者……』と繰り返し主張し、漸く納得させたのである。

鎌倉代官は美しい舞によほど惹《ひ》かれたらしく、無礼な取調べの言葉をあろうことか舞に向けることが多かった。

しかし舞は四千石大身旗本、笠原家の姫である立場など曖《おくび》にも出さず、〝宗次の妻〟の姿勢を凛《りん》として崩すことなく、代官の言葉に応じていた。

宗次時代の鎌倉代官制度というのは、江戸馬喰町《ばくろちょう》に役宅を置いて関東地域の代官たちを統括する**関東郡代**《かんとうぐんだい》(幕府の地方行政統括官、三千九百石)の管轄《かんかつ》下にあった。

かつては鎌倉代官とは称さず、関東郡代付代官と呼ばれていたらしい。

それはともかくとして、鎌倉代官の粘着質な取調べの言葉に舞は冷然と応じていたとは言え、代官の言葉が若く美しい舞の尊厳を著《いちじる》しく傷つけたに相違ない現実を、宗次は深く悔いた。

宗次は重く降る雨を、じっと眺めた。

辛《つら》く激しい修行の毎日であった父とのたった二人の生活が、なつかしく温《あたた》かく甦《よみがえ》ってくる。厳し過ぎる人、と見つめてきた父がどれほど心の寛《ひろ》いやさしい人であったかを理解するまで、長くかかった宗次だった。

「父上……私がこれからも様様な人たちと付き合《つ お》うていくには……こちらから禍根《かこん》を一気に打ち叩かねばなりませぬ」

呟《つぶや》いて深く息を吸い込む宗次であった。

その禍根がどのようなものか、宗次にはぼんやりと見え始めていた。

それを打ち叩くには、おびただしい量の血を見ることになる、宗次はそう思った。

脳裏《のうり》に突然、〝悲泣《ひきゆう》なる感情〟で斃《たお》した式部蔵人光芳《しきぶくらんどみつよし》の顔が、浮かんで消えた。この人物とは友として末永く付き合える、一時はそう信じていた宗次である。

それが凄《すさ》まじい対決の相手となってしまい、結果的に斬り斃《たお》さざるを得なくなってしまった。

自分の人生について考えるとき、果たして剣術の修行に打ち込んできたのは正しかったのかどうか、宗次はこのところその思いに囚《とら》われていた。

「若先生よう、芋粥《いもがゆ》でも啜《すす》りに来んかね」

魚代《ななよ》がまたやって来た。今度はその辺に捨てても惜《お》しくはなさそうな、破れ傘を差していた。

「おお、すまぬな。行くよ」

宗次は答えて腰を上げ、魚代《ななよ》は笑顔で頷き戻っていった。

大剣聖、梁伊対馬守隆房の小屋敷が在った当時、耕造・魚代《ななよ》夫婦は本業の百姓をしながら、小屋敷の雑用仕事を担《にな》い、また幼少時代の宗次の面倒をもよくみてきた。

吾助も陣平も畑でとれたものを、小屋敷へ差し入れるのを当たり前のようにしていた。

現在《いま》は四人皆、やさしく老いている。

その彼らの老い方《かた》が、宗次の焦燥《しょうそう》の色容易《いろようい》におさまらぬ精神《こころ》に、温《あたた》かであった。

一五六

同じ頃、春日町《かすがちょう》の平造《へいぞう》親分は、疲れ切った体で道浄橋《どうじょうばし》の南端《たもと》を目の前にする『うどん そば めし 酒の店』の二階に、赤い目をギラつかせて潜《ひそ》んでいた。道浄橋とは、日本橋《にほんばし》川から流れ込む掘割《ほりわり》(水路の意)の尽きる伊勢町《いせちょう》辺りに架《か》かった橋を指している(現在の日本橋本町《ほんちょう》付近)。

掘割が尽きる付近だから、流れはなく水は雨に打たれ淀《よど》んでいた。

御奉行より〝**何処《どこ》でも御免《ごめん》**〟の紫の房付き十手を賜《たま》わっている平造親分の視線は

今、掘割の向こう岸、小舟町《こぶなちょう》一丁目（現在の日本橋小舟町付近）に、こちら向きに建っている船宿へ、細めに一寸ほど開けた障子窓から注がれていた。

小舟町の掘割に沿った通りには、大きかったり小さかったりの五、六軒の船宿が肩を並べるようにして雨の中に建っている。

平造親分が細めに開けた窓から睨《にら》みつけている船宿は、掘割の上手《かみて》から数えて三軒めの『小船《こぶね》』だった。

大きくはない質素な拵《こしら》えではあったが、見るからに小綺麗な船宿だ。

この『小船』、諸国から江戸へと稼ぎ狙いで流れ込む、女太夫《おんなだゆう》（鳥追）、女浄瑠璃太夫《じょうるりだゆう》、女万歳《まんざい》、女講釈《こうしやく》、など女旅芸人に人気の**女船宿**として知られていた。

その女船宿の窓際に煮え立つ感情をぐっと抑えて胡坐《あぐら》を組む平造親分は、何としても五平《ごへい》とスリの市蔵《いちぞう》の仇《かたき》を討《う》つ覚悟であった。むろん生かして捕える積もりだ。

しかし、五平とスリの市蔵の斬られ方が余りにも凄まじく、当たり前の女剣術とは思えないことから激闘になると予想していた。

平造も十手術では皆伝《かいでん》級だ。刀を相手にしても、そうむざむざとはやられない自信があった。

平造の傍《そば》には今、源次《げんじ》と遊平《ゆへい》という二人の若い者《もん》が控えていた。

二人とも斬殺《ざんさつ》された五平の弟分だ。

とりわけ遊平《ゆへい》は、平造の配下となってまだ一年ちょっと、と経験が浅い。が、二人とも平造から私製の十手を既《すで》に与えられており、神社の境内などで十手対刀の厳しい訓練に余念がない。

「それらしい女太夫の出入りはありやせんね親分」

障子窓の平造とは反対側を細めに開けて覗いていた源次が、小声を漏らした。

五平とスリの市蔵を殺《や》った女太夫二人の人相描《にんそうがき》は、すでに出来ていた。

それもその筈、女太夫二人は八軒長屋の女房たちから、斜めから、真横から、正面からと見られているのだ。

スリの市蔵はともかく、五平は長屋の女房たちとよく話を交わす間柄だ。

奉行所の人相描の協力要請に対し、長屋の女房たちは皆、一生懸命に手伝った。

その人相描が、平造や源次や遊平《ゆへい》の手元にあることは言うまでもない。

「親分、代わりましょう。少し休んで下さい」

遊平《ゆへい》が気遣い、「そうか……」と平造が頷いて応じ、窓際から下がった。

「それにしても女太夫二人、本物じゃあありませんねえ親分」

遊平《ゆへい》の言葉に平造も「そうよな。女《おんな》旅芸人にゃあ役目柄、俺たちは接触することが多いが、誰も皆一生懸命に真面目に生きていらあな。とくに女太夫にゃあ美人も多いし、そのうえ三味線芸《しゃみせんげい》に卓越しているからよ、八丁堀《はっちょうぼり》の与力同心の旦那方《がた》の間でも人気者《もん》だわさ」

「そうですよね。三味線の延棹《のべざお》に刀を仕込んでいる女太夫なんぞ、聞いたこともねえやな。ひょっとして親分、くノ一、つまり忍びじゃあねえんですかい」

「京の御所様（天皇、上皇）からお声が掛かろうってえ宗次先生に狙いがあったことは、長屋の女房たちの話から、もう間違いはねえ。くノ一かどうかは別にしてよ」

「その宗次先生ですが一体《いってえ》、何処《どこ》にいらっしゃるんですかねえ。宗次先生のことなら何でも知ってるてえ八軒長屋のチヨさんだって、判らない知らない、と困惑《こんわく》してるんだから全く困ったもんでさ」

「ううむ……」

　平造は腕組をして考え込んだ。宗次先生に直接的に、あるいは間接的に絡《から》む組織の者が、五平とスリの市蔵を殺《や》ったという考えを固めている平造だった。その線で八丁堀の与力同心たちも総力をあげて、女旅芸人たちが泊まりそうな処や立ち寄りそうな処を目下《もっか》、虱潰《しらみつぶ》しに当たっていた。

　と、源次が、

「あ、親分……」

と、窓の隙間《すきま》から外を見たまま囁《ささや》いた。

それに前後して、

「とうとう現われやがった」

と遊平《ゆへい》が続いた。

平造は胡坐を組んだ姿勢をそのまま勢いよく滑らせて、遊平《ゆへい》を弾き飛ばした。

向こう岸を見るとなるほど、女太夫二人が船宿の女中に見送られて、にこやかに現われたところだった。

「人相描に何となく似てるなあ」

「行き先をとにかく突き止めやしょう親分。俺に任せておくんなせえ」

遊平が今にも部屋から飛び出しそうな、力んだ顔つきになった。

「お前《めえ》は駄目だ。女房持ちだし赤ん坊もいる。すまねえが源次……」

「へい。任せておくんなせえ。両親はもう亡くなったし、女房子供もいねえんだ」

「女房子供がいねえのは、あれこれ何件すすめても承知しねえお前《めえ》の責任だい。が、お前《めえ》の十手術には俺も思わず唸《うな》る。気付かれぬよう行き先を突き止めてくれ」

「合点《がってん》承知の助《すけ》。そいじゃあ」

「言っとくが絶対に出過ぎるんじゃねえぞ。行き先だけを突き止めるんだ。突き止めたらお前《めえ》はその場を動かず、町衆の誰ぞを俺の所へ走らせろ。近頃は俺よりも顔の広いお前《めえ》だ。連絡走《つなぎばし》りを頼む町衆を探すのに、手間は要《い》らねえだろう」

「へい。大丈夫《でえじようぶ》でござんす。五万とおりやすから」

「俺は別の女太夫が現われねえか、もう暫く此処で『小船』を見張る。急げ」

「そいじゃあ……」

源次は部屋を飛び出し階段を一足飛びに下りると、肩に蓑《みの》を引っ掛け韋駄天《いだてん》の如く表通りを駆け出した。

「心配だなあ源さん。女太夫の身形《みなり》ながら、相手は非情の殺し屋だし……」

「源次は腕が立つ。八丁堀の旦那方の間では、そろそろ縄張りを与えて独立させてはどうか、という話が持ち上がってんだい。一人前の御用聞きとしてよ」

「え、そうでしたか……知りませんでした。それは凄い」

「妬《ねた》むんじゃねえぞ。俺にとっちゃあ、お前《めえ》も大事な手下だ。いずれは俺の持場を継いでくれ」

「えっ、この俺が平造親分の築き上げた大きな持場をですかい」

「殺《や》られた五平だが、あいつは正直で真面目でやさし過ぎて、この荒っぽい稼業にもうひとつ踏み込めねえところがあった。実は三、四年前《めえ》から、小料理屋を営《いとな》みてえ、などと俺に訴えていてなあ。俺も反対はしなかった。こいつあ応援してやらなくちゃあとな。それぞれの人生だからよう」

「そんなことが……小料理屋を営みてえなど、一言も聞いたことがありやせんでした。そう言えば十手術の稽古《けいこ》では滅多《めった》に源さんや俺に勝てませんでしたからねえ。どことなく人が善《よ》過ぎて」

「が、五平は決して臆病《おくびよう》な奴じゃあねえ。正義感の強《つえ》え奴だった。だからこそ相手に突っ込んでいっちまって此度《こたび》のような不運に遭《あ》ったんだ。女太夫二人、許しちゃあおかねえ」

「俺もですぜ親分。五平どんが可愛がっていたスリの市蔵も可哀《かわい》そうなことをしましたねい」

「それにしても宗次先生……一体《いってえ》どこにいなさるんだろうか……このような時、頼りになる御人《おひと》なんだが」

呟いて首をひねる平造親分であった。

一五七

源次は用心深く冷静に、女太夫二人を尾行した。

しつこく降り続いていた雨は、小雨《こさめ》模様と化し、空が明るくなり出していた。

源次の尾行の上手《うま》さについては定評があって、平造親分から北町奉行**島田出雲守守政**《しまだいずものかみもりまさ》の耳へも入っている程だった。島田出雲守は平造親分に〝何処でも御免〟の紫の房付き十手を直接に下賜《かし》した人物だ。

御用聞きにとっては奉行などというのは、それこそ雲の上の存在であるから、源次にとっては神様みたいなものである。恐れ多くて近寄ることさえ出来ない。

平造がうまい機会を捉え島田出雲守の耳へ、源次の尾行の上手《うま》さを伝えたのは、彼の御用聞きとしての独り立ちを、支援する目的があったからだ。

半町ばかり先を行く女太夫二人が、然《さ》り気《げ》なくだが不意に振り向いた。

このような様子を既に二度も三度も繰り返している。尾行者の有無を確かめるためであろうか。

その程度のことは、織り込み済みの源次であった。前を行く二人の背中よりも、半ば足元を注視するかたちで尾行しているから、振り向く寸前の呼吸が判る。なかなかのものではないか源次。

瀬戸物商の陰《かげ》に身を潜めた源次は、二人が歩き出すと尾行を再開した。

女太夫二人は一度も三味線を弾かなかった。明らかに『目的の場所』へ向かっているかのような歩みの速さだった。

「この道は……どうやら目黒方向と読めらあな」

呟いた源次は、暫く行った四つ辻の角の『たばこ　きせる』の看板を掛けた店に素早くサッと首を突っ込んだ。

「お、源ちゃんじゃねえかい。さては仕事中かえ」

店土間《たなどま》で陳列台に煙管《キセル》を並べていた二十七、八くらいの男が手を休めた。その隣でキザミを瀬戸物の小壺《こつぼ》に詰めていた赤児を背負った若い女も「あらっ」と微笑《ほほえ》んだ。

ちょいと亭主を借りるぜ、と源次が言うと、すかさず「あいよ」と応じる若女房だった。

男二人は店の外の軒下に出た。

と、小雨模様の雨が不意に止み、天《そら》の雲が切れてカアッと日が照り出した。

源次はかなり先を行く女太夫二人を目で追いながら、小声で目の前の男――精市《せいいち》

――の耳元で囁いた。

「平造親分が日本橋の小舟町一丁目の船宿『小船』にいる。目黒方面へ向かっていると急ぎ伝えてくれねえか」

「合点だ」

「礼は事件が解決してから、いつものように平造親分からな」

「水臭いことを言うんじゃねえ。要《い》らねえよ、そんなもん」

精市は前掛けを引きちぎるようにして店の中へ投げ捨てると、もう走り出していた。

源次は再び、かなり離されてしまった女太夫二人の後を追うようにして尾行を続けた。

「なんてえ、足の速さだ。ありゃあ、どう考えても当たり前の女太夫じゃねえ。気を付けろよ」

源次は自分に向かって注意を促した。

ようく見ると、女太夫二人の歩み方は、草履《ぞうり》の裏が地面から殆《ほとん》ど離れていない。かと言って、すり足でもなかった。

「くノ一（女忍び）の印象でもねえな。何者《なにもん》じゃい、ありゃあ……ちょいと気味悪くなってきやがったい」

と呟いて、源次は舌を打ち鳴らした。

そうこうするうち、女太夫二人の歩みは目黒村に入り、走り回ることには馴《な》れている筈の源次の背中が、噴き出す汗でびしょ濡れとなった。

追う者と追われる者、いや、尾行する者と尾行される者が大鳥《おおとり》神社の前を通り過ぎた。お酉様《とりさま》と呼ばれて庶民に親しまれている神社だ。祭神は日本武尊《やまとたけるのみこと》で、相殿に国常立命《くにのとこたちのみこと》および弟橘媛命《おとたちばなひめのみこと》が祀られている。伝統文化としての**太々神楽剣《だいだいかぐらけん》の舞**は有名だ。

女太夫二人の歩みが、不意にまた止まった。寸前に源次の姿が鳥居《とりい》の柱の陰に隠れた。あぶないところであった。

源次は鳥居の陰で息を殺した。

女太夫二人は、こちらを身じろぎもせず、じっと見ている。これまでとは明らかに様子が違った。

(気付かれたか……)

と、尾行には馴れている源次の喉仏《のどぼとけ》が、さすがにゴクリと音を立てた。

相手は女とは言え、五平とスリの市蔵を一刀のもとに斬殺している。

源次は鳥居の陰から片目だけを僅《わず》かに出して、女二人の様子を窺《うかが》った。

彼にとって幸《さいわ》いであったのは、鳥居に巨木のような充分な太さがあったことと、鳥居の脇で雑木《ぞうき》が枝を広げていたことだった。

有り難いことにこれは、相手からこちらは見え難《にく》いが、こちらはそよとした風で小揺れする雑木の枝枝の間から、向こうがよく見える、ということになる。

源次は、神社の境内の奥へ一目散に逃げる気構えを整えて、女二人の様子を片目で見続けた。逃げ足では、女二人に負けるとは思っていない。

と、立ち止まっている女二人の直ぐ目の前の飯屋《めしや》から身形《みなり》貧しくない四人の浪人が現われ、全く迷いもたじろぎも無い足取りで、女二人に近付いた。

源次は、一気に緊張した。

（こいつあ……ちょいと、やばいな）

源次は鳥居の太い柱の陰深くに下がって、また軽く舌を打ち鳴らした。

が、彼の決断は早かった。

「世話になったたな。有り難うよ」

源次は鳥居の太い柱を二度撫《な》でると、通りには出ずそのまま背後に控える神社境内の森へと向かっていった。

これまでの経験から彼は、無理な尾行は危険だと心得ている。相手に先手を打たれたり、取り返しのつかないとんでもない策を打たれる恐れがあるからだ。

神社境内の森へと入る直前で、彼は鳥居を振り返り頭を下げた。尾行という手段を取るとき、寺社の世話になることが少なくない彼だった。気付かれて命危うくなったところを、寺社の森とか建物が匿《かくま》ってくれ、助かったことは一度や二度ではきかない。稲荷《いなり》の社《やしろ》の中に、昼夜《ちゆうや》にわたって身を伏せていたこともある。

源次は神社境内の鬱蒼《うつそう》たる森へ踏み込み、少し行ったところで振り返り、密生する枝葉の向こうに見えている鳥居に、再度手を合わせて頭を下げた。

鳥居には、神明《しんめい》鳥居（伊勢《いせ》神宮など）、黒木《くろき》鳥居（京都嵯峨《さが》の野宮《ののみや》神社など）、山王《さんのう》鳥居（大津《おおつ》市の日吉《ひえ》大社など）、三輪《みわ》鳥居（奈良の大神《おおみわ》神社など）、春日《かすが》鳥居（奈良の春日大社）などの形式の他に様様《さまざま》な形があるが、源次はここ大鳥神社の鳥居の形式が何形かは知らない。

彼は無数の木洩《こも》れ日が点点と降る境内の森を、蓑《みの》を脱ぎ捨てて進んだ。ときどき不安気に後ろを振り返り、振り返りしながら。

一方、徳川宗徳《とくがわむねのり》、いや、浮世絵師宗次は、魚代《ななよ》から芋粥を誘われたりで「ご馳走《ちそう》になるかあ……」と、髭に覆われた顎《あご》をなでなで腰を上げ雨あがりの庭先に下り大きくのびをした。

久し振りの日が降り注いで、空を見上げると灰色の雲がどんどん流され目が醒《さ》めるような青空が広がっている。

庭から出ようとした宗次の足が、何かを思い出したかのように、ふっと止まった。

彼は広縁に引き返して上がり、日が射し込んでいる板間《いたのま》に入るや床《とこ》の間《ま》の刀掛けに横たわっている大小刀を手に取り帯に通した。

笠原加賀守房則から授けられた**備前国包平**《びぜんのくにかねひら》（大刀）と**備州長船住景光**《びしゅうおさふねじゅうかげみつ》（脇差）である。

留守の住居《すまい》への置き去りは失礼になる、とでも思ったのであろうか。

むろん、それに値《あたい》する名刀ではあった。

両刀を腰にした宗次は、萎《しお》れた青菜が蹲《うずくま》っている畝《うね》を回り込んで庭木戸から外に出た。

庭木戸の外には瓢簞《ひょうたん》を一つ半、縦にくっつけたような形のそこそこに大きな蓮池《はすいけ》があって、その蓮池の北側すれすれの所まで大鳥神社の境内の森が迫っていた。

その森を背にするかたちで、耕造・魚代《ななよ》の棲《す》む藁葺《わらぶき》の古い百姓家が建っている。娘二人がいたが姉は雑司ヶ谷《ぞうしがや》の腕利きの植木職人に、妹の方は市ヶ谷《いちがや》念佛坂《ねんぶつざか》の仏具屋の長男に嫁《とつ》いで、目黒の百姓家には耕造と魚代《ななよ》だけだった。

日差しを浴びて輝き出した蓮池に沿う小道を往《ゆ》く宗次に気付いて、池向こうの百姓家で濡れ縁に立つ魚代《ななよ》が笑顔で手招いた。

早くいらっしゃいよう、といった感じの手招きだ。

間近に見える其処《そこ》へ辿《たど》り着くには、蓮池の北の端で少しばかり境内の森へ踏み入り、ぐるっと迂回《うかい》せねばならないが、たいした距離ではない。

宗次は、すっかり青く広がった空を見上げ、息を胸深くに吸い込んで木洩れ日あふれる境内の森へ入っていった。出口は半町と行かぬ先に見えているから、この界隈《かいわい》は明るい。硬い土質の足元は雨で湿っていたが、苦にならぬ程度だった。

宗次は、それ迄《まで》の暗い気分が少し晴れているのを感じていた。

明るい気性《きしょう》の耕造や魚代の存在を、つくづく有り難いと思っている。

が、その少し明るくなりかけていた宗次の気分を、一気に硬化させる気配が襲い掛かってきた。

「どこからでも来やがれ。さあ、来い」

という怒声が不意に森の右手奥の方から伝わってきたのだ。

聞き間違いか、と宗次は耳を澄ました。

すると、ガチン、チャリンという鋼と鋼の打ち合う音に続いて、「あっ」という短い悲鳴が聞こえてきた。

もう、聞き間違いなどではなかった。

「いかぬ……」

と、宗次は雑草や蔓草《つるくさ》が生い茂る中に飛び込むや、射《う》ち放たれた矢の如く走り出した。幼少時代より父を相手の猛修行に耐え、境内の森を我が庭の如く走り回って育った宗次であった。まさに勝手知ったる森である。森の半分くらいは綺麗に手入れが及んではいるが、残りの半分程は原始のままだった。

その原始の森を宗次は、不死鳥《ふしちょう》を想わせる前傾姿勢で、凄《すさ》まじい速さで走った。

実に久し振りに見せた宗次の、これが戦走《いくさばしり》であった。

この走りで目標に向かって、破竹《はちく》の勢いで激突していく。

「こん畜生《ちくしょう》め、くそっ」

再び怒声と同時に、ガチンという鋼と鋼の打ち合う音が伝わってきた。

そして「うわっ」という劣勢者の二度目の悲鳴。

激走する宗次の眦《まなじり》が吊《つ》り上がり、左腰にあった手が備前国包平《びぜんのくにかねひら》に触れた。

前方が見えてきた。

一条の光が天より鋭く降り注ぐその明りの中で、地に腰を落として十手を構える顔面血まみれの男と、その男に真っ向《こ》うから大刀を振り下ろさんとする浪人を、宗次の目が捉えた。その周囲《まわり》に刀を手にした浪人の仲間らしい五人がいる。

が、間に合わない。

宗次の右手が備州長船住景光《びしゅうおさふねじゅうかげみつ》(脇差)を抜き放つや、激走する速さを緩めぬまま渾《こん》身《しん》の力で**それ**を投げ放った。

密生する葉をバチバチと音立てて裂き開きながら水車の如く回転して飛翔する脇差が、刀を打ち下ろした瞬間の其奴《そやつ》の後ろ首に、鈍《にぶ》い音を発して食い込んだ。

「があっ」

叫んだ其奴が大きくのけ反《ぞ》り、今度は前かがみとなりざま横転。

驚愕《きょうがく》する仲間たちの目が、炎《ひ》となって突入してくる宗次を捉えた。

うち二人は、女太夫だ。

「殺《や》れっ」

女太夫の一人が黄色く甲高《かんだか》い声で、命じるかの如く言い放つ。

五本の刃が扇《おうぎ》の形に広がって宗次を待ち構えた。一騎当千を思わせる手馴れた素早い動きだ。

その中へ宗次は烈しく躍《おど》り込んだ。

「ぬん」

と、腹の底を低く唸《うな》らせるや、同時に斬り掛かってきた二本の刃を左右へ弾き返した。そして、全く間隙《かんげき》を置かぬ激烈さで全身を下げざま斬り下ろす。

殆ど一瞬の閃光業《せんこうわざ》。

浪人二人は膝蓋骨《しつがいこつ》（膝《ひざ》の皿《さら》）を断ち割られ、叫び声もなくもんどり打って仰向《あおむ》けに倒れた。

前へ倒すのではなく、仰向けに倒すところに宗次の剣の妙があった。

引き斬るのではなく、押し斬る原理だ。

引き斬って敵を前へ倒せば、余力を必死に用いて宗次に突き業《わざ》を繰り出す恐れがある。

「女を……女を逃がさねえで……おくんなさい」

腰立てぬ源次が血まみれの顔で必死に叫んだとき、宗次は既に右端にいた浪人――巨漢――の右肘《ひじ》の筋《すじ》を深く割っていた。三人の浪人の命を奪わずに、一気に手負いとした凄まじい速さの揚真流《ようしんりゅう》剣法だった。

「ううう っ」

巨漢が刀を取り落とし、呻《うめ》きながら腰をよろめかせて退《さ》がる。

源次が再び苦しそうに叫んだ。口のまわりの鮮血が血玉となって飛び散っていた。

「その女二人は……二人は……御用の筋の者を……殺しやした」

なにっ、という目で宗次が女太夫二人を見た。

すると女太夫のひとりが言った。

「その髭面、危うく見誤るところであった。よくぞ己《おの》れから現われてくれたものよ」

その言葉で源次が漸《ようや》く気付いた。

「あっ、宗次先生……宗次先生でござんすね……平造……平造親分の手下の源次……源次ですよう」

大声で言うなり、気が緩《ゆる》んだのか血まみれの源次は声をあげて泣き出した。

十手術の訓練を充分以上に積み上げてきた腕利きの源次とは言え、長刀を手にした練達《れんたつ》の遣《つか》い手相手には、矢張《やは》り相当な恐怖を覚えたのであろう。

なにしろ、血まみれになる程に、やられている。

「お、源次だったのか……」

と、いささか驚いた様子の宗次であったが、源次の方は宗次の隠された身分素姓《すじょう》などは全く知らない。にもかかわらずいま目の前で見せつけられた激震の如き修羅《しゅら》の剣法に、源次は不審を抱《いだ》く余裕さえもなかった。

それほど源次は動転していた。自信を抱《いだ》いていた十手術が相手に通じず、逆に血まみれにされたことに。

宗次は女太夫二人に、ゆっくりと迫った。

「おい女、御用の筋の者を殺《や》ったというのはよ、本当《ほんま》かえ」

宗次は言葉を崩した。間近で血まみれの源次が腰を落としているからだろうか。

「殺ったねえ、一撃で……」

女太夫二人は正眼《せいがん》に構えつつ、年長に見える方が笑いながら言った。

「俺は女は斬らねえ。傷ついた仲間の尻を叩いて此処《ここ》から早く消えねえ」

「ふん。我我の目的は、おい宗次、お前だよ」

女太夫の若い方が、腰を下《さ》げ見事な突き業《わざ》の構えに入った。美しい構えであった。

しかし宗次は三歩を退がり、倒れている浪人の後ろ首から脇差を抜き取って、更に二歩を退がると、大小刀の汚れを袂《たもと》で清め鞘《さや》に納めた。

源次が蟹《かに》のような勢いで這い、宗次の足元に辿り着いた。

宗次が相手に対し穏やかに言った。

「俺を狙う機会はまた別につくりなせえ。俺は逃げも隠れもしねえ」

「ほざくな宗次……」

「俺はお前《めえ》らの素姓を知る積もりはねえ。なぜ俺を狙っているのかの理由についても全く関心はねえ。二度は言いやせん。さ、早く傷ついた者を引き連れて消えなせえ。後ろ首に脇差を受けた奴はもう駄目だろうが、骸《むくろ》はこちらできちんと片付けてやろう」

宗次のその言葉で女二人は顔を見合わせ、そして刀を引いた。

「それでいい。さ、源次、ひとまず俺たちもこの場から消えよう。立てるか?」

宗次は腰を落としたままの源次に手を差し出した。

その手に源次はしがみ付いた。彼にとっては、はじめて血まみれとなった恐怖の闘いであった。

血まみれの源次を不意に連れてきた宗次であったが、耕造も魚代《ななよ》もそれほど驚かなかった。さすが、大剣聖、梁伊対馬守の住居《すまい》へ世話仕事ながら出入りしていただけのことはある。また腕が上達してきた宗次に大剣聖は真剣を握《にぎ》らせ、それこそ本気で打ち合い、宗次が体中の薄皮を切っ先で切られるのを、老夫婦は幾度となく見てきた。

また焼酎《しょうちゅう》や乾燥させた蒲《がま》の花粉《かふん》で手当してきたことも数え切れない。蒲の花粉は薬名を**蒲黄**《ほおう》と称して創傷、尿道炎などに特効。近代に入ってイソラムネチン、パルミチン酸、グリセリドなどの成分を含むと判明した。

　宗次は日当たりの良い縁側に、源次を横たえた。

「すまぬが耕造、焼酎と蒲《がま》の花粉はあるか……」

「そりゃあもう……持って参りましょう」

と、耕造があたふたと縁側から離れた。

「この血だらけの顔は先《ま》ず、ぬるま湯で綺麗に拭いた方がいいよう」

魚代《ななよ》もそう言い言い、耕造のあとを追った。

「宗次先生、助かったよう。もう駄目かと思った」

源次が囁くようにして言った。泣き声だった。

「春日町の平造親分の右腕が、なさけねえことを言いなさんな。それよりも、御用の筋の者《もん》が殺《や》られたってえのは？」

「あの野郎ども、五平どんを殺《や》りやがったんで……」

「なにっ、五平が……」

と、さすがに驚きを隠せない宗次であった。

「宗次先生は、五平どんが面倒を見ていたスリの市蔵を知っていますかい」

「会ったことはねえが、名は聞いている」

「そのスリの市蔵も五平どんと一緒に殺《や》られやした。しかも八軒長屋の先生ん家《ち》の前で……先程の女太夫二人を不審尋問《じんもん》しようとしたところを」

「なんだと……八軒長屋で」

これには大きな衝撃を受けた宗次であった。自分に絡んだことで、町衆の二人が犠《ぎ》牲《せい》となったのだ。しかも五平とはよく話を交わしてきた仲だ。

(これはもう……受け身のままではおれぬな)

宗次は、そう思った。剣客《けんかく》として正正堂堂と試合を申し込まれるのではなく、立ち向かってくるのはいつも遺恨《いこん》絡み、あるいは徳川宗徳という立場に絡む非正規《ひせいき》な闘いばかりであった。

その忌《い》まわしさに、うんざりとしていた近頃の宗次だった。

しかし、あの人の善《よ》い五平が、御役目の筋《すじ》を通そうとして斬殺されたと知って、それも自分(宗次)絡みで殺《や》られたと知って、受け身で避ける限界を宗次は感じた。

源次が言った。

「それにしても宗次先生が強いのには、びっくりしやした」

「俺の素顔の裏にあるのは、暴れん坊でよ。十代の頃は悪い連中と組んで刀を振り回していたと思いねえ。しかも侍《さむれえ》の身形《みなり》がこの上もなく好きでよ」

「へええ……じゃあ、少しキザな悪党だった？」

「まあな。そのキザな悪党よ」

「でも先生、今のその侍《さむれえ》の恰好《かっこう》、似合っておりやす」

「そこよ。似合う程に、侍《さむれえ》の恰好で刀を振り回す悪さをしていたってことよ。本気で道場なんぞにも通ってよう」

「へええ、凄《すご》うござんすね」

「が、今の話、内緒だぞ。絶対に内緒」

「内緒？」

「おうよ。内緒、いいな」

「へい、内緒、約束しやす。けど先生、この百姓家《や》は？」

「これも内緒だぞ。俺の隠《かく》れ家《が》なんでえ。裏の顔としてのよ」

「隠れ家？」

「そうだ。先程の爺《じい》さんはな、悪党だった俺の若《わけ》え頃の親分さ。婆《ばあ》さんはつまり恐持《こわもて》の姐《あね》さんだった」

「へええ、そう言えば何となく貫禄《かんろく》のある爺さんと婆さんで……」

「内緒だぞ、判ったな、内緒だ」

「約束いたしやす、内緒」

「うん、よし」

宗次はそれらの台詞《せりふ》が不思議に素直な気分でスラスラと言えたことに、満足した。

この演出も、源次を危険から守る一つの手段である、という確信もあった。

決して冗談ではない、確信が。

そして宗次は、再び蠢《うごめ》き出した生臭い黒い影に、宣戦した。

(待っておれ、必ず倒す)

と。たとえ相手が幾十、幾百の手勢であろうとも、揚真流剣法を炎《ひ》の舞《まい》と化して討ち込むと。

そこへ、何となく貫禄のある爺さんと婆さんが、焼酎や蒲《がま》の花粉やぬるま湯を調《ととの》えて縁側へ戻ってきた。

源次は、漸く大きな安心を覚えたのか、すうっと気が薄らいでゆくのを止められなかった。かなりの出血のせいでもあるのだろうか。

彼は意識を失い、何となく貫禄のある爺さんと婆さんの、てきぱきとした手当が始まった。

宗次は耕造と魚代《ななよ》に源次を任せて庭先へ下りると、ギラリとした目を境内の森の奥へ向けた。近頃の宗次にしては珍しい、朱の色を放って炎《も》えあがるかのような目つきであった。

宗次の本気の宣戦布告。それが炎《ひ》を噴《ふ》き出し始めていた。

一五八

源次《げんじ》は日暮れ刻《どき》まで昏昏《こんこん》と眠り続け、夕餉《ゆうげ》の前には目覚めて襲われる迄《まで》の自分の足取りを詳しく宗次《そうじ》と耕造《こうぞう》、魚代《ななよ》に打ち明けたものの、再び眠りに陥《おちい》った。魚代《ななよ》が勧める玉子粥《たまごがゆ》にも小鮒《こぶな》の佃煮《つくだに》にも箸《はし》を付けなかった。小鮒の佃煮は、魚代《ななよ》自慢の手作りだ。

佃煮について少し述べると、寛永《かんえい》の頃（一六二四～一六四四）摂津国佃村《せっつのくにつくだむら》（大坂・淀川河口《よどがわかこう》近くの佃島）の漁師たち数十人が、隅田川《すみだがわ》河口の島（現在の東京・中央区の佃島）に幕府から特別に土地を与えられ居住。シラウオ漁の特権を付与されて将軍家へ献納するなかで、商品価値の低い小さな魚介類は保存食目的で濃い甘辛の醬油《しようゆ》味で煮つけた。

商品価値が低いどころか、これがたちまち人気の品——佃煮——となっていくあたりは、さすが商都大坂の漁師の知恵というところか。

酒の肴《あて》としても、これほど結構なものはない。

台所を前にした板間《いたのま》で、耕造が宗次に顔を近付けるようにして囁《ささや》いた。竹編みの古い仕切り戸を開けっ放しの隣室で眠っている源次を用心深い目で捉《とら》えたまま。

源次が眠っている部屋は、竹簀子《たけすのこ》張りの床に厚い筵《むしろ》を敷いた客間である。

「あの源次ってえ御用聞きは、若先生の身性《みじよう》を全て知っとるのかね」

「いや、なに一つ知らぬよ。浮世絵師宗次としてよく知り合った仲ではあるがな。明朝《みようちよう》は念のため、湯島《ゆしま》三丁目の柴野南州《しばのなんしゆう》先生の所へ連れていくよ。大八車を貸しておくれ」

「有名なお医者ですね。大八車は儂《わし》が引きましょう」

「そうか。すまぬな」

魚代《ななよ》が亭主を押し退《の》けるようにして、宗次の顔の前で囁いた。

不安で仕方がない、という顔つきだった。

「なんだか大変な事件のようだねえ。若先生の身が心配ですよう」

「いずれにしろ、源次をここへは置いておけない。私も市中へ戻らぬと状況が確《しっか》りと摑《つか》めないのでな」

「猪肉鍋《ししなべ》で楽しくやれなかったのが残念だねえ」

「そう遠くない内に、また目黒《めぐろ》へ来るから。猪肉《ししにく》は私の分、味噌《みそ》にでも漬け込んでおいておくれ」

「うん、そうだねえ。そうします」

魚代《ななよ》は頷《うなず》くと、そうっと立ち上がって、源次の様子を見に隣室へ入っていった。

「止《よ》しな。目を醒《さ》ましたらいけねえから」

耕造が女房の背に小声を掛け、それで魚代《ななよ》の動きが止まった。

源次の枕元で、古い小行灯《こあんどん》の明りが揺れている。

魚代《ななよ》が亭主の横へ戻ってきて囁いた。

「気持良さそうに、よく眠ってるよう、あんた。あれなら明日、大八車に乗せても大丈夫かもね」

「江戸市中への道は凸凹道《でこぼこ》じゃあねえから、心配いらねえよ。それに梶《かじ》は使い馴れたこの儂が引くんだから」

「江戸市中へ入るまでの途中でまた、変な奴が襲ってこないかね」

「なあに、若先生が傍《そば》に付いていて下さりゃあ、五十人や百人でも一瞬の内に叩っ斬って下さるさ。ね、若先生」

耕造に相槌《あいづち》を求められて、宗次は曖昧《あいまい》な苦笑を見せるだけに止《とど》めた。

今の宗次は、耕造や魚代《ななよ》を相手に話を交わすのさえ苦痛だった。

八軒長屋の、しかも自分の住居《すまい》のすぐ前で五平《ごへい》とスリの市蔵《いちぞう》とかが女太夫《おんなだゆう》二人に斬殺《ざんさつ》されたというのだから、これはもう〝自分絡《がら》み〟で犠牲者《ぎせいしゃ》が出たのだと見る他なかった。

その〝自分絡み〟に宗次は納得している訳ではない。これまでに次から次へと自分に襲い掛かってきた難儀は、余りにも理不尽《りふじん》に過ぎる事ばかり、と思いつつ対処し耐えてもきた。

が、もう我慢の限界、という気に宗次はなりかけている。

「若先生。晩飯《ばんめし》がまだでしたね」

耕造が思い出したように言った。

「そうよな。源次のことに振り回され忘れていたな。玉子粥と小鮒の佃煮を厚かましく馳走《ちそう》になろうか魚代《ななよ》」

「あいよ。たっぷりと拵《こしら》えたから。それに旨い漬物《つけもの》がそろそろ食べ頃だし……」

魚代《ななよ》が亭主の肩に手を当てて支えとし、「よっこらしょ……」と勢いつけて立ち上がったのはよいが、大きくよろめいて両脚を突っ張った。

「気を付けんかい。脚腰はもう若くはねえんだからよ」

と、耕造が思わず顔をしかめる。

魚代が台所で動き始めるのを待って、耕造が声を低く抑えて言った。

「吾助《ごすけ》ん家《ち》の三男坊である吾作《ごさく》を平造《へいぞう》親分の家へ走らせたというのに、その後ウンスンの連絡もありませんね若先生。少し心配になってきましたよ」

「自分の右腕の五平と、その五平が情報屋として使っていたスリの市蔵が斬殺されたのだから、平造親分は必死で江戸市中を駆《か》け回っているに違いない」

「なるほど。その平造親分に接触するのは、吾作はちょいと苦労しますかね」

「とは言え、吾作には平造親分ん家《ち》へ走って貰《もら》ったんだから、なあに、朝までには必ず親分は此処《ここ》へ駆け込んで来るだろうよ」

「その平造親分は、若先生の身性については？」

「こちらから打ち明けてはいないが、なにしろ目端の利《き》く勘が鋭い親分だ。口には出さなくとも、ただの浮世絵師じゃない、くらいは思っているだろう」

「この事件で、一段と気を遣う付き合いになりそうですね」

「いや。平造親分という男は、そういう点では自制的な、なかなか出来た性格でね。これ迄と余り変わりないと思うよ」

「そうですか。それなら宜《よろ》しいのですが」

そこへ魚代《ななよ》が、盆がわりに使っている檜《ひのき》の板切れの上に晩飯をのせてやってきた。

「さあさ若先生。遅くなっちまいましたね。食べましょう、食べましょう」

そう言い言い魚代《ななよ》が、それぞれの膝前に茶碗や汁椀や小皿を置いたとき、土間口の外で何やら音がした。

三人は思わず顔を見合わせた。

「いま、外《そと》で音がしませんでしたかね若先生」

耕造が恐ろし気《げ》に土間の方を指差し、魚代《ななよ》が「したよ、した……」と顔つきを変えた。

「耕造、刀を……」

「はい」

耕造は小慌《こあわ》てに腰を上げ、源次が眠っている部屋へ足を忍ばせて入っていくと、半畳ほどの〝床《とこ》の間拵《まごしら》え〟になっている其処《そこ》に立て掛けられていた大小刀を手にして、宗次の傍に引き返した。

宗次は両刀を腰に帯びると、

「ここを動かないように……」

と老夫婦に告げて、土間に下り立った。

板戸が閉じられている土間口の向こうで、再びカタンと音がした。板戸には、すでに用心のため、からくり錠が掛けられている。

今度のカタンという乾いた音は、三人の耳にはっきりと届いたから、魚代《ななよ》が亭主の肩にしがみ付いた。

「若先生がいなさるんだ。心配ない」

耕造が魚代《ななよ》を睨《にら》みつけるようにして囁いた。

と、不意に土間口の閉じられている板戸が、外からトントントンと叩かれた。

宗次が板戸に近付いてゆくと、次に声がした。

「耕造爺《じ》っちゃ。吾作だけんど、春日町《かすがちょう》の平造親分さんに来て戴《いただ》いたよう」

「おお、吾作の声じゃ」

耕造はそう言うなり、土間へ裸足《はだし》のまま飛び下り、土間口へ駆け寄ろうとした。

その耕造を「私が開けよう。下がっていなさい」と制止した。

「もう……若先生に任せたらいいんだからよう」

と、背後で魚代《ななよ》が勇み足の亭主を小声で叱《しか》り、宗次の後ろへ耕造は下がった。

「耕造爺《じ》っちゃ。吾作だあよ」

と、板戸がまた叩かれる。

からくり錠の要領を知っている宗次が、板戸をゆっくりと開けた。

雨続きだった夜空の今宵《こよい》は、そよとした風もない朧夜《おぼろよ》であった。

一五九

吾作に促《うなが》されるようにして土間内へ入って来たのは、春日町の平造親分と提灯《ちょうちん》を手にした手下の遊平《ゆへい》だった。

「待っていやしたよ平造親分」

言葉を崩した宗次が、平造親分に歩み寄った。

「宗次先生。源次が大変世話を掛けちまったようで、この通り御礼を申しやす」

平造が丁重《ていちょう》に腰を折り、彼の後ろで遊平も提灯を消して親分を見習った。

「水臭い挨拶《あいさつ》は抜きに致しやしょう親分。それよりも私の横に控えている耕造爺《と》っつあんと、あそこの板間《いたのま》に座っている耕造爺《と》っつあんの女房《かみ》さんには、源次の傷の手当で随分と助けられやした」

「そうでしたか。それはどうも……春日町の平造と申しやす」

耕造に歩み寄った平造親分が、再び腰を深く折ってから、板間《いたのま》に座している魚代《ななよ》の方へ歩み寄った。

離れてゆく親分の背中を見つめながら、遊平が囁き声で宗次に訊《たず》ねた。

「宗次先生は、どうしてまた目黒になんぞ、おられやすんで？」

それは平造親分の耳にまで届いたのであろう。彼の歩みが板間《いたのま》の手前でぴたりと止まり、きつい目つきで振り向いた。

「おい遊平。まだ半人前の分際《ぶんざい》で、俺の許しなしで宗次先生ほどの御人《おひと》に、馴れ馴れしくあれこれ訊《き》くんじゃねえ」

「あ、も、申し訳ありやせん」

遊平が慌てて謝った時にはもう、平造親分は魚代《ななよ》に対して二度、三度と頭を下げながら挨拶をしていた。

宗次から平造親分の性格を事前に聞かされていた耕造は、「なるほどねえ……」と言わんばかりに首を小さく振ってみせた。

「さ、親分。とにかく板間に座っておくんなさいまし」

耕造が思い出したように平造を促した。

吾作が宗次に近付き、小声で言った。

「若先生、俺はこれで帰りやす。母《か》っちゃが心配性だから」

「そうか。ご苦労だったな。じゃあ、ちょいと外へ……」

「うん」

宗次と吾作は連れ立って土間の外に出た。

宗次は袂《たもと》から慶長一分金《けいちょういちぶきん》（鋳造《ちゅうぞう》期間、慶長六年〈一六〇一〉～元禄《げんろく》八年〈一六九五〉）を一枚取り出して、吾作の手に握《にぎ》らせた。一分金は四枚で一両となる。

「父《と》っちゃと母《か》っちゃに何ぞ甘い物《もん》でも買ってやっておくれ」

「若先生。いくら何でも、これは多過ぎるよ」

「いいから、いいから……無理な用を頼んじまって、すまなんだな」

「んなことねえよ。また何か手伝えることがあったら、遠慮のう言っとくれ先生」

「うん。有《あ》り難《がと》う……」

宗次は吾作の肩を軽く叩くと、彼が朧夜の中に消えてゆくのを待って、土間内へ戻った。

板間《いたのま》で耕造・魚代と話し合っていた平造親分が、宗次と目を合わせるや待ち構えていたように腰を上げた。

「いいかえ」

宗次が耕造へ目を移して、二階への階段を指差した。

耕造が頷いた。

二階とは言っても先代までは蚕《かいこ》を飼っていた、いわゆる養蚕室《ようさんしつ》で、今は物置になっている。床は板張りだ。

宗次と平造親分は、暗い二階へ上がった。

「窓際へ寄ろうかえ親分。多少は明るいから」

「へい」

「足元、気を付けなせえよ」

「暗がりには馴れておりまさあ。毎日のように真っ暗な街中を走り回っておりやすからね」

「あ、そうだったな……」

二人は格子《こうし》が嵌《は》まった窓際で向き合い、宗次が小声で切り出した。

「とんでもねえ事件が起こっちまったな親分。源次から概略《あらまし》は聞いちゃあいるが、なにしろ傷を負った体で喋《しゃべ》ったんで、断片的な部分が少なくねえんだ。親分が把握《はあく》しているところを、ざっと聞かせちゃあくれねえか」

「此度《こたび》の事件、いささか宗次先生絡みかも知れねえってこと、源次は打ち明けておりやすか？」

「うん。八軒長屋の私《あつし》の住居《すまい》のすぐ前で、五平とスリの市蔵とかが、女太夫二人にいきなり斬殺されたらしい、と聞いちゃあいるが……」

「判《わか》りやした。じゃあ要点を押さえて、私の張り込みをも含め、順を追って話してゆきやしょう。その前に先生。源次の傷の具合はどうなんで？　吾作とかの話じゃあ、心配ないということなんですが」

「傷の程度は、吾作が言った通り心配ない。幸《さいわ》い源次が襲われた現場へ私《あつし》の駆けつけるのが早かったんで」

「今宵の先生は腰に両刀を帯びておられやすが、斬り合いをなさいやしたか？」

「いずれ判ることだから、下手に隠しても仕方がねえ。今まさに源次を殺《あや》めんとした刺客《しかく》五人のうち三人に、深手を負わせたよ」

「左様でしたか。大事な手下である源次を助けて戴きやしたこと、この通り御礼を申し上げやす」

胡座《あぐら》を組んだ姿勢であったが、平造親分は深く頭を下げつつ床に両手をついた。

このとき、雲が夜風に流されたのか、それまでの朧夜が突然月明り降り注いで目に眩《まぶ》しい程の明るさになった。

向き合う宗次と平造親分の顔半分が、格子窓から差し込む月明りで鮮明に浮き上がる。

「宗次先生は傷を負っちゃあいやせんね」

月明りを浴びる平造の顔半分が、心配そうに歪《ゆが》んだ。

「大丈夫だ……」

「よかった。京《みやこ》の御所様（天皇、上皇）からお声が掛かる程の天下無双の浮世絵師宗次先生の体に傷でもついちゃあ、町人の俺でも腹を切らなきゃあなんねえ」

「大袈裟《おおげさ》なことを言いなさんな親分。この私《あつし》だって町人だあな」

「町人は町人でも、ちょいと違う町人のような気が致しておりやす。前前からねい。いや、ま、この話はここまでに致しておきやしょう。話を事件に戻しやしょう先生」

「うん」

「此度の事件ですがね先生……」

と、胡座を組んだ膝先《ひざさき》を少し宗次の方へ滑らせた平造は、一段と声を低くした。

顔半分に月明りを浴びる宗次の目つきが話を聞くにしたがって険《けわ》しくなり、瞳の奥に炎《ひ》が点《とも》ったようにぎらつき出した。

それは平造親分が思わず言葉を途中で止めるほど、険しい目つきだった。

一六〇

翌朝。

宗次は平造親分らと共に、源次を大八車に乗せて早朝まだ暗い内に目黒を発《た》ち、月番の北町奉行所の同心詰所へと源次を運び込んだ。

ひと足先に目黒を出た遊平が、湯島三丁目の『白口髭《しろくちひげ》の蘭方医《らんぽうい》』柴野南州先生に駆け込んだことで、同心詰所には南州先生と医生らが待ち構えていた。

北町奉行の島田《しまだ》出雲守《いずものかみ》守政《もりまさ》は平造に『江戸市中何処でも御免』の紫の房付十手《ふさつきじって》を与えている。また、御用の筋の者を大事にすることで知られた奉行でもある。

そのこともあって「傷ついた源次の体は三、四日は同心詰所で預かる……」という配慮を奉行所の与力同心たちは見せてくれた。

「ひとまず宗次先生は、八軒長屋へお帰り下さいやし。何かご協力を戴きてえことがあれば、私《あつし》が同心旦那と共にこちらから出向きやすから」

宗次は平造から、そのように耳打ちされたので、その言葉に従って八軒長屋へ久し振りに足を向けた。

鎌倉《かまくら》旅以来であるから、本当に久し振りの帰宅となる。

御用の筋の者とその密偵役のスリが斬られるという、痛ましい斬殺事件の現場となった八軒長屋は、森閑《しんかん》と静まり返っていた。

溝板《どぶいた》路地を甲高《かんだか》い声で走り回る子供たちの姿も、井戸端《いどばた》会議の女房たちの姿もなかった。

腰に両刀を帯びたままの宗次には、その身形《みなり》を誰にも見られなくて有り難かった。

宗次は自宅に入ると、両刀を簞笥《たんす》にしまい、洗濯《せんたく》の利いた着流しに着替えて、いささかでも暗い気分を調《ととの》えると、大きな文机《ふづくえ》の上で散らかっている絵具や墨汁、画紙、硯《すずり》、筆などを片付けた。

頭の中では、鎌倉の寺社を巡って観察した幾体もの仏像の印象が、瑞瑞《みずみず》しいかたちで息衝《いきづ》いてはいたが、絵筆を手に取る気分には到底なれない。

長屋の二軒分をもう長いこと住居《すまい》として使ってきた宗次は念のため、部屋の隅隅、台所、小さな風呂場などを検《み》ていった。

が、どこにも異常——たとえば侵入者の痕跡《こんせき》——などはなかった。塵《ちり》ひとつ見当たらない。

留守をしたときなどは、筋向かいに住む屋根葺職人《やねふきしょくにん》久平《きゅうへい》の女房チヨが、いつも丹念に掃除してくれていることを、宗次は承知している。

（有り難うよ、母さん……）

どこにも異状は無いと判った宗次は、上《あ》がり框《がまち》に立ってチヨの家の方へ頭を下げ合掌《がっしょう》した。

「浴槽がちょいと乾き過ぎだったな……」

思い出したように呟《つぶや》いた宗次は、土間に下りると着流しの袂《たもと》を肩口までたくし上げ、瓶口《かめぐち》まで水を満たした大瓶《おおがめ》を、「うん」という低い気合と共に胸の高さまで持ち上げた。着流しで隠された彼の体つきからは、想像出来ぬ怪力《かいりき》だ。

彼の両腕の手首から上腕部にかけての筋肉が、メリメリと音立てるようにして幾筋も盛り上がる。

彼は途中で一度土間に大瓶を下ろしてひと呼吸休みはしたが、次には一気に浴槽まで運んで水を注ぎ込んだ。

大の男ひとりが入ると一杯一杯の、樽《たる》型の木張りの古い浴槽だった。

ゆえに長く使わないで張り板が乾燥し過ぎると、漏《も》れる恐れがある。

「これでよし……」

呟いて宗次は水瓶《みずがめ》を元の位置に戻した。

彼は近くの風呂屋へ出かけて、町の衆と談笑するのを好んだから、自宅の小さな浴槽に体を沈めるのは、月のうち四、五回くらいしかない。

長屋の家二軒分がある宗次の家、とは言っても、一軒分が玄関の土間口に入ると手が裏庭――猫の額《ひたい》ほどの――に届きそうになるから、まさに『うさぎ小屋』と言ってもいい住居《すまい》だった。

と、誰かが表口の障子《しょうじ》をトントンと遠慮気味に叩いた。

宗次には、母さん（チヨ）と判る叩き方だった。

「いるよ母さん」

宗次が応じると、腰高障子《こしだかしょうじ》を開けて小さな古い盆に茶をのせ、チヨが土間に入ってきた。

溝板路地で陰惨《いんさん》な事件があっただけに、当然チヨの表情にはいつもの明るさがない。

「少しばかり長い留守だったね。いつ帰って来たんだえ」

そう言いながら上がり框に、熱い茶をそっと置くチヨだった。

「たった今……黙って留守をしちまって申し訳ねえ母さん」

　宗次は上がり框に正座をして土間のチヨと向き合うと、頭を下げた。

「香りのいい葉茶が、奥多摩《おくたま》の父から届いたんだ。飲んでみて」

「うん」

　宗次はほんのりと温《あたた》かな湯呑《ゆの》みを手に取った。チヨの心の温かさだな、と思うと気持がすうっと緩《ゆる》んで目頭《めがしら》が熱くなってきた。

　彼は茶を啜《すす》った。

「どう？」

「いい香りだ。味もいい。暫《しばら》く会っていねえ奥多摩の父っつあんの顔を思い出すなあ……」

「でしょう」

　と、チヨが漸《ようや》く笑みを浮かべて、上がり框に腰を下ろした。

　宗次は湯呑みを膝前に下ろすと、もう一度頭を下げた。

「平穏《へいおん》なこの八軒長屋で、陰惨な事件が起きてしまった。いや、起こしてしまった、と言い直すべきだい。全てがこの私絡《あつし》みなんだえ母さん。すまねえ」

「宗次先生に原因があっての事件、と捉えていいということ？」

「ああ、そう捉えて貰っていい。私《あつし》はもう、この八軒長屋にはおられねえ」

「そこまで考えを飛躍させちゃあいけないよ。長屋の誰ひとり、そんなことを思っちゃあいないんだから。先生は長屋みんなの家族のひとりさ」

「だからこそ余計に、この長屋に居続けちゃあならねえんだ。私《あつし》が居続けることで、第二第三の陰惨な事件の起こる可能性があるんだよ母さん。御用の筋の者《もん》が、それもよく顔を知った善良な御用の筋の者《もん》が、私《あつし》の家の前で斬殺されたんだ。絶対に許しちゃあならねえ卑劣《ひれつ》なその刃がいつ何時《なんどき》、長屋の住人に向けられるか知れねえ」

「この母さんを捨てて、何処《どこ》かへ行っちまうと言うのかえ先生」

「母さんはこの私《あつし》の家族だい。子供たちもよ。だから何処へ引っ越そうが、毎日のように訪ねて来ればいいのさ。但《ただ》し、此度《こたび》の事件の根っ子を叩《たた》き潰《つぶ》してからだがよ」

「自分の手でやるつもりかい」

「……………」

「天下無双の浮世絵師の立場から、侍《さむらい》の身分に戻るつもりなんだね」

「……………」

「先生には危ない目に遭《あ》って貰いたくないよう」

宗次の真《まこと》の身分素姓を知っているチヨは、そう言うと堰《せき》を切ったように泣き出し両手で顔を覆《おお》った。

「母さん。私《あつし》はこれまで様様ないやがらせや、謀略《ぼうりゃく》、中傷に耐えに耐えて、浮世絵師という蓑《みの》をかぶり、〝いい子〟を装ってきた。〝我慢の子〟を装ってきた。しかし、平造親分が可愛《かわい》がってきた手下の五平が斬殺され、私《あつし》の堪忍袋《かんにんぶくろ》の緒が切れた」

「でも先生よう……」

チヨは顔を覆っていた両手を下げ、真っ赤な目で宗次を見つめた。

「聞いてくれ母さん。私《あつし》の身分素姓をすでに知り抜いている母さんだからこそ、聞いてほしいんだい。俺はね母さん、これまでの自分に、〝いい子、我慢の子〟を装ってきた己《おの》れに、**さらば**、を突きつける時が来たと思ってんだ」

「**さらば**？……さらば己れよ……ってことかえ」

「いつか必ずその日が来る、という予感はずっとあった」

「その日が、とうとう来たと？」

「うん」

「なんだか今日の先生、違った人に見えるよう。もっとも、私《あたし》なんかが軽軽しく近付ける御人《おひと》ではない、と判ってはいるけど」

「いいや、私《あつし》にとって母さんは母さんだえ。何もかも今まで通りで構やしねえ。それに俺は、侍の世界に戻るつもりはねえし、絵師としての仕事を捨てるつもりもねえ」

「本当？」

「ああ、本当だ。それよりも母さん。五平たちを斬殺した女太夫二人の顔を、長屋の住人は見ちゃあいねえのかな」

「見たさあ。長屋の幾人もの女房たちが表障子を細めに開けて、はっきりとさあ。事件後に調べに来た奉行所の役人や平造親分には皆、余り詳しくは言わなかったようだけど……」

「ん？……何故《なぜ》だい」

「宗次先生に一番に打ち明けたい、という感情が働いたに違いないよう。皆、先生のことが大好きなんだから」

「そうだったのか……有《あ》り難《がて》え、そして、申し訳ねえと思う。本当にすまねえ」

「その**女太夫**二人だけどね先生。皆は、整い過ぎた男前な役者顔つまり男の顔だった、と言ってるよ」

「なにっ」

「私《あたし》は後ろ姿しか見なかったけど、スラリとした背丈の**女太夫**二人のあの確《しっか》りとした肩のあたりは、**男の肩**として見た方が自然だと思った」

「男……か」

呟いた宗次の瞳で、これまで感じたことがないような〝凄《すご》み〟が走ったのに気付いたチヨは、思わず息が止まり体が凍るのを覚えた。

一六一

その日の夜、若年寄心得にして番衆総督の地位にある西条山城守《さいじょうやましろのかみ》邸では、美雪《みゆき》が奥取締の菊乃《きくの》から報告を受けて大きな衝撃を受けていた。

「何ということ……八軒長屋でそのように酷《ひど》い刃傷沙汰《にんじょうざた》があったとは……花子《はなこ》はよくぞ恐怖に負けずに打ち明けてくれましたね」

「屋根葺《やねふき》職人である父親からは、絶対にあちらこちらで喋《しゃべ》ってはならない、と強く釘《くぎ》を刺されていたらしゅうございます。あちらこちらで喋って目立つと、下手人が再び長屋にやってくるかも知れないからと。ですから花子は打ち明けてくれる際、とても怯《おび》えた様子でした」

「宗次《そうじ》先生の御自宅の前で、御用の筋の者とその手先が殺害されたとなると、花子が怯えるのは当然です。それにしても何という酷《ひど》い事件でしょう。宗次先生や長屋の人たちの身には何事もなかったのかしら」

「笠原《かさはら》家の舞《まい》様と鎌倉《かまくら》旅へ出られました宗次先生は、その間《かん》、八軒長屋を留守にしておられましたが、漸《ようや》く今朝方、戻って参られたようです。長屋の人たちも皆無事です。そのあたりのことを更に詳しく、花子より直接お聞きになられたらいかがでしょうか」

「いいえ。それを致せば、花子に負担を掛けるだけです。宗次先生も長屋の人たちも無事と判《わか》れば、あとは奉行所の与力同心の動きに任せましょう」

「畏《かしこ》まりました」

「それにしても今宵《こよい》、お城からの父上のお戻りが遅過ぎはしませぬか。このところ重要な打ち合わせが多い、とのことは伺《うかが》っていますが、今日、下城が遅くなることについては聞いておりません。菊乃は？」

「私も伺ってはおりません。ただ、一騎当千の供揃《ともぞろ》えで登城なされましたゆえ、ご心配ないと思います。供揃えをそっと確認するのは、玄関までお見送りする私、奥取締の役目であると自分勝手に心得ておりますゆえ」

真顔でそう言い切る菊乃であった。

「そうですね。父の身のまわりに気を配る近頃の菊乃は、かつての母上みたいですよ」

「ま、まあ。何を仰《おつしや》います、お嬢様。そのような恐れ多いことを……勿体《もったい》ない」

常に沈着《ちんちやく》な菊乃が珍しく小慌《こあわ》てとなって、瞼《まぶた》のあたりをうっすらと赤くさせた。

美雪はそれに気付かぬ振りをして言った。

「宗次先生のご自宅の前で、そのように酷い事件が生じたとなると、先生の身を案じる気持で一度お訪ねすべきが作法でしょうか。どう思います菊乃？」

「お訪ねすれば宗次先生は、きっとお喜びになりましょう。けれども事件が事件でございますから、八軒長屋へうっかり近付いて、今度はお嬢様の身に災難が降りかかるようなことがあってはなりませぬゆえ……」

「まあ、そのような言い方は宗次先生に対して失礼に……」

「いいえ、お嬢様。ここ西条家九千五百石邸の奥の取締をつとめまする私には、常に先を読んだ冷静な判断が求められます。お嬢様の身の安全を先手先手で考えることは当然でございましょう」

「そう申す菊乃の気持、判らぬではありませぬが」

「ましてや今の宗次先生は、笠原家の舞様と鎌倉旅へお出かけになられたお立場。あの美しい笠原家の姫君と幾日にもわたって二人切りの旅をなされた現実は、心を鬼にしてでも冷静に眺《なが》める必要がございましょう」

「なんだかとても、冷たく聞こえますよ。菊乃の今の言葉……菊乃らしくありません」

「時《とき》が経《た》つにしたがいまして、私、宗次先生に対して苛立《いらだ》ちの気持がどうしようもなく、激しくなってきつつあるのでございます」

菊乃が穏《おだ》やかな口調でそう言ったとき、表門の方角から馬の低い嘶《いなな》きと人のざわめきが伝わってきた。

「あ、お殿様のお帰りです、お嬢様」

菊乃はそう言うと、あたふたと座敷から出ていった。障子《しょうじ》は心得たかのように、閉じていない。

美雪は部屋から出なかった。菊乃が言った「……あの美しい笠原家の姫君と幾日にもわたって二人切りの旅をなされた現実……」という言葉が、耳の奥に濃く残っていた。

美雪は浅い溜息《ためいき》を吐《つ》いて、広縁の前まで身を移し、重い役目を終えて帰って来た父の足音が近付いて来るのを待った。

「宗次先生。舞との鎌倉旅、心からお楽しみになられたのでしょうか……」

思わず美雪は呟《つぶや》いてしまい、その呟きに自身、驚いてしまった。予想だにしていなかった呟きであったから、彼女は心をかなり乱した。

父のものと判る足音と共に菊乃の気配も広縁を近付いてきたので、美雪は姿勢を改めた。

父の前ではこのところ常に、塾頭であることを忘れないようにしていた。

その父の歩みが目の前で止まると同時に、「お帰りなさいませ」と、美雪は三つ指をついて綺麗《きれい》な御辞儀をした。この世に生まれたときから備わっているかのような自然な〝淑徳《しゆくとく》の美〟に迎えられて、西条山城守は目を細め「うむ」と頷《うなず》いたあと、付け加えた。お出迎え役の菊乃の姿は作法を心得て、西条山城守の、うんと後ろだ。

「今日は上様のご体調、大変よろしくてな。話が弾《はず》んでしもうたのじゃ。驚くほど上機嫌《じようきげん》であられた。お疲れにならぬかと、気が気ではなかったがな」

野太い低めの声で言った、山城守だった。

「まあ、左様《さよう》でございましたか。そのままに御健康を取り戻して下されば、これほど嬉《うれ》しいことはございませぬけれど」

「そうじゃな。ただ話を終えるあたりで上様はな。このように申された。明日、必ず宗次先生を呼んで参れ、となあの時の表情は怖いほど真剣であられた。目が光っていたな」

「まあ……」

「美雪。この父は嫌な予感がしているのじゃ。上様は間近な死期の訪れを、はっきりと捉《とら》えられたのではないかと……」

「それで宗次先生を呼んで参れと？」

「上様は宗次先生に、何かを真剣に言い残そうとしているのではあるまいか……」

山城守は更に低い声で言うと、美雪の前から離れ、書院の方へと足早に消えていった。一定の隔《へだ》たりを心得た菊乃が、山城守のあとに小急ぎで従う。

広縁が、静かになった。

美雪は膝前《ひざまえ》に視線を落として、考えた。上様は一体、宗次先生に何を言い残そうとなされているのであろうかと。

が、判る筈《はず》もなかった。いかに万石大名に近い高禄《こうろく》を得ている大旗本家の姫と雖《いえど》も、幕府内の権力の蠢《うごめ》きについて推《お》し量《はか》ることは困難、と承知している美雪だった。

女性教育塾を開学した動機は、実はその辺りにある。幕府中枢部《ちゆうすうぶ》を占める上級幕僚たちはいずれも武士（男）であり、しかも若くない者たちによって権力の大部分が握《にぎ》られている。この**若くはない男たち**（武士たち）の判断能力、決断能力、実行能力に縋《すが》り続けて**政治権力の執行**《しっこう》**が更に老化を深めれば**、今に徳川《とくがわ》幕府の屋台骨に回復不能の歪《ゆが》みが生じかねない。

美雪は胸の内でひとり、そう思ったりしてきた。男の幕僚たちに権力を預けるにしても、能力的・感性的にもっともっと若返る必要がある、と。それらの思いを尊敬する父に打ち明けたことは、むろんまだない。

（男幕府《おとこばくふ》に……しかも諸能力が老化した男幕府に、文武両道を極めた女性幕僚を複数送り込むことが出来れば、どれほど画期的なことか……いや、数日を経《へ》ずして老獪《ろうかい》なる老臭《ろうしゅう》権力によって消されてしまうかも知れない……）

胸の内で呟いた美雪の脳裏《のうり》をほんの一瞬ではあったが、小太刀《こだち》剣法を極めた笠原家の舞の若く美しい顔が、掠《かす》めて消えた。

『大権力』の表舞台に立つには、きらめくような能力だけではなく、『大権力』に似《に》つかわしい**凜たる風格**と**豊かな知見**《ちけん》に満ちた**容姿**《ようし》が男にも女にも必要だろうか、と美雪は自問自答した。

「ともかく一所懸命に、世に出すべき女性の教育に努《つと》めねば……」

自分に言って聞かせるようにして呟き広縁そばから離れようとしたとき、

「何かお考えごとですか？……少しお疲れのように見えますけれど」

と菊乃がにこやかに戻ってきた。

「夜も少し更《ふ》けましたけれど菊乃。久し振りにお茶を点《た》てませぬか。さ、お入りなされ」

美雪がそう言って立ち上がろうとするより先に、菊乃が小さく頭《かぶり》を振った。

「お嬢様。急ぎ書院へ参るようにと、御殿様が」

「え？　たった今し方、父とこの場で話し合《お》うていたのですよ」

「はい、それは存じあげておりますけれど、ともかく急ぎ書院へ参るようにと、御殿様が」

「判りました」

「私がお茶を点てる用意を調《ととの》えておきましょうね」

「そうして下さい。**井華塾**《せいかじゅく》のことで相談したいことがありますゆえ」

「深刻な事項でございましょうか？」

「いいえ、そうではありませぬ。新しい教育科目を増やすことに関してです」

美雪はそう言い残して、父が待つ書院へと向かった。

父は池泉《ちせん》庭園に面した大障子二枚を開け、朧夜《おぼろよ》の庭を眺めながら、すでに膝前に夕餉《ゆうげ》の調った膳を置いていた。西条家の台所は、調理上手で通っている。

「お、来てくれたか。ま、座りなさい」

美雪にやさしく微笑《ほほえ》みかけた山城守は穏やかに言って、膳にのっている好みの熱燗《あつかん》が満たされた瓶子《へいし》（銚子《ちょうし》）に手を伸ばそうとした。

「お注《つ》ぎ致しましょう父上」

父を左斜めとして座った美雪の白い指がしなやかに動き、瓶子を手に取った。

「お城での夜食は、矢張《やは》りお口に合いませぬか父上」

「食事の味も酒の香りも我が屋敷に限る。質も量もな」

「まあ……質、などと」

美雪がくすりと笑い、山城守は娘が注いでくれた熱燗をいかにも美味《おい》しそうに目を細めて呑《の》み干した。

「ところで父上、私《わたくし》に何か御用があるのではございませぬか」

美雪は、空《から》になった父の盃《さかずき》に二杯目を注ぎながら訊《たず》ねた。

「うむ……」

頷いて山城守は、盃には口をつけずに、膳の上に戻した。

「明日も登城せねばならぬが、いつもより朝早めに屋敷を発《た》たねばならぬ」

「畏まりました。そのように菊乃に申し付けます」

「いや、いつもより朝早めに此処《ここ》を発つことについては、すでに菊乃に申し付けてある。実はな美雪、明日の登城は其方《そなた》も同道してほしいのだ」

「え……私《わたくし》が登城いたすのでございますか」

「うむ。ま、登城だけではなく、その途中に立ち寄りたい所があってな」

「立ち寄りたい所？……まさか父上」

「其方《そなた》のことだ。気付いたであろう。この父を八軒長屋の宗次先生の住居《すまい》まで案内してくれ」

「父上、本来ならば父上の御指示に従わねばなりませぬが、私は今や**井華塾**の塾頭としての仕事に追われる毎日でございます。明日は学長、副学長以下教授たち十三名による定例会議が決まってございまする。これを間際《まぎわ》になって中止する訳には参りませぬ。私《わたくし》は議長をつとめまするゆえ」

「おお……そうであったか。確かに井華塾の定例会議は大切だ。が、その議長の役目、今回のみ事務局長の立場にある菊乃に代われぬものか」

「定例会議では菊乃は記録の役目を引き受けてございます。また重要案件の協議と決定に塾創立者の私《わたくし》が不在となりますと、会議は機能いたしませぬし、会議そのものが軽視される恐れがございます」

「それは……確かに言えるな」

「恐れ入りますが父上、私が登城いたさねばならぬ理由は何でございましょうか。お聞かせ下さいませ」

「上様のご体調、決して元通りの元気さを取り戻さぬ、と私は見ておるのじゃ。よって美雪の口から井華塾の近況について、今の内に上様にお話し申し上げては、と思うてな」

「あ……」

と美雪の表情が改まった。美雪は井華塾の創立の申請について、父山城守の力を借り一度だけであったが上様にお目にかかっている。つまり上様は、美雪の人柄と聡明《そうめい》さに加え確《しっか》りとした創立目的を評価した上で、井華塾創設を決裁してくれたのだ。

つまり美雪の事業の大恩人《だいおんじん》でもある。

美雪は父に頭を下げて言った。

「承知いたしました父上。明日は無理でございまするが、出来る限り早い別の日に私《わたくし》の登城につきまして御配慮下さいませ」

「そうか、よし。では三、四日の間に手配りをしよう。美雪もそのつもりでいなさい」

「心得ましてございます。それから八軒長屋へのご案内は菊乃に……」

「あ、いや、それはよい。家臣の中に八軒長屋を幾度となく訪れた者がいる事くらいは承知いたしておる」

「父上の申し出に従えなかったのは初めてでございます。何卒《なにとぞ》お許し下さりませ」

美雪はそう言って三つ指をつき、丁寧《ていねい》に平伏をした。

「これ、大袈裟《おおげさ》は止《よ》しなさい。どうだ、今宵は其方《そなた》も少し呑んでみぬか？」

平伏を解いた美雪に、山城守はにこやかに盃を差し出したが、美雪は首を小さく横に振った。

「父上、私《わたくし》が嗜《たしな》まぬことは御存知でいらっしゃいましょう」

「少しは人柄にスキがあっても構わぬぞ。我が自慢の娘ながら其方《そなた》は余りにもスキ無く美しい。それでは並の男は近寄って参らぬぞ。はははっ、ま、父としてはその方が嬉しいのだがな」

美雪の心はすでに、宗次から離れて井華塾にのめり込んでいる、と寂しく理解している山城守ではあった。

美雪が珍しく父に対し、やんわりと返した。微笑みながら。

「お酒を嗜まぬスキの無い私《わたくし》でもよい、という御人《おひと》が若《も》し現われたなら、その御人《おひと》の御流《おなが》れを一杯だけ頂戴《ちょうだい》いたすように心がけますゆえ父上」

「そうか……うん」

そう頷きながら、早くそのような男が現われてほしいものよのう、と言いたいのを、ぐっとのみ込んだ山城守だった。宗次の姿が脳裏にも胸の内にも、蘇《よみがえ》ることは最早《もはや》なかった。

一六二

翌朝五ツ前（午前八時前）、西条山城守貞頼《さだより》九千五百石は、騎馬にて屋敷を出た。九千五百石の大旗本ともなると女中を除いた家臣だけで下僕まで含めると二百名にはなる。ただ、この中で戦闘的奉公人と呼べる者（『いざ鎌倉』時に戦える者）は、およそ半数という見方でいいだろう。

いま騎馬の西条山城守は、前後に合わせて三十名の家臣を従え、歩み出していた。列の先頭部分と殿《しんがり》部分には剣術皆伝《かいでん》級の手練《てだれ》を配し、また馬の左右には盾手《たてしゅ》を置き、その盾手《たてしゅ》の外側を手槍《てやり》（短槍《たんそう》）の名手で備えていた。

盾手とは、主人《あるじ》を身を挺《てい》して鉄砲玉や矢から護《まも》る役割の者を指し、したがって皆背《せ》丈《たけ》があって手には赤樫《あかがし》の盾を持っていた。

鉄板の盾ではその重量のため、主人《あるじ》を護るという反射的動作に遅れが出るため、硬さにすぐれる赤樫《あかがし》の盾としてある。

赤樫はその確りとした硬質さゆえ、船舶材《せんぱくざい》としても大変すぐれている。むろん建築材としても。

山城守がこれほど厳重な供揃えで登下城するようになったのは、若年寄心得にして番衆総督という重い地位に就《つ》いたことによる。

とくに山城守は、番衆総督という己《おの》れの立場を重要視していた。

この地位は、大番、書院番、小姓組番、小十人組、新番の総数二千数百名の武官に対し**事態火急**の際、「戦闘開始！」を発令する司令官の立場だ。

その司令官が登下城の途次《みちすがら》、何者かに襲撃されて瀕死《ひんし》の重傷を負ったりすれば、同情よりも〝冷笑〟や〝後ろ指〟が待ち構えていること必定《ひつじょう》である。

一行は旗本街区を何事もなく抜け、神田《かんだ》の町人街区へと入っていった。

「殿、間もなく宗次先生の長屋でございます」

馬の右手に位置していた手槍の名手で念流《ねんりゅう》の達者、後藤田六七郎《ごとうだろくしちろう》（四十三歳）が、馬上の山城守に抑《おさ》え気味の声を掛けた。

後藤田は、美雪が八軒長屋を訪ねる時や、チヨの娘花子が午後からと決まっている茶道の授業を了《お》えて帰宅する際、警護の同行を幾度も担《にな》ってきた。

後藤田に声を掛けられた山城守は前方を見たまま、「うむ」と小さく頷いてみせた。馬の背の揺れにゆったりと身を任せているかに見えるが、鋭《するど》い目つきに油断の色はなかった。

やがて太い丸太ん棒二本が地面に突っ立っているだけの、八軒長屋の入口の真ん前に馬上の山城守が着いて一行の動きがぴたりと止まった。

後藤田が足早に丸太二本の長屋の入口を潜《くぐ》った。

直《す》ぐの右手が井戸端であって、すでに女房たちの賑《にぎ》やかな〝会議〟が始まっていた。輪の中にチヨもいる。

そのチヨが長屋の入口を潜ってきた後藤田に気付いて、「これはまあ後藤田様……」と驚き、女房たちも表通りの見るからに厳《いかめ》しい一行に気付いて、井戸の奥まった位置にまで下がった。

後藤田が微笑みながら小声で言った。

「チヨ、今朝は殿がお見えじゃ」

った。

「えっ」

表通りへ視線をやって仰天《ぎょうてん》するチヨには構わず、山城守は馬上から静かに下り立った。

チヨが山城守を見るのは、これが初めてであった。

緊張の余りくらくらっとするのに耐えて、チヨも女房たちの方へ下がろうとした。

そのチヨに後藤田は言葉短く告げた。

「宗次先生に急ぎの御用があってな……」

「は、はい」

チヨは後退《あとずさ》りつつ頷いて女房たちの中へ紛《まぎ》れ込んだ。チヨから見れば――いや、長屋の女房たちから見れば――山城守は、それはもう雲の上の上の人だ。

鼻タレ小僧たちが、溝板小路《どぶいたこうじ》を大声で元気に走り回っている。

後藤田には見馴《みな》れた光景だった。

山城守の一段と恰幅《かっぷく》のある姿が、前後を四、五名の侍《さむらい》に挟まれて長屋に入ってきたから、女房たちは一斉《いっせい》に御辞儀をした。申し合わせたように、よく揃っていた。

山城守が目を細めてにっこりと笑みを返すが、頭を下げた女房たちには見えない。

後藤田が先頭に立つかたちで、宗次宅へ向かった。とは言っても、直ぐ目と鼻の先だ。

後藤田の足が宗次宅前で止まり、彼は山城守に「ここです」という表情を拵《こしら》え軽く一礼した。

「皆、下がっていなさい」

山城守が身辺警護の侍たちに、声低く穏やかに告げ、侍たちが少し離れた。

山城守の手が、宗次宅の表口の腰高障子《こしだかしょうじ》に触れた。

「ごめん下され。宗次先生はおられましょうか。山城守でござる」

表口障子の向こうから、「おお、これはまた……」と驚いたような声が返ってきた。

山城守の手が腰高障子からはなれ、待つ程もなく宗次によって表口が開けられ、こざっぱりとした着流しに髭《ひげ》の剃《そ》り跡青い彼が現われた。

「さ、お入り下され」

「うむ」

余計なやり取りなく双方は意思を通じ合い、山城守が狭い土間に入るや宗次の手で表口が閉じられた。

山城守が外を憚《はばか》るようにして声低く告げた。

「これより登城致しますが、宗次先生ご同道下され」

「上様が？」

「はい」

「畏まりました。直《ただ》ちに身繕《みづくろ》いを……」

「外にてお待ち致します」

文武にすぐれた二人の、殆《ほとん》ど阿吽《あうん》の呼吸に近いやり取りであった。

山城守は外に出て表口を閉じた。

青洟《あおばな》を垂らした長屋の小僧たちが、武将然とした山城守のまわりに近寄ってきた。

井戸端のあたりで後藤田ほかの侍たちがその光景を見守っているが、動かない。

この長屋の住人の人の善《よ》さを、すでに彼らは理解し知り尽くしている。

とは言え、井戸端から離れた所にかたまって子供たちを見守っている女房たちはハラハラだ。

青洟を手指でこすり、頬《ほお》にまで塗り伸ばした四、五歳の子が、にこやかに山城守に話し掛けた。

「おじさんは強そう……ねえ、強いんでしょう」

「お、うーん、どうかな」

まさか話し掛けられるとは思っていなかった山城守が、瞳が隠れるほどに目を細めて、顔をくしゃくしゃにした。

「ね、おじさん。煎餅《せんべい》持ってる？」

「煎餅？」

「うん、あのおじさんね……」

と言いながら、くるりと体の向きを変えた小僧が、青洟のこびり付いた指で後藤田を指差した。

「あのおじさん、此処へ来るとき、よく煎餅を持ってきてくれるよ」

これには後藤田ほか侍たちは思わず噴き出しそうになるのを堪《こら》え、見かねたチヨが足早に女房たちの輪から離れた。

が、山城守は子供たちの顔を見まわし、笑顔で応じた。

「すまぬ。今朝は忙しくしていたので忘れてしもうた。よし、近い内に煎餅と飴《あめ》をどっさり持ってこさせよう。それでどうじゃ」

「わあい、飴も？」

「うむ、飴もじゃ。どっさりとな」

このときにはチヨが「も、申し訳ございません、御殿様……」と言いながら、子供たちを井戸端の方へ追い払おうとした。

そこへ宗次先生が、着流しをひと目で公式のものと判る上品な瑠璃《るり》色に取り替え、長さ三尺余くらいの細長いものを納めた紺色の布袋を手に現われた。

その布袋の膨《ふく》らみようからチヨには、大小刀を納めたものと直ぐに判った。

「さあさあ皆、大人しく井戸端へ行き、お客様を行儀よくお見送り致しましょうね」

チヨはそう言い言い、山城守に深く一礼して、子供たちを井戸端の方へ追い払った。

一六三

一行の登城が再び開始された。

山城守は騎上の人とはならずに、自《みずか》ら手綱《たづな》を持つ馬体の右側で宗次と肩を並べた。暫《しばら》く黙然《もくねん》と進んだ稲荷《いなり》神社の前あたりで、宗次は紺色の布袋より大小刀を取り出し腰に帯びた。

まるでそれを待ち構えていたかのように、二人の身近に張り付くようにして警護に当たっていた四、五人の侍が、輪を膨らますかたちで山城守と宗次から離れた。

前もって山城守から、そのように指示されていたのであろうか。あるいは、「絵師の宗次先生は剣の凄腕……」を、すでに知っていたのであろうか。

警護の侍たちが距離をとったことで、山城守が口を開いた。小声だが……。

「宗次先生、この一両日、上様のご体調いささか宜しゅうございます」

「おお、それは……」

「ただ油断はなりませぬ。いつ急変するか……」

「うむ」

「上様はどうしても、宗次先生に会って何ぞ話したいご様子でしてな」

「おそらく影将軍の件……」

そこで宗次は言葉を切った。眉をひそめている。

「矢張り、そう思われますか。影将軍の件については、この番衆総督の耳へもすでに届いております。むろん、ご老中、若年寄たちのお耳にも」

「老中、若年寄の御歴歴《おれきれき》は顔をしかめてございましょう」

「はい、仰《おお》せの通りです」

「困りました……」

宗次は晴れた朝空を仰《あお》いで、小さな溜息を吐《つ》いた。

「私の立場では余りあれこれと申せませぬが、宗次先生が影将軍にかかわりなさると、ご身辺また騒がしくなる恐れがございまする。ご慎重に判断なされますように……」

「その積もりです。ただ、ご体調宜しくない上様の気持を考えると」

「真《まこと》に心苦しくなりましょう、はい……」

「ところで、長屋の子供たちに何ぞお約束なされていたご様子でしたが……」

「あははっ……」

山城守は声低く短く笑ったあと言った。

「煎餅をせがまれました。いやあ、可愛《かわい》い子たちです。侍を全く恐れぬところが気に入りましてな。近い内に家臣の誰ぞに飴を加えて届けさせようと思うております」

「申し訳ありませぬ。なにしろ誰に対してもすぐに親しみを持ってしまう子供たちが多いもので」

「どの子の目も輝いておりましたな。武士の世は今にきっと町人の世になりましょう」

「そう、思われますか」

「思います。そう遠くない内に必ず……」

「山城守様から煎餅や飴が届けば、子供たちは大喜び致しましょう。あの子たちは美味しい物をくれる侍の顔は、必ず覚えてくれます」

「ははは、これは楽しい」

「煎餅なら日本橋《にほんばし》の海会寺屋《かいえじや》の鬼煎餅を大層喜びましょう。後藤田六七郎殿がその鬼煎餅の味を子供たちに覚えさせてしまいましてな」

「あ、京都六条《ろくじょう》に本店がある海会寺屋の江戸店ですな。小麦粉に砂糖や水飴を加えて焼いたあれは、私も食したことがあるが確かに旨い。承知しました。それにしましょう」

「申し訳ありませぬ」

「いや、なに……」

一行は前方に最初の大鳥居が見える将軍神社の境内《けいだい》へと入っていった。町人街区からの登城には、この将軍神社の境内を真っ直ぐに突き抜ける石畳の広く明るい参道が、近道として知られている。

かなり古い時代からある神社であったから、徳川将軍家にかかわりがある訳ではなく、『将軍の戦勝』を祈念《きねん》する神社として今日まで伝えられてきた。

したがって荒れて傷《いた》んだまま放置されてきた建物、参道、境内の森などは、徳川幕府によって手が加えられ、綺麗に修復されてきた。

一行は最初の大鳥居を潜り、手水屋《ちょうずや》の脇を過ぎ、祭礼のとき以外は無人の社務所の前を通り、第二のやや小さな拵《こしら》えの鳥居を潜った。

左手方向には幕府により綺麗に修復された大きな社《やしろ》――修復後は町組合（町年寄、庄屋、地主など有力者連合）に預けられた――が見えていたが、一行はそのまま進んで、梅林へと入っていった。

いい梅の実が大量にとれることで知られた梅林であった。町組合の手で収穫された梅は、ひときわ大粒のものを選んで町年寄が大奥《おおおく》へ献上することになっている。

山城守がさり気《げ》なく辺りを見まわして口ずさんだ。

「わが苑《その》に梅の花散る久方《ひさかた》の天《あめ》より雪の流れ来るかも……この梅林でとれる実は大奥へ献上されているそうです」

「ほう、それは知りませなんだ。さすがに『万葉集《まんようしゅう》』で百十九首も詠《よ》まれている梅だけあって、顔をしかめるほどよく漬かった梅干の実を刻んで、軽く蜂蜜《はちみつ》を振りかけたものは、なかなかの酒のつまみになると言います」

「ほう、それはまた……近い内に一杯やりませぬか」

「はい。お声かけ下さい。喜んで……」

「美雪に酒を注ぐ役を命じますゆえ」

山城守は前方を見たまま笑顔で言ったが、宗次の返事はなかった。

一行の動きが、先頭から伝わるかたちで止まったのは、この時であった。

すかさず宗次が、

「殿のご身辺を……」

と声低く放ち、警護の侍《もの》たちが殆ど反射的な動きで、山城守の脇まで走った。

「私はよい。宗次先生を」

山城守が低い声だが強い調子でそう言うのを、宗次の早口が遮《さえぎ》った。

「皆、よく聞きなさい。番衆総督殿の身辺に何者も近付けてはならぬ。宜しいな」

「心得ました」

警護の侍たちが力強く頷いた。

「何者か、下がれっ」

という怒声が列の先頭あたりで生じたのは、この時だった。

山城守はその不意の怒声に驚くよりも、すぐ傍《そば》にいる宗次の目に炎《ひ》を放つような凄みが走ったことを認め、思わず息をのんだ。

一六四

宗次《そうじ》は列の外側に出て、前方よりも後方へ注意深く視線を走らせた。

列後方の侍《さむらい》たちが个型に布陣して、落ち着いて周囲を警戒していたのは流石《さすが》、番衆総督《ばんしゅうそうとく》の家臣たちであった。个型の布陣が、奇襲集団に対し有効であることを、よく心得ている。

列前方に先《ま》ず混乱を生じせしめ、別動隊が後方より一気に斬り込んでくる手法は、暗殺団がよく用いる手だ。

宗次は列の前方へと急いだ。

宗次もよく知っている山城《やましろ》家の手練《てだれ》たちが、横に三人並んだ縦に三段構え（九名構成）で既《すで》に抜刀《ばっとう》し、皆正眼《せいがん》に構えていた。横列それぞれの隔《へだ》たりはおよそ一間《けん》半。

（うむ……さすが）

と小さく頷《うなず》いた宗次は、先頭の横列三人の前へと、静かに割り込んだ。

「ここはよい。番衆総督殿の警護に集中しなさい」

目の前の敵、五名に視線を向け、宗次は後ろの侍たちに告げた。

「宜《よろ》しゅうございましょうか」

背中に返ってきた、山城家の侍のやや戸惑《とまど》い気味な言葉に対し、宗次は、

「急ぎなさい」

と、厳しく放ち、ここでスラリと抜刀した。穏やかな抜刀の仕方であったが、一瞬の鋭い光を放っていた。

目の前にいるのは未《いま》だ抜刀せぬ、きちんとした身形《みなり》の侍——しかも背丈が揃《そろ》った五名。それも、皆が紫の覆面《ふくめん》を確《しっか》りと頭からかぶっていた。細く開いた目窓から覗《のぞ》かせている十の眼のぎらつきが凄《すさ》まじかった。

「ようやく現われなさいましたか……」

目窓付き覆面の下で、がっしりとした体格の侍が宗次を睨《ね》めつけ、重重しい声を放った。

それを耳にして、宗次の双眸《そうぼう》が思わず——相手に気付かれぬ程度に——「ん?」となった。

(この奴らの狙いは、この私であったのか?)

宗次が胸の内で呟《つぶや》いたとき、紫の覆面五名が申し合わせたように一斉に抜刀し正眼に構えた。

宗次の胸の内では、まだ「ん？」という痼《しこ》りは解けていなかった。それどころか一つの疑念に姿を変えつつあった。

それは目の前の覆面の人物の口から出た「ようやく現われなさいましたか」という言葉であった。

これから闘うべき相手を、嘲《あざけ》り笑う対象として捉《とら》え、わざと丁寧《ていねい》に言う場合がある。御出《おいで》なさいましたか、参られましたか、見えられましたか、などと。

だが宗次は、いま相手の口から出た「……現われなさいましたか」を、右のような調子でわざと放った言葉、とは受け取らなかった。

地《じ》を出した（素姓《すじょう》をあらわした）言葉、と受け取ったのだ。

（若《も》しや……こ奴ら、私の身状《みじょう》を知っている立場なのでは）

そう思った宗次は油断なく相手との隔たりを詰めると、口調を崩して囁《ささや》くように言った。

「おい。お前さんたちは一体《いってえ》何者だえ」

「お命を頂戴《ちょうだい》いたす」

即座に相手は答えた。待ち構えていたかのような丁重さで。

「名乗らねえのか……いや、名乗れねえんだな」

「お命を頂戴いたす」

「狙いは、この俺ひとりかえ」

「……」

がっしりとした体格の目の前の相手は答えずに、素早く三、四歩を下がり、代わって四名が切っ先を揃えてズイッと前に踏み出した。既に激しい殺気を漲《みなぎ》らせている切っ先だった。

「お命五つ、頂戴いたす」

今度は宗次が返して、大刀をゆっくりと頭上へ上げていった。

勇壮《ゆうそう》な大上段の構えだった。

豪快な構えには違いなかったが、空いた両腋《わき》を相手に見せることになる。

その意味では、剣技が互角もしくはそれ以上の相手には、決して用いてはならぬ大上段だった。

腋に電撃的な一打を食らうと、確実に命を落とすことになる。

ところが、宗次のその勇壮な大上段の構えを、ひと呼吸《いき》の間を置いて五名の覆面たちが真似《まね》たではないか。正眼構えから、大上段の構えへと静かに。しかも絵のように美しく一様に切っ先の高さを揃えて。

それを見て宗次の身内に衝撃が走った。

（柳生新陰流《やぎゆうしんかげりゆう》……奥《おく》の院二《いんに》の構《かま》え）

声に出さず呟いた宗次であった。

柳生新陰流には二つの流れがある。判《わか》り易《やす》く言えば、柳生家に厳しく脈脈と伝えられてきた『上泉伊勢守秀綱《かみいずみいせのかみひでつな》（のち信綱《のぶつな》）の新陰流』を原点とする**柳生家の新陰流**（柳生新陰流）の『本流』と、柳生新陰流を学んだ有能な諸士が独自性を加えた『傍流《ぼうりゆう》』に二分される。ただ、『傍流』に対しては未熟な問題点の数数《かずかず》が指摘されてきた。

宗次がたったいま呟いた『奥の院二の構え』は、柳生家の本流剣法の奥深くに秘匿《ひとく》されている〝秘伝の業《わざ》〟である筈《はず》だった。つまり柳生家直系の者以外は、学ぶことが絶対に許されない事を家訓としてきた。その〝秘匿業《わざ》〟が宗次の目の前にあるのだ。

宗次ほどの手練の剣客ではあっても、それについては過去に柳生家の重鎮《じゆうちん》かららりと聞かされた程度のことしか知らない。『奥の院二の構え』は、**刃**を**相手**ではなく**自分**の方に向ける大上段構えである、と……。つまり今、相手の刀の**峰**《みね》は、宗次に向けられていた。

（将軍家兵法指南の**柳生家の**『**本流**』**剣**が、この私を斬ると言うのか……）

と、受けた衝撃がさすがに容易《ようい》に消えぬ宗次だった。

「一の歩み……」

前列四名の覆面から下がった位置で、『奥の院二の構え』を微塵《みじん》も乱さぬ差配役らしい其奴《そやつ》が、野太い声を放った。断固たる命令、の野太い響きがあった。

覆面四人が、ざざっと足元の地面を鳴らして、三尺余を揃って宗次に詰め寄った。

全く乱れていない。目窓から覗く眼光八つが、爛爛《らんらん》たる凄《すご》みを放って宗次に集中する。まさに獲物を見つけた獣《けもの》のそれであった。

(なぜだ。なぜ将軍家の柳生剣法が、私を斬ろうとする?……)

宗次は胸の内の戸惑いを鎮《しず》められぬまま、大上段構えを崩さずに、すうっと腰を下げた。

「二の歩み」

横一列の覆面四人に対して、二度目の号令が飛んだ。

再び地面がざざっと音立てて、明らかに〝刺客《しかく》〟と捉えるべき覆面四人が、更に宗次との間を詰めた。

と、微塵《みじん》の動きも見せなかった宗次の腰を沈めた不動剣、大上段の構えが僅《わず》かに切っ先を下げ、ぐぐっと相手に迫った。

双方の〝**切っ先**対**峰**〟の隔たり僅かに四、五尺。

このときになって四名の刺客は、宗次の視線が己《おの》れたちではなく、背後にいる頭《かしら》に向けられていると知った。

深まった一触即発を感じて、抜刀し正眼に構えていた山城守の家臣たちも皆、両脚を前後に開いて腰を落とした。まさに戦闘体勢だ。

「手出し無用」

宗次の大声が山城守の家臣たちへ飛んだ。彼にしては珍しく、激しい怒気《どき》を孕《はら》んだ声だった。

とたん、

「殺《や》れっ」

の激した野太い声が、四人の刺客に向かって放たれた。

「おおっ」

気迫を迸《ほとばし》らせ一斉《いっせい》に応じざま四人は稲妻《いなずま》のような速さで地を蹴った。

が、山城守の家臣たちは、我が目を疑った。

一条の閃光《せんこう》と化したかと見紛《みまご》う程の猛烈な速さで、地表低くを飛翔していたのは宗次が先手だった。

山城守の家臣たちも、四人の刺客も、鋭い風切り音を耳にしていた。

が、既にその瞬間、宗次の肉体《からだ》は四人の刺客の左から二番目に向かって、低く下げた左肩から激突していた。

手にした大刀が同時に、下から上へと突き上げる。

「ぐわっ」

下顎《したあご》から脳天に向け刺し貫かれた其奴が、大きく万歳をしてのけ反《ぞ》り背中から地面に叩きつけられた。ドスンと鈍《にぶ》い音。海老《えび》のように歪んだ其奴の肉体が叩きつけられた反動で、地面より一尺余も浮き上がる。

この時にはもう、宗次の大刀は左端の刺客の両脚を膝下《ひざした》から痛烈に薙《な》ぎ払い、四人横列の背後にいた〝頭《かしら》〟に、躍《おど》り掛かっていた。

まさに烈風《れっぷう》！

山城守は目を見張った。はじめて見る宗次の凄まじい揚真流《ようしんりゅう》剣法である。宗次の全身から憤怒《ふんぬ》の炎《ひ》が烈《はげ》しく噴き上がっているのが判った。

唸《うな》りを発して真正面から打ち込んできた宗次の炎剣《ひけん》を、〝頭《かしら》〟は危うく受けた。

受けたが、その猛烈な圧力で、踏ん張る両足がずるずると後ろへ滑った。

「つえいっ」

裂帛《れっぱく》の気合で、宗次が二撃、三撃と打ち込む。目にもとまらぬ豪刀一閃《ごうとういっせん》の連打であった。瞬《またた》きさえも許さぬ連打であった。これぞ揚真流秘伝その七『尖月《せんげつ》』である。

絶対に攻めを休まない雷鳴の如《ごと》き怒りを孕《はら》んだ閃光の連打であった。あざやかに相手の刃《やいば》の、一点を集中して狙っている。

それでも〝頭《かしら》〟は受けた。また受けた、更に受けた。なかなかの手練。

「うおいやあっ」

宗次の咆哮《ほうこう》が七撃目を放ったが、〝頭《かしら》〟は尚《なお》も受けた。そして、両足がずるずると下がる。

「うんぬ」

眦《まなじり》を吊《つ》り上げた宗次の八撃目が、相手の刃の狙った一点を撃打した。渾身の撃打であった。

それ迄《まで》の刃と刃が衝突して発するかわいた甲高《かんだか》い音が、異様な鈍い音に変わった。

闕《か》けた双方の刃が小粒な煌《きら》めきとなって四散。

と、〝頭《かしら》〟の大刀が鍔《つば》より一尺余のあたりで、真っ二つに折れた。

それでも揚真流秘伝『尖月《せんげつ》』は休まない。

〝頭《かしら》〟の眉間《みけん》に触れた瞬間の宗次の切っ先は、蛭《ひる》のように離れずそのままぐいっと頭《ず》蓋内《がいない》へ食い込んでいった。

天を仰《あお》いだ〝頭《かしら》〟の口から、断末魔《だんまつま》の叫びが迸《ほとばし》る。

噴き出した鮮血が、ビチャッと音立てて宗次の上半身にかかった。

ここで山城守の家臣たちが、残った二名の刺客を取り囲んだ。

しかし彼ら二名の決断は早かった。予《あらかじ》め、申し合わせてあったのかどうか、自分の首へ刃を当てるや否《いな》や、迷いも見せず忿怒《ふんぬ》の目つきで一気に引《ひ》っ掻《か》き仰むけに沈んだ。

酷《ひど》い光景であった。

山城守の家臣の中には、思わず顔をそむける者さえいた。

ひと呼吸のあと首から突出した鮮血は、ほんの瞬間のことではあったが障子紙を破るような音を発して、数尺の高さにまで噴き上がった。

そして訪れた静寂《せいじゃく》。

この時になって山城守の家臣たちは漸《ようや》く、宗次の剣が刺客たちを倒すのに、ほんの数呼吸も要していなかったことに気付いた。

山城守がゆっくりと、宗次に歩み寄った。その歩みに合わせるかたちで警護の侍の輪が、用心深く移動する。彼らはまだ警戒を解いていない。

ただ、家臣の一部の者は、刺客の素姓を調べる目的でであろう、血まみれとなっている着物の胸懐《きょうかい》や袂《たもと》、そして大小刀などに手を触れ始めていた。

「大丈夫ですか先生」

山城守が小声で宗次に語りかけた。

「はい。さ、参りましょう山城守様。余計な時間を取られてしまいました。倒れている刺客は、近辺に潜んでおる仲間が直《す》ぐに引き取りに現われましょう。身ぐるみ調べても、おそらく何も出て来ますまい」

「そうですな。が、その前に先生……」

山城守はそう言ってから後ろを振り返ると、「池成《いけなり》と吉光《よしみつ》、これへ」と低いが鋭い声を発した。

「はっ」と応じる声があって、大柄な二人の侍が山城守の前へ駆け寄った。

二人ともさほど大きくはない挟箱《はさみばこ》（先箱《さきばこ》とも）を担《かつ》いではいたが、中間《ちゅうげん》でもなく足軽でもなく歴《れっき》とした剣の達者、侍であった。

このところの山城守の登城の列は、用心をして剣の達者たちだけで固められている。

さすが武辺の将として知られた若年寄心得にして番衆総督の山城守であった。

「先生、血を浴びた着流しをお着替え下され。先生の身丈は私と殆《ほとん》ど変わりありま

せぬゆえ

「それは助かります」

頷いた宗次は、挟箱を担いだ池成、吉光の二人に促《うなが》されて、傍《かたわら》の巨木の陰《かげ》へと回り込んだ。

一六五

予定されていた刻限に殆ど遅れることもなく、若年寄心得にして番衆総督の西条《さいじょう》山城守《やましろのかみ》の一行は江戸《えど》城《じょう》大手門に達した。予期せざる刺客の出現があったにもかかわらず、〝殆ど遅れることがなかった〟のは、刺客どもを倒した宗次の剣法がそれほど激烈で一気俊足であったことを物語っている。

大手門は、譜代《ふだい》大名十万石以上の専用登下城門であり、警備も譜代所属の詰衆《つめしゅう》の手に委《ゆだ》ねられていたが、西条山城守の一行は馬と供侍《ともざむらい》の殆どを門前広場に待機させた他は何の問題もなく通門した。

予め、上様の御召《おめ》し御用で通門する旨《むね》が警備の詰衆頭《つめしゅうがしら》に伝えられていたことにもよるが、なにしろ西条山城守は番衆二千数百名を総督する地位にある。

番衆が、『大番』『書院番』『小姓組番』『小十人組』『新番』の五番を指していることについては既に述べたが、その任務の主体は将軍の身辺警護（とくに外出時）および江戸城内外の警備警戒にある。

この五番から成る**武官**勢力二千数百名のうち**六割二分以上**を、剣槍を得意とする屈強の**旗本衆**が占めていた。

文官集団ではなく**武官**集団である彼らはつまり、「いざ鎌倉《かまくら》」に対応出来る戦闘集団であった。

その『**将軍家常備軍**』と称してもよい大集団の指揮官が、西条山城守である、ということだ。

山城守と宗次、それに数名の上席家臣が中雀門《ちゅうじゃくもん》（書院門とも）を潜って石段を上り、遠侍玄関前の広場に達すると、きりりと身形を調《ととの》えた十数名の武士たちが横二列に並び待ち構えており、揃って頭を下げた。番衆総督が大手前に達した時点で、『ただいま御到着』が素早く知らされたのだろう。なにしろこの辺り一帯の警備は、剣槍にすぐれる書院番たちが担《にな》っている。その証拠に石段を上がって斜め右手へ視線を振ると、書院番士の詰所が見え、その詰所に接続するかたちで奥へ向かって長い拵《こしら》えの腰掛けが備わっていた。

「あれへ……」

山城守が後ろに控えている上席家臣たちに、その腰掛けの方へ小さく顎の先を振ってみせると、家臣たちは無言のまま一礼で応《こた》えて、腰掛けの方へ足早に離れていった。

遠侍玄関前に居並んでいた侍の内一人が、うやうやしく宗次に歩み寄って無言のまま礼をすると、宗次はその侍に大刀を預けた。

別の侍が山城守に近寄り、山城守も矢張《やは》り大刀を預けた。

「ここよりは、よい」

「はっ、心得てございます」

山城守と大刀を預かったその侍との間で、小声が交わされた。

「先生……」

と、山城守が宗次を見て促し、ゆっくりと歩を運び出した。

宗次は山城守のあとに従った。

遠侍の玄関前を塞《ふさ》ぐかたちで横一列に威儀《いぎ》を正していた侍たちが、機敏《きびん》な動きで左右に分かれて縦一列となり、その間を山城守と宗次は進んだ。

何処《どこ》に向かって、どの廊下をどのように進むかは既に充分に心得ている宗次ではあ

った が、前《さき》を行く山城守のがっしりとした背中に視線を集中させて、黙然《もくねん》と歩んだ。城中の本丸表を定められた案内者なしで、若年寄心得にして番衆総督の山城守と浮世絵師の宗次が、二人だけで歩むなどは異例中の異例であった。

無人の城かと錯覚《さっかく》さえしかねない人の気配全く感じられぬ長い廊下を、二人は左へ折れ右へ曲がりそしてまた左へ折れた所で、宗次との間を一間半ばかり空けて前《さき》を進んでいた山城守の歩みが、不意に止まった。

何かに遮《さえぎ》られたかのようなピタリとした止まり方、宗次はそう感じた。

「これは御大老様《ごたいろうさま》……」

背丈に恵まれたがっしりとした体格の山城守が、肩幅をひそめるかたちで丁重《ていちょう》に御辞儀をした。

山城守が「……御大老様……」と言ったのであるから、大老酒井雅楽頭忠清《さかいうたのかみただきよ》の出現、と咄嗟《とっさ》に判断出来た宗次だった。

その通り。深深と頭を下げた山城守の向こうに、表情に暗い権威を漂わせたやや小柄な侍がいた。大老酒井である。

その彼の背後に慇懃《いんぎん》に控えている二人の従者は、ここが本丸表であることを考えれば御先手役《おさきてやく》を勤める同朋頭《どうぼうがしら》（二百俵前後）とその配下の同朋衆《どうぼうしゅう》（百俵前後）なのであろう。

「山城《やましろ》（守）は、今日は登城の日であったのか？」

上級幕僚たちのうち特異な存在の者たちの登城日、登下城刻限を覚えている恐るべき記憶力の大老酒井が、御辞儀をする山城守の背中越しにジロリと宗次を一瞥《いちべつ》して言った。

「今日は上様のもとへ絵師の宗次先生をご案内することになってございます」

そう言いつつ面《おもて》を上げた山城守は、目の前の相手を敬っているかのようなやわらかな表情を拵《こしら》えつつも、強い意志を漲《みなぎ》らせた眼差《まなざ》しで大老の目を見返した。

「絵師に対する上様の御用は何なのじゃ。この酒井は伺《うかが》っておらぬぞ」

「さて、私には判りませぬ。宗次先生をお連れするように、と命じられたまででございまする」

「のちほど、この私に結果を報告するように。申しつけたぞ山城《やましろ》（守）」

「承《うけたまわ》りました」

山城守はもう一度頭を下げて応じたが、今度は軽く腰を折ったに止《とど》めた。

それでも彼の右の肩越しに天下無双の絵師を捉えた大老酒井は、燃え上がるような眼差《まなざ》しを宗次にぶっつけ様《ざま》、何か言いた気《げ》に唇《くちびる》を歪めた。

軽く頭を下げていた山城守が姿勢を改め、彼のその堂堂たる体格が大老酒井の視線を塞《ふさ》いだので、宗次は少しホッとなった。

宗次は今、御三家筆頭尾張《おわり》藩主徳川光友《とくがわみつとも》の息《そく》であることを否定し、浮世絵師宗次に徹していた。もし自分が徳川光友の息、徳川宗徳《むねのり》であることを露《あらわ》にすれば、この本丸表に血雨が降りかねない、という危機感を抱いている。

大老酒井が二人の御先手役を従えて、山城守の左手方向へ真《ま》っ直《す》ぐに延びている廊下へと消えたので、再び山城守と宗次は歩み出した。

四代様（徳川家綱《いえつな》）の御病室はもう目の前に迫っていた。

宗次は、上様の口から出るかも知れぬ〝**影将軍**〟に、いかなる言葉と態度で応じるべきか、悩んだ。

一六六

上様の側近《そっきん》**御側衆**《おそばしゅう》の干渉《かんしょう》を受けることもなく、山城守と宗次は四代様の枕元へ、そっと座することが出来た。
お付きの小姓たちは、二人が枕元に座すると、心得たように一言も発することなく御辞儀をして部屋から出ていった。予め、四代様（家綱）から告げられていたのであろう。

四代様は静かに眠っていた。呼吸は落ち着き、顔色もよかった。

しかし〝体の内部〟は、勢いをつけて弱りつつある一方であった。が、こればかりはこの時代の医学で正確に推《お》し測《はか》ることは難しい。

山城守と宗次は、四代様が目覚めるのを待った。どちらも口を開くことはなかった。待つ、待機する、ということに関しては何ら苦痛を覚えない〝文武の人〟二人である。

ところが、二人の沈黙は意外に早く破られた。何と言うことか大老酒井がまるで忍びの者の如《ごと》く、足音を消して部屋に入ってきたのだ。

大老酒井はジロリとした目つきで宗次を睨《ね》めつけると、あろうことか、四代様の寝《ね》床《どこ》を挟むかたちで、宗次と向き合って座った。

そして、もう一度宗次へジロリとした視線を注いだが、このとき宗次は既に目を閉じて泰然自若《たいぜんじじゃく》にあった。

仕方なく大老酒井は、宗次の隣の山城守へ目つき厳しい視線を移した。宮将軍招《しょう》聘《へい》問題で四代様から手厳しい叱声《しっせい》を浴びた酒井であったが、大老の権威を失ってなるものかという名門家としての誇りは、衰《おとろ》えていない。

睨《ね》めつけられて山城守が、「何か？……」と、うやうやしい態度と小声で返した。

「いや」

と、吐き出すような酒井の小声には、相手を威嚇《いかく》するかのような力みがあった。

四代様が微《かす》かに「うーん」と漏《も》らしたあと、酒井の方へ寝返りを打って目覚めた。

「心地《ここち》良《よ》さそうに、よくお眠りでございました」

「ん？　そこで何を致しておるのじゃ酒井」

「あ、いや……」

酒井が思わず返答に詰まると、

「宗次先生と西条貞頼《さだより》、ここに控えてございます」

と、即座に山城守が、上様の背に向かってやわらかく声を掛けた。

四代様が「お……」と、寝返りを打ち返し、宗次と山城守を認めて表情を崩した。

「西条。体を起こしたい。手を貸してくれ」

「なれど上様……」

と、躊躇逡巡《ちゆうちよしゆんじゆん》する山城守に、

「心配致すな。今日は気分が良いのだ。さ、手を貸せ」

「はっ」

山城守は四代様が上体を起こそうとするのを、背側へ回って支えた。

宗次はにっこりとする上様と確《しっか》り目を合わせたあとで、ゆっくりと綺麗に平伏した。

「宗次よ、楽にしてくれてよい。それから……」

と、視線を大老酒井に向けると、穏《おだ》やかにしかし命令の響きをはっきりとさせて告げた。

「酒井、その方は下がってよい。これからあとは、其方《そなた》には関係がない」

「恐れながら、私の同席は叶《かな》いませぬでしょうか上様」

「同じ言葉を、征夷大将軍《せいいたいしょうぐん》のこの私に二度吐かせる気か」

「い、いえ。それでは私は……」

大老酒井は、山城守に対してではなく、平伏を解かぬ宗次の背中にきつい目を注ぐと、わざとらしくゆっくりと腰を上げ部屋から出ていった。

四代様がホッとしたように呟いた。

「かつての酒井は、毅然《きぜん》としたなかにも大様《おおよう》なやさしさがあったのじゃが……いつの間にやら変わってしもうた」

「ですが大老酒井様は今もって、群を抜く頭脳明晰《ずのうめいせき》なる幕僚であり有能な実務家でいらっしゃいます」

四代様の背を支えながら、山城守が言った。

「うむ。それは大いに認める。あれは頭が非常に切れる。先見の明にもすぐれておる。が、それが宮将軍招聘という、とんでもないものを持ち出しよった」

「この問題は上様が大老酒井様を叱責《しっせき》なされましたことで、消滅したとお気持をお休め下されませ」

山城守がそう言って四代様が弱弱しく頷いたとき、宗次がゆっくりとした呼吸で平伏を解いた。

山城守が着ていた羽織《はおり》を四代様の肩に、そっと掛けた。

特定の重要な目的を持った、あるいは諸行事などにおける大名や旗本の城中における公服《こうふく》と称する着物は、色色とあって実に煩雑《はんざつ》である。とくに暗殺の恐れがある上級幕僚が着るものは、何処《どこ》であっても臨機応変にかつ敏捷《びんしょう》に動ける着物が理想である。公服であってもだ。

たとえば……。

将軍宣下《せんげ》とか朝廷に関係する儀式の際に着用する**束帯**《そくたい》。

正月の将軍謁見《えっけん》の際に上級武家が着用する**狩衣**《かりぎぬ》。

法事や宴会の式場で上級幕僚が着用する**直衣**《のうし》。など身体の自由度を奪われ易《やす》い公服で身を被《おお》っていたなら、不意に刺客に襲われると一たまりもない。たとえ安全度の高い城中と雖《いえど》も。その代表的な事件の例が、元禄《げんろく》期における赤穂《あこう》藩五万三五〇〇石藩主・浅野内匠頭《あさのたくみのかみ》長矩《ながのり》による城中松之廊下《まつのろうか》での、高家筆頭・吉良義央《きらよしひさ》への刃傷《にんじょう》事件である。

さらに付け加えるならば、天和《てんな》・貞享《じょうきょう》期の大老**堀田正俊**《ほったまさとし》および天明《てんめい》期の若年寄**田**《た》**沼意知**《ぬまおきとも》（老中田沼意次《おきつぐ》長男）両名の江戸城中における暗殺事件なども、敏捷《びんしょう》に動ける公服を着用していたなら、**別の〝歴史〟**になっていたかも知れない。

その意味において、今日の山城守と宗次の着ているものは、無地の高級な身形ではあったが即、戦闘に移れるものだった。

たとえば山城守は、羽織《はおり》・半袴《はんばかま》に小袖《こそで》である。その羽織をいま、山城守は四代様の背に掛けて差し上げたのであった。

羽織・袴は江戸時代の初期頃までは、**公服**としては認められていなかった。が、その手軽さ、便利さ、活動のよさなどで主に無地に限ってだが次第次第に**公服**への道を歩み出したのだった。

宗次と目を合わせて、四代様が、微笑《ほほえ》んだ。

「来てくれぬかと思うておった。よく来てくれたな」

「上様に声を掛けられて登城せぬ者など、ひとりとしておりませぬ。お体にさわりまする。さ、横におなりなさいますように上様」

「なあに、大丈夫じゃ」

「なれど、こちらが心配で落ち着きませぬ。さ、私《わたくし》のお願いをお聞き下され」

「そうか……ならば」

苦笑まじりに頷いて、山城守に背を支えられながら体をそろりと横たえた四代様であった。

そして、確りとした口調で言った。

「宗次よ、いや、宗徳殿よ。その方に対し執拗《しつよう》に刃を向けんとする狼藉者《ろうぜきもの》の出現については、余の身へもきちんと届いておる」

「恐れ入ります」

「いま現在で、体に苦痛を覚えるところは有るのか……どうじゃ？」

「大丈夫でございまする。どこも悪うはございませぬし、不安を覚えるところもありませぬ」

「そうか……真《まこと》じゃな」

「はい。真にございまする」

四代様と宗次との短い会話がひと呼吸終えるのを待って、四代様の背中を支えるために座る位置をややずらしていた山城守が、元の位置に静かに戻った。

その山城守に、四代様は視線を移した。

「西条……」

「は……」

と、山城守の上体がほんの僅か、四代様の方へ傾いた。

「余《よ》が非常に視力《め》の良いことは、よく存じておろうな」

「存じておりまする。私《わたくし》のみならず、上級幕僚たち全ての者が存じてございます」

「登城の途中で何があったのじゃ」

「は?」

「西条ほどの傑出《けっしゅつ》した人物が、とぼけるでない。宗徳殿の右手首に付いておる幼子《おさなご》の小指の爪ほどの赤いものは何じゃ」

「えっ……」

山城守は左隣に座している宗次の右手首へ、チラリと視線を走らせ口元をぐっと引き締めた。まぎれもなくそれは血玉の乾いたものであった。

「血で汚れたる体で登城したる場合の厳罰を知らぬ其方《そなた》ではあるまい」

小さな血玉の乾いたものを皮肌に付けて登城したのは徳川宗徳（宗次）であるにもかかわらず、四代様のきつい言葉は山城守に向けられた。

「申し訳ありませぬ。私が宗次先生の身傍《みそば》に付いておりながら、油断でございました。いかようなる責《せ》めでもお受け致しまする。お命じ下さい」

「馬鹿を申せ。小さな血玉ひとつでいちいち責めを負っていたなら、そのうちこの江戸城は無人になってしまうわ」

「し、しかし……」

「これ、西条。もし戦国の世が再び訪れたなら、どうなると思うのじゃ。右を見ても左を見てもそれこそ血玉だらけじゃぞ。血まみれとなって危急の伝令に駆け込んで来た者《もののふ》に対し、ハラを切れい、と怒鳴りつけるのか？」

「そ、それは……」

「西条。〝血で汚れた体で登城したならば厳罰〟とは、一体誰が定めたのじゃ。前前からこの定めには不満を持っておった。戦《いくさ》の世が去って長く平和が続いておるノホホンとした心地良さに麻痺《まひ》すると、〝一粒の血で切腹〟というような下らぬ定めが生まれてくるのじゃ。人の命を一体何と心得る。西条よ、一両日中にでもこの下らぬ定めを老中会議にはかって取り潰《つぶ》してしまいなさい。よいな」

「はっ。心得ました。必ずそのように……」

「うむ」

と頷いた四代様の目が漸く宗次へ移って、「さて……」と呟いた。

若年寄心得にして番衆総督の西条山城守に対し、〝下らぬ定め〟の取り潰しを厳命した四代様の気持が、宗次にはよく伝わっていた。

(上様は敵の多いこの宗次の立場をよく理解して下さっている。いつ、何処で血の雨を浴びるか知れぬ、この宗次の辛い立場を……)

と、思った。それゆえ、上様が口を開くよりも先に、自分から切り出した。

「恐れながら上様。簡潔に報告させて下さりませ」

「ん?……判った。聞きましょう」

「登城する我我の一行は途中で、五名の刺客に襲われましてございます。但《ただ》し、狙いは西条家にあらず、この徳川宗徳(宗次)ひとりを殺害せんがためでありました」

「……」

四代様は目を閉じ無言で頷いたが、その表情は苦《くる》し気《げ》であった。

「五名のうち三名は我が剣で倒しましたが、残った二名は自決いたしました」

「刺客の素姓は、どうせ判らなかったのであろうな」

と、四代様は言い言い、閉じていた目を見開いた。

「はい、残念ながら……ただ一つ」

「ただ一つ？……何ぞ摑《つか》めたことがあるのか」

「はい。五名が私に向けた剣法は、**正統なる柳生新陰流**と判断出来るものでございました」

「なにっ」

寝床に横たわっている病《やまい》軽くない四代様の目が、さすがにキラリと光った。

「間違いではないな宗次、あ、いや、宗徳殿」

受けた衝撃が余程に大きかったのであろうか、宗徳の名に付した**殿**《どの》に、異様な力が込められていた。

それはそうであろう。柳生新陰流は『将軍家の剣法』であり『兵法』である。

宗次は更に付け加えて言った。

「しかも其奴《そやつ》らは、柳生家の本流剣法の奥深くに秘匿されている正統以上に正統なる秘伝、『奥の院二の構え』で立ち向かって参りましてございます」

「なんと……」

驚愕《きょうがく》を面《おもて》に広げた四代様が思わず踠《もが》くようにして上体を起こしかけたので、山城守が素早く動いてその背を支えた。

「それは一大事ぞ」

くわっとした目つきで宗次を睨《ね》めつけるようにして言う四代様の顔色は、みるみる青ざめていた。

山城守はひと言も吐かず、ただ無言のまま真一文字に唇を引き締めるばかりであった。

四代様が驚愕《きょうがく》したのも無理はない。過ぐる昔、徳川家康《いえやす》は我が子や重臣に対して、「柳生新陰流は**剣法**である前に**兵法**である。征夷大将軍《せいいたいしょうぐん》およびそれを支える重臣たちは、**柳生の兵法**を学ぶことに熱心であらねばならぬ」

という意味のことを、ことあるごとに告げている。

『柳生剣は思想である』という家康のこの精神は、二代将軍から四代将軍に至るまで確りと受け継がれてきているのだ。

宗徳（宗次）の報告に、四代様が衝撃を受けるのは当然であった。

一六七

「西条《さいじょう》。宗在《むねあり》（柳生《やぎゅう》）を直《ただ》ちにこれへ呼べ」

怒りの眼差《まなざ》しを山城守《やましろのかみ》に向けて命じた四代様であったが、

「上様、なりませぬ」

と、宗次《そうじ》が言葉やわらかく横から制止をした。

「なぜじゃ宗徳《むねのり》殿。柳生新陰流《しんかげりゅう》の正統剣が宗徳殿に襲い掛かったのじゃ。宗在を糾《ただ》すことで、見えていないものが見えてくるかも知れぬではないか」

「柳生家三代当主宗冬《むねふゆ》様が病にて鬼籍《きせき》に入られ、宗在様が四代当主となって将軍家兵法指南役を継承してまだ四年余り。しかも、宗在様が将軍家兵法指南役に就《つ》いてから、松平淡路守《まつだいらあわじのかみ》様ほか多数の諸侯が柳生新陰流に入門したと耳に致してございまする」

「うむ、それは確かじゃが……それにしても野にある多忙な浮世絵師宗次の立場で、宗徳殿は色色とよく把握《はあく》しておるのう。さすがじゃ」

「恐れ入ります。が、まあ、それはともかくと致しまして、その宗在様をいま騒ぎの真っ只中へ引き込むのは感心いたしませぬ。将軍家兵法指南役という立場は、上様と一体的な立場と申しても言い過ぎではありませぬゆえ」

宗次の言葉に、山城守も深深と頷《うなず》いてみせた。

「しかし、宗徳殿を襲った事態を、将軍として見のがす訳にはいかぬ。何の手も打たぬという訳には参らぬではないか」

「柳生新陰流の正統剣が私の暗殺を企《くわだ》てたる件、これはこの宗次が密かに調べてみまする。上様はご静観下さいまするように」

「何ぞ思い当たる節《ふし》でもあるのか、宗徳殿」

「それを、これから波風を立てぬよう調べてみまする」

「大丈夫かのう」

「はい。ご心配ありませぬよう」

「西条……」

「はっ」

山城守が上様の寝床へやや上体を傾け、表情を改めた。

四代様が病体とは思えぬ強い口調で告げた。

「宗徳殿より求めがあらば其方《そなた》、確《しつか》りと後ろ盾《だて》にならねばならぬ。よいな」

「心得てございまする」

「宗徳殿の面前に現われたる不逞《ふてい》集団次第では、其方《そなた》は番衆総督としての権限を直ちに行使してもよい。五番勢力二千数百名に対し号令を発することを認めよう」

「承《うけたまわ》りました。なれど五番勢力は、上様の近衛兵《このえへい》的な存在でありますれば、いかに宗次先生のためとは申せ軽軽しくは動かせませぬ。ただ西城家の家臣にも精鋭が揃っておりまするゆえ、宗次先生の後ろ盾として万全を期しまする」

「そうか、頼むぞ……さて、宗徳殿」

「はい」

宗次は、病体ながら強い意志を覗《のぞ》かせている四代様の目を、見返した。

「まだ声高《こわだか》には話せぬことじゃ。二人とも、もそっと詰めてくれ」

「お体の調子、落ち着いてございましょうか」

山城守が気遣《きづか》い、四代様が「うむ」と頷いて目を閉じた。

「余《よ》は（私は）次の将軍を誰にするか。昨夜ひとりであれこれと考えて、漸《ようや》くに決意した。但《ただ》し、それには一つの条件が必要なのだがな」

「……………」

山城守も宗次も黙したまま、目を閉じた四代様の次の言葉を静かな表情で待った。

「余は自分の後継者として近い内に、弟の上野国館林《こうずけのくにたてばやし》藩主綱吉《つなよし》を指名する積もりじゃ」

宗次も山城守もこの時点では、発言を控えていた。表情も〝無の表情〟を大事としていた。現将軍が次期将軍について、言葉にしたのだ。天下を治めるについての話なのだ。いかに尾張《おわり》家の血すじにある宗次と雖《いえど》も、またいかに実力幕僚であることを認められている若年寄《わかどしより》心得《こころえ》にして番衆総督の山城守と雖も、迂闊《うかつ》なことは口に出来なかった。

目を見開いた四代様が言葉を続けた。

「綱吉の兄として言葉を飾らずに申せば、あれは人間としての修養が、いや、大勢の人民を責任を持って治める事についての修養が、著《いちじる》しく不足致しておる」

宗次も山城守もまだ言葉を発せず、また〝無の表情〟を変化させもしなかった。山城守は若《も》し言葉を発するならば宗次先生が先であって、自分は（その宗次先生の言葉を支えるような発言をすべき立場……）と心得ていた。このあたり、さすが番衆総督の実力武官であった。

本来ならば、この山城守が宗次にとって理想の父親（義理の）となる可能性があったのだが、美雪《みゆき》が〝自身の全てを内側に閉《と》じ籠《こ》めて〟その可能性を頑《かたく》なに絶ってしまった。

四代様が軽く吸い込んだ息を吐き出しつつ言った。

落ち着いた口調であった。

「長幼《ちょうよう》の序《じょ》ということに口うるさかった余の母（三代様側室、於楽之方《おらくのかた》・宝樹院《ほうじゅいん》）は、母と子の間に愛情を籠《こ》めた一定の隔《へだ》たりを置きつつ、功績大きい年老いた忠臣《ちゅうしん》を大事にせよ、と厳しく教えてくれ、また、**受けた恩に対しては少なくとも三年の労《いたわ》りを真心でもって応じるべし**、と説《と》いてくれたりしてのう……」

ここで漸く宗次は頷き、口を開いた。

「お母上様のお教え、これまでの上様の善政にはっきりと現われてございまする」

「そうか。真《まこと》、そのように思うてくれるか宗次、いや、宗徳殿」

「思いまする。のう、山城守殿」

と、宗次は隣の山城守の相槌《あいづち》を求めた。

山城守がそれに応じた。

「はい。上様の慈悲深《じひぶか》いお考えの上に立つ善政につきましては、幕僚の誰もが承知し、敬《うやも》うてございまする。なかでも寛文《かんぶん》三年の『**殉死《じゅんし》の禁止**』および寛文五年の『**証人制度の廃止**』につきましては、幕僚、諸大名ともに〝**寛文の二大美事《にだいびじ》**〟として感動いたし絶賛《ぜっさん》して参りましたることを、今日あらためて強調させて戴きまする」

「うむ、**寛文の二大美事**《にだいびじ》のう……」

四代様は寝床《ねどこ》の中で満足そうに頷き目を細めた。視線は宗次を捉《とら》えたままだ。

徳川封建《とくがわほうけん》社会に於《お》いて、寛文の二大美事は画期的なものであった。

『**殉死の禁止**』は、亡くなった主君に従って忠誠《ちゅうせい》の証《あかし》として、臣下があとを追って自死することを禁ずるという令であった。

『**証人制度の廃止**』は、これも幕府に対する忠誠の証《あかし》として、諸大名が親族や重臣の子弟を**人質として**江戸へ差し出してきた制度を、廃止するというものである。

江戸城内とその近域には**証人屋敷**というものが存在していて、江戸へ差し出された**人質**はそれに住まわされた。むろん強制であった。

この**人質**は、江戸在住を義務付けられている**諸大名の妻子**とはまた別である。ただ、これら諸大名の妻子も**人質的性格**を有していることは明らかであることから、学問上は右の**人質**の範疇《はんちゅう》に入れるべきであろうと考える。

けれども江戸在住を義務付けされている諸大名の妻子は、『証人制度の廃止』の対象とはならず、その拘束《こうそく》的義務は文久《ぶんきゅう》二年（一八六二）の幕末まで続いた。僅《わず》か一五九年前まで存在し続けてきたというから改めて封建制度の頑なさには驚きを覚える。

このおそろしい頑なさは、現代においても日本社会のありとあらゆる部分において生き続けているかも知れない。

宗次から離れることのなかった四代様の目つきが、ここで険《けわ》しくなった。

「ところで宗徳殿……」

「はい」

宗次は少し膝《ひざ》を滑らせて、目つき険しい四代様の寝床との間を詰めた。

「余の後継者として決定したい綱吉じゃが、あれは生みの母（三代様側室、お玉《たま》の方・桂昌院《けいしょういん》）と余りにも**一体的**であることを心配しておる。余が申す**一体的**とは、母が子を求め、子が母を求める感情が強過ぎることを指していてのう」

「母が子に豊かな愛情を注ぎ、その母を子が敬う姿は理想的であると存じまする。実の両親の愛情を知らぬ私《わたくし》には、うらやましくさえ存じまするが」

「確かに母子思い合い支え合う姿は尊《とうと》いものじゃ。それについては余もよく判《わか》る。だが、綱吉は余の後継者として、征夷大将軍《せいいたいしょうぐん》に就かねばならぬ人物なのじゃ。過ぎたる母子一体の思想は必ず、政治に災いを齎《もたら》すと余は確信いたしておる。母親の『私《わたくし》』が政治に入り込むと恐れておるのじゃ。いや、**自我《じが》の強過ぎる母親の『私《わたくし》』が子の『内奥《ないおう》』**深くに入り過ぎると、成長した子は『**作意《さくい》的思想**』へと**暴走**せぬかと恐れるのじゃ」

「綱吉様とお母上様との関係はそれほど強固に一体的であると御覧になっておられるのですか」

「うむ」

「それでも尚《なお》、綱吉様を後継者に、とお考えなのでございますね」

「宗徳殿が余の後継者になってくれるなら、この考えは即座に捨ててもよいと思うてはいる。しかし、宗徳殿はとても説得出来ぬと判断して、綱吉就任を決断したのじゃ。だが、この決断には一つ、絶対に譲《ゆず》れぬ条件がある」

「譲れぬ条件？……お聞かせ下さりませ」

「**綱吉将軍**の下に、**綱吉の教育・監査役として**、大きな権限を持たせた**副将軍**を置きたい」

宗次も山城守も表情こそ変えなかったが、胸の内で（あっ……）と叫んでいた。

それは**影将軍**どころではない、徳川家綱《いえつな》の決意であった。そして彼は宗次から目を離すことなく強い調子で言った。

「余が**綱吉将軍**と口にしたのは、この場が初めてじゃ。宗徳殿と西条の他は誰も知らぬ。大老、老中、若年寄たちと雖も知らぬ。だが副将軍に誰を置くかは老中堀田備《ほったびっ》中守正俊《ちゅうのかみまさとし》と打合せて既に決めてある。備中（堀田）は、余が綱吉将軍就任を決断していることを知らぬままに、副将軍人事に膝を打って賛同してくれよった……」

宗次を見つめる四代様の眼光が、病《やまい》の身とは思えぬほどに一段と強くなった。

宗次と西条は、ぐっと唇《くちびる》を結んだ。二人には次に訪れる展開が予測出来ていた。

四代様が口を開いた。

「宗徳殿……」

「はい」

「四代将軍徳川家綱は、この場において其方《そなた》に次の人事を正式に発令する。西条は立会人として、余が発令する人事をようく聞いておくように……徳川宗徳。本日付をもって其方《そなた》を**従三位権大納言**《じゅさんみごんだいなごん》に叙任《じょにん》いたし、**幕府副将軍**を発令する」

それはまさに**天下の一大事**、いや、**天下の大騒乱の火花**が散った瞬間であった。すでに官位は当たり前のように**徳川将軍家**（**幕府**）**が内定**し、朝廷は殆ど**事後承認**するだけとなっている。

四代様の視線が、西条へ移った。

「西条……」

「はい」

「床《とこ》の間《ま》の手文庫《てぶんこ》を持って参れ」

「承知いたしました」

山城守は青ざめた顔で静かに立ち上がると、床の間に近寄っていった。

彼の青ざめた顔は、「今に大変な事態が訪れる……」と予想出来ている者の顔色であった。

生涯のおわりが間近い事を悟《さと》った四代様は、宮将軍を招聘《しょうへい》しようとした大老酒井《さかい》忠清《ただきよ》を一蹴《いっしゅう》し、いままた老中会議の合議を経《へ》ぬまま、将軍単独で重要人事を発令したのである。それは家綱が命を賭《と》して決断した人事であった。

山城守がやや大きめな手文庫を手にして、四代様の枕元へ戻った。

「西条、起こしてくれい」

「畏《かしこ》まりました」

山城守は手文庫を枕元に置き、四代様の背を支えてそっと起こした。

四代様は病の身を正座させて、手に取った手文庫を宗次に差し出した。

山城守は、宗次がどう出るか息を殺した。

「宗徳殿。この手文庫の中には余が認《したた》めた副将軍辞令、および副将軍の処遇と権限について詳述《しょうじゅつ》した朱印状《しゅいんじょう》が入っておる。受け取ってくれい宗徳殿。余の遺言《ゆいごん》であると思ってな」

「私のような未熟な者にそのような大役を……本当に宜《よろ》しゅうございまするか」

「征夷大将軍の決定したことである。私の生涯を賭《と》した命がけの決定であると思うてくれ宗徳殿。事後承認する朝廷も文句は言うまい」

「上様。そこまでこの宗徳を信じて下さいまするか」

宗次はそう言うと、「決意をもって確かにお受け致しまする」と、差し出されていた手文庫を受け取り、そのまま二、三尺をすうっと下がって手文庫を額《ひたい》に触れさせつつ平伏した。黒漆《くろうるし》塗《ぬ》りの手文庫だった。蓋《ふた》には沈金《ちんきん》技法見事な徳川紋（三《み》つ葉《ば》葵《あおい》）がどっしりと入っている。

「よう受けてくれた宗徳殿。これ西条、宗徳殿が受けてくれたぞ」

「真《まこと》に宜しゅうございました」

四代様の背を支えつつ表情を綻《ほころ》ばせて言った山城守は、胸の内を轟音《ごうおん》を鳴らして突風が吹き貫《ぬ》けるのを覚えた。

「安心したら、眠うなったぞ西条」

「お見守り致しまするゆえ、もう何もお考えにならず、安心してお休み下さい」

「うむ。其方と宗徳殿が傍《そば》に居てくれると、何も恐れるものはないのう。それから西条。二、三日の内には美雪《みゆき》を連れて参れ。美雪に将軍として伝えておきたいことがあるのじゃ」

「畏まりました」

そう言って山城守は、四代様の体をそっと横たえた。

宗次はまだ、平伏を解いていなかった。

一六八

宗次にとって、何事もない静かな五日間が過ぎて、六日目の朝が訪れた。

宗次は五日の間、殆《ほとん》ど八軒長屋の自宅から、外へは出なかった。

したがって話す相手は、いつものように気遣って食事を届けてくれる筋向かいのチヨだけだった。

そのチヨも、いつもの宗次とは明らかに違い過ぎる雰囲気を感じ取って、言葉少なく接するに止《とど》めた。このあたり、本当に宗次の身を母親のように案じているチヨである。

そのチヨに日頃から甘え過ぎていることを、宗次はきちんと自覚している。

その自覚すら、上の空であった宗次のこの五日間だった。

「ふうっ……」

小さな溜息《ためいき》を吐《つ》いた宗次は、猫の額《ひたい》ほどの庭に面している縁側に横たえていた体を起こすと、疲れ切ったような虚《うつ》ろな眼差《まなざ》しで訳《わけ》もなく室内を見まわした。

玄関土間の上《あ》がり框《がまち》には、朝餉《あさげ》がのっていた見なれた古い小さな盆がある。

朝餉は残さず食した宗次であったが、チヨはその盆をまだ片付けに訪れていない。いつもなら食後の旨い茶――奥多摩《おくたま》の父親から送ってくる――を持って来てくれる頃合だが、その気配はまだない。

宗次の視線が簞笥《たんす》の上に移って止まり、口元が少し歪《ゆが》んだ。

四代様より手渡された黒漆塗りの手文庫が、簞笥の上にのっていた。その手文庫の側面に美しくあざやかに描かれている沈銀《ちんぎん》の蒔絵《まきえ》の一部に、庭から射《さ》し込む日の光が当たって、鋭く輝いている。

その蒔絵の卓抜《たくばつ》した特徴から宗次は、若《も》しや**幸阿弥《こうあみ》**長重《ちょうじゅう》の作ではないかと、想像していた。

幸阿弥家は、**蒔絵芸術**の名家中の名家として室町時代以降、累代《るいだい》にわたって天才的蒔絵絵師を輩出してきた家柄だ。

幸阿弥家**初代**の道長《みちなが》は、室町幕府八代将軍**足利義政**《あしかがよしまさ》の近習《きんじゆう》を土岐《とき》四郎《しろう》左衛門《ざえもん》道長の名で勤《つと》め上げた侍で、義政の命《めい》により蒔絵の道に入ったと伝えられている。

宗次は立ち上がって簞笥の上の手文庫を手に取り、再び縁側の日差しの中に腰を下ろした。

彼は膝前に置いた沈金沈銀《ちんきんちんぎん》の蒔絵技法見事な手文庫を、身じろぎもせず眺《なが》めた。実はまだ手文庫の蓋を開けて、中を確認していない宗次である。

こうして眺めていると、蓋を覆《おお》っている沈金《ちんきん》の蒔絵技法の徳川紋が、まるで威嚇《いかく》するかのように大きく目の前に迫ってくる。

宗次は体を小さく左右に揺らせ、文庫の側面で日を浴びて輝く沈銀《ちんぎん》の蒔絵の余りの美しさに、「さすが幸阿弥**長重**の作……間違いない」と呟《つぶや》いた。

確信のある強い呟きであった。

長重は幸阿弥家十代を継ぎ、三代様（徳川家光《いえみつ》）に大変重用《ちようよう》されて、寛永《かんえい》七年（一六三〇）には家光に命《めい》ぜられ**明正**《めいしよう》**天皇**の即位の際に入用《いりよう》な華麗《かれい》な蒔絵を仕上げている。また寛永十四年（一六三七）に入っては、三代様の娘・**千代**《ちよ》**姫**が徳川御三家筆頭尾張藩の宰相《さいしよう》**徳川光友**《みつとも》に輿入《こしい》れするに際し、豪華にしてすぐれた作品群の制作を、金銀珊瑚《さんご》などを用い丸三年を掛けて果たしていた（重要文化財として徳川美術館蔵）。

その徳川光友の血を受け継いでやがて宗次の命《いのち》がこの世に生まれてくる訳であるから、封建時代の権力者の血脈は、真《まこと》に複雑怪訝《ふくざつかいが》という他ない。

いま宗次の目前にある幸阿弥**長重**作に相違《そうい》ないと思われる蒔絵が見事な手文庫は、右に記した時代の流れから見ておそらく三代様から四代様へ譲られたものであろう。

徳川紋の入ったその芸術的にも貴重な手文庫を、今度は四代様の手から宗次へ、**副将軍辞令と共に**下賜《かし》された訳であるから、それこそ疎《おろそ》かには扱えない。

「先生、入りますよ」

表口の腰高障子《こしだかしょうじ》の向こうで控え目なチヨの声があって、宗次が「いいよ、母さん……」と抑え気味な声で応じた。

チヨが五寸四方くらいの杉板の上に、湯呑《ゆの》みをのせ玄関土間へ表口を開けたまま入ってきた。直《す》ぐに引き返すつもりなのであろう。

湯呑みから微《かす》かに湯気が立ちのぼっている。

「朝ご飯、今朝も美味《おい》しく戴いたよ母さん。有り難う」

「残さずに食べたんだね」

朝餉の盆へチラリと視線をやったチヨは、五寸四方くらいの杉板を朝餉の盆の横へそっと置いた。宗次がそれへ膝を滑らし、ひとくち茶を飲んで「こいつあ、うまい……」とこっくり頷いた。

そこへチヨの娘、花子《はなこ》が入ってきた。普段着ではない、いわゆる〝他所《よそ》行き〟の着物を着ている。とは言っても質素な装いだ。

「おはよう御座居ます宗次先生」

花子がきちんとお辞儀をするのを、宗次に見え易《やす》くするためであろう。チヨが素早く体を横へ移動させた。

「おはよう。少し早いようだが、これから井華《せいか》学校かえ」

宗次は井華塾とは言わず、井華学校という言い方をした。この理由は、いずれ明らかになってくる。

「はい。今日は朝の内に『書道』と『朗読』の二科目がありますから」

「そうか、二科目を学ぶのかえ」

宗次は、花子が『書道』『朗読』という表現を用いたことに対し、目を細めて深深と頷いてみせた。言葉遣いも、目上の者と話をする際の姿勢も今迄とはすっかり変わっている。

「井華学校への往《ゆ》き帰りは、西条家のお侍《さむらい》さんに付き添って貰《もら》っているね？」

「はい。強そうなお侍様お二人が必ず付き添って下さいます。でも先生……」

「ん？……どしたい。何ぞあったのかな」

「幼少年部の塾生は皆、数人単位の集団での登下校を始めています。私もその仲間に入りたいのですけど」

「そうか。幼少年部の集団登下校が始まったか。塾生が増えたんだな。ならば美雪先生に相談してみるといいやな」

「はい。では、沽池《こいけ》様と芳群《よしむら》様がお見えになる頃ですから、行って参ります」

西条家のお武家様です、と透《す》かさずチヨが囁《ささや》き、宗次は小さく頷いて応じた。

「気を付けて、行ってきねえ。確《しっか》りと勉強するんだぞ」

「いつも頑張《がんば》っています。先生、今朝のお茶、美味しかったですか」

「うん、最高にな。香りもいい……」

「私が淹《い》れて差し上げたのですよ。じゃあ先生……」

花子は御辞儀をすると外へと出て行った。

「長屋口まで行ってやんねえ」

宗次がチヨに促《うなが》すと、チヨは「そうだね」と娘の後に続いて外へ出ていった。

表口障子は、開けっ放しだった。かくべつ珍しいことではない。

「教育とは凄いもんだ……花子はぐんぐんと変わっている」

湯呑みを手に呟いた宗次が手文庫の前へ戻って胡座《あぐら》を組んだとき、野良猫《のらねこ》？　と思われる小さく素早いものが表口から入ってきて、あっという間に框に上がりトコトコと宗次に近寄って、胡座の上へ向こう向きに小さな体を沈めた。これが宗次に対する、吾子《あこ》の甘えの癖《くせ》だった。

「おはよう、先生《せんしえい》……」

「や、おはよう吾子。今朝も甘えっ子かえ」

「そう、甘えっ子……」

そう言い言い目の前の立派な手文庫を、興味深そうに眺める幼子《おさなご》であった。

花子より三歳年下の妹である。父親である屋根葺《やねふき》職人の久平《きゆうへい》よりも「宗次先生の方が好き……」と、はっきりと言う。花子に負けぬ利発な幼子であったが、とにかく宗次には甘える。先生《せんせい》としっかり言えるのに、甘えの下心があるときは、先生《せんしえい》、となる。今朝がそうだ。

「先生《せんしえい》、今日どこかへ行きたい」

そう言いつつも、目の前の手文庫から目を離さない。

「どこかって……どこ？」

「千歳飴《ちとせあめ》とね、竹村《たけむら》の巻煎餅《まきせんべい》が食べたい」

宗次は思わず苦笑して、吾子の幼い頭の上に自分の顎《あご》をそっとのせた。

この子は、教育次第では花子以上に伸びるかも知れない、と思っている宗次であった。

その幼子が口にした千歳飴と巻煎餅が簡単に――同時に――手に入る所と言えば一か所しかない。

新吉原《しんよしわら》の『竹村』である。『竹村』と言えば巻煎餅なのだが、近頃では千歳飴を置くようにもなっていて、これの評判がなかなかいい。

「じゃあ、ちょいと歩くが目黒《めぐろ》へでも行くか。巻煎餅はないが、千歳飴や『正月屋《しょうがつや》』のお汁粉《しるこ》があるぞ」

「吾子はね。千歳飴と巻煎餅がほしいの」

「巻煎餅なあ」

新吉原がどういう場所か、まだ判る筈《はず》のない吾子であったが、さすがに宗次は困った。チヨが吾子の新吉原行きを、「うん、行っていいよ」と二つ返事で許してくれる筈がない。

そのチヨが自宅の前まで戻ってきて、何かを感じたのであろう振り向いた。

母と子の視線が合った。

「まあ、いつの間に宗次先生の胡座の中で図図《ずうずう》しく甘えてんだろうね、この子は」

そう言い言い玄関土間に入ってきたチヨは、綺麗に空《から》になっている朝餉の盆を手に取って、我が子を軽く睨《にら》んだ。宗次先生を実の父親のように慕《した》っている幼い我が子の感情とかいうものを、近頃のチヨはとくによく理解している。

「先生は今日は疲れているからいけないよ。そんな所に体を沈めていると先生が余計に疲れるから、家へ帰りましょ。いい子だから台所を片付けるのを手伝いなさい。さあ」

「うん」

チヨが強めな調子で促すと、吾子はあっさりと立ち上がった。大好きな宗次先生が絵仕事で疲れ易い毎日だということを、自分なりに理解している吾子だった。

「なら先生《せんしえい》。千歳飴と竹村の巻煎餅を買《こ》うてきてね」

「よし、約束しよう」

「ま、新吉原の……」

チヨは案の定、目を丸くしたあと宗次を横目に軽く睨むようにして、吾子を促し出ていった。

表口の障子が閉まると、真顔となった宗次の目が手文庫に移って、きつい光を放ち始めた。

一六九

その日の昼八ツ頃(午後二時頃)、よれよれの菅笠《すげがさ》をかぶった質素な野良着《のらぎ》姿の男が、人の往き来ほとんど無い三味線堀《しゃみせんぼり》川通りに面した町屋敷の前に立った。これもよれよれの風呂敷《ふろしき》に包んだ何かを、さも大事そうに胸前に持っている。

その町屋敷は一見して、誰の住居《すまい》か、あるいはどのような商《あきな》いにかかわっているのか、全く判らなかった。広い間口は見るからに頑丈《がんじょう》な格子戸《こうしど》で閉ざされていたし、また、軒屋根《のきやね》(庇《ひさし》)から地面へ屋号《やごう》入りの大暖簾《おおのれん》が、斜めに下がっている訳でもなかった。

奉公人の姿が、忙しく出入りしている様子も全くない。

質素な野良着姿の男は暫《しばら》く思案気《げ》に、人の往き来ほとんど無い町屋敷の前を行ったり来たりしていたが、そのうち西側の幅一間《けん》とない路地へ然《さ》り気《げ》なく、すうっと入っていった。三味線堀川通りで思案気な様子を見せていたのは若しや、辺りを警戒するためであったのか?

野良着姿の男は、高い板塀《いたべい》に沿うかたちで、四盤敷《しばんじき》――切石畳――の調《ととの》った小綺麗な路地を四半町ばかり進んだところで歩みを止めた。

目の前に男の背丈ほどの板戸がある。

彼は深めにかぶった菅笠に隠された双《ふた》つの目を表通りへ向けて様子を窺《うかが》ったあと、板戸の上の方に手を触れた。

からくり錠の仕掛けでもあったのだろう、微かにカタッという音が二度あった。

男は、まるで我が家へ入るような感じで板戸を押し、中へ入って再び板戸のからくり錠を小さく鳴らした。そして、かぶっていた菅笠を取った。

日差しあふれる広広とした庭が、彼の目の前に展《ひろ》がっている。

ただ、この庭はよく耕された幾本もの長い畝《うね》となって小高く盛り上がっており、色《いろ》艶《つや》の良い青菜がびっしりと育っていた。

その畝と畝の間《はざま》で鍬《くわ》を手にした老爺《ろうや》が、突然〝侵入〟してきた宗次を認めて呆気《あっけ》に取られたような顔つきをしている。

「久し振りだな矢介《やすけ》。変わりはねえか」

言葉調子を軽く崩して笑い掛ける宗次であった。

「ど、どうなさいました若様……」

この町屋敷の実直な下僕《げぼく》で、人柄も信頼されている。

宗次の身性《みじよう》に関しては余り詳細には承知をしていないのだが、この町屋敷の主人《あるじ》ほか主立った者が**若様**と呼んでいるものだから、矢介とやらもその作法に従っていた。

「居るかえ？」

宗次が親指を立てて訊《たず》ねてみると、矢介は頷いてから、

「はい、いらっしゃいます」

と、白壁の蔵と並んでいる母屋《おもや》の方へチラリと視線を流した。手入れの行き届いた、丈の低い青竹のこぢんまりとした林に囲まれた母屋だった。

この町屋敷は、江戸はもとより近郊各地に『刀槍《とうそう》の名店』としてその名を知られた『**対馬屋**《つしまや》』であった。**鍛造**《たんぞう》から**装い**《よそお》**拵え**《こしら》までの秀《すぐ》れた職人を多数かかえ、また**売り込む**という商いにかけてもなかなかの手腕を有している『刀槍百貨』とも称されている大店《おおだな》であった。

「**魚清**《うおせい》へ嫁《とつ》いだ娘お照《てる》も孫も元気にしているかえ」

「へえ、お陰様で。孫は病気一つすることなく、もう三歳になりました」

「おお、そうかえ。なにより、なにより。それにしても早いもんだねえ。この前生ま

れたばっかりだと思っていたのが、はや三歳かえ」

「じんじ、じんじ、とよく懐《なつ》いてくれ、二月《ふたつき》に一度くれえは、お照に手を引かれトコトコと歩いてここへも顔を見せてくれるようになりやした」

「それは嬉しいことだね。子は世の中の宝だい。大切に大切に可愛《かわい》がってやんねえ」

そう言い言い矢介に近寄っていった宗次は、土にまみれた皺深《しわぶか》い彼の手に小粒を握らせた。

「次に訪ねて来たときに、玩具《おもちゃ》でも買ってやっておくれ」

「へえ、これはどうも有り難うごぜえやす。若様にはいつもよくして戴いて……」

「じゃあな……」

宗次は矢介の肩を軽く叩くと、畝を横切り渡って母屋の方へ歩みを進めた。

矢介のひとり娘が二十五になってから嫁いだ『魚清』は、鮮魚おろし商としては江戸市中で知られた存在だ。大身・中堅旗本家への出入りも多く、最近では諸大名家からも是非《ぜひ》にと声が掛かっているが、これは丁重《ていちょう》に断わり続けている。町の人人への小売りをも大事にしているから、これを重視して手が回り切らないのだ。

『**魚清**』の創業者は、『対馬屋』の実直な下僕である矢介とは一字違いの**矢助**《やすけ》で、年齢《とし》は矢介よりも、うんと上であった。

苦労して苦労して『魚清』を江戸市中屈指《くっし》の鮮魚おろし商にまで育てあげた矢助は、商売を始めた当時、貧しい町の人人からの注文で助けて貰ったことを忘れていない。だから年老いて腰が痛い背中が痛いと言いながらも、なんと未《いま》だに天秤棒《てんびんぼう》を担《かつ》いで、若い頃に助けて貰った貧乏長屋を回り続けている。大番頭《おおばんとう》や小番頭《こばんとう》が「今に体をこわしますよ……」といくら懇願《こんがん》しても、「うるせえ、これが俺の人生じゃい」と怒り出して頑なに止めようとはしない。青二才で始めた頃の商売はおそらく、それほど辛《つら》い毎日なのであったのだろう。

この真骨頂が今の『魚清』を支えている。

が、さすがの矢助もある霧雨《きりさめ》降る日、路地口で足首を傷《いた》めへたり込んでいるところを、矢介のひとり娘お照が目にとめ甲斐甲斐《かいがい》しく介抱《かいほう》したのだ。

お照が『魚清』へ嫁ぐこととなったのは、この介抱が縁である。

宗次は青青とした艶《つや》が美しい、丈の低い小さな竹林へと入っていった。

この竹林を抜けて直ぐ目の前に、『対馬屋』の主人《あるじ》、柿坂作造《かきさかさくぞう》の居間があることを承知している宗次だった。ある意味、この『対馬屋』は、宗次にとっては知る者少ない〝別宅〟でもある。

手入れの行き届いた清清《すがすが》しい竹林を抜けた所で、宗次の歩みが休んだ。

こぢんまりとした石庭の向こうに、母屋の日差しあふれる十六畳の居間があって、白髪《しらが》美しい男が手にした抜き身（鞘《さや》から抜いた刀身の意）に、じっと見入っていた。余程《よほど》に集中しているのであろう、竹林から現われた宗次に気付きもしない。

宗次は足音を控えるようにして石庭を回り込み、縁側の踏み石の手前に静かに立った。

はっとしたように、白髪美しい男が宗次の方へ視線を振った。

この男が『対馬屋』の主人《あるじ》**柿坂作造**であった。

「こ、これは若様。気付かずに失礼いたしました」

「久し振りだな作造」

「まことに……が、私は若様のことが気がかりで、ときどき八軒長屋のあたりを、平作《へいさく》（対馬屋の小僧）を伴って、散策したり致してございます」

「心配かけてすまぬ。この通り元気だ」

「ささ、お上がりなされませ」

見入っていた抜き身を手なれた早さで**休《やす》め鞘《さや》**（休み鞘とも）に納め、宗次を促した。

休め鞘とは、漆塗りなどを施していない白木の鞘のことで、樹脂が少なく適度な堅さがある朴《ほお》の木《き》（モクレン科の落葉高木）でつくられていることが多い。

　宗次は風呂敷包みを前に持った姿勢を崩すことなく、踏み石に上がって雪駄《せった》を脱いだ。

　柿坂作造が、床の間を背にした位置に座布団を敷くと、宗次は小さく頷いて腰を下ろし、二人の間へ風呂敷包みを静かに置いた。

　作造の視線がチラリとそれに流れたが、直ぐに宗次へ移った。

「作造……」

「はい」

「詳しいことはまだ申せぬが、この風呂敷包みを暫《しばら》くの間、大事に預かってくれぬか」

「畏《かしこ》まりました」

　忠誠な臣下の如《ごと》く、二つ返事で応じた柿坂作造であった。

「非常に大切なものだ。他人目《ひとめ》につかぬよう預かって貰えそうか」

「若様から依頼されて、この作造が引き受けるのでございます。お任せ下され」

「うむ、ひとつ頼む。実は、この風呂敷包みの中のものは、私はまだ見ておらぬのだ」

「それはまた……」

作造は、ちょっと驚きの目で宗次を見つめた。

「だからな作造。この風呂敷包みの中を見る時は、作造も一緒だ。そう心得て預かっておいてくれ」

「承知つかまつりました」

「ところで、脇にあるその刀は？」

「柳生拵《やぎゅうこしらえ》の勇壮な姿に、と考えております試作の刀でございます。この大刀に合わせ、小刀（脇差《わきざし》の意）もすでに出来ております」

「試作の刀？……誰ぞの依頼を受けて取り掛かったのか？」

「いいえ。この柿坂作造も老いたせいか、近頃は何処其処《どこそこ》の御大身《ごたいしん》の頼みを引き受けるだけでは満足出来なくなりました。そこで注文を受けた刀は高弟たちに一任し、私は柿坂流の刀を自由な発想で作ってみたくなったのでございますよ」

「その第一号の試作、というのがそれか？」

「ご覧になって戴けましょうか」

「うむ。是非に検《み》たいのう」

微笑《ほほえ》みを見せて頷いた柿坂作造は、白木の休め鞘に納めた大刀を、丁寧《ていねい》に宗次の手に預けた。

両の手に加わったずしりとした重量感に、宗次の表情が思わず「お……」となる。

鍛造と研《と》ぎと鑑定では関東屈指、と評されてきた刀匠柿坂作造であった。

一七〇

作造の鍛造と研ぎを経《へ》た刃を間近に検《み》て、宗次は（これは見事な……凄《すさ》まじい熱気が刃に打ち込まれている）と胸の内で驚嘆《きようたん》した。

「いかがですか。若様の目から検《み》て……」

「名刀の域を超えておるわ。大名や大身旗本家の市場へ出すか出さぬ内に、大変な値が付こう」

「大名や大身旗本家の道楽市場へ出す積もりなど、はじめからございませぬ」

「道楽市場とはまた、厳しい言い様《よう》じゃな」

宗次は苦笑すると、刀を休め鞘に納めて作造の手に戻した。

「お気に召されましたなら若様。お持ちになって下さいませぬか」

「ん？……いいのか」

「若様にお持ち戴ければ、それはそれは刀匠《とうしよう》冥利《みようり》に尽きる、というものでございますよ」

「いくらだ?」

「ご冗談でしょう」

と、即座に目を細めて表情を綻《ほころ》ばせた作造であった。

宗次が真顔となって、その目がキラリと一瞬光った。

「作造……」

「はい」

「他言は無用ぞ。またしても、心ならずも血の嵐に立ち向かわねばならぬ」

「御出《おいで》になられた若様のお姿を見た途端、もしや、と思いました。なぜ若様に対して次から次へと……余りにも理不尽《りふじん》に過ぎまする」

「此度《こたび》は、その理不尽に対し、こちらから打って出る……打って出て、その根を絶つ」

「若様……」

「おそらく血泡沸騰《ふっとう》する激闘になろう。生きて此処《ここ》へは戻れぬかも知れぬ」

「大勢を相手となさいまするか」

「おそらく……」

「たったのお一人で？」

「うむ」

「おいたわしい。ひど過ぎまする」

作造は肩を落として、下唇を噛《か》んだ。

「豊臣《とよとみ》の血と徳川の血を受け継いだ者の、これが宿命やも知れぬ」

「にしても、若様ご自身に、何の責任もなきこと」

「この封建の世で権力者の血を受け継ぎこの世に生まれてきた者は、好むと好まざるとにかかわらず、往往にして理不尽な目に遭《あ》うものなのだ。仕方ないよ作造。自分の手でその邪《よこし》まを打ち払うより他ない」

「若様のお身近くに、お味方をして下さる方は、いらっしゃいませぬのでしょうか」

「いたとしても、その人に加勢を頼めば、今度はその御人《ごじん》が理不尽な目に遭《あ》うことになろう。私は独《ひと》り身《み》だが、その加勢して下さる方にもし家族がいれば、その家族が刀《とう》槍弓鉄砲《そうゆみてつぽう》の被害を浴びるやも知れぬ。それゆえ私ひとりが闘い、理不尽を根こそぎ倒すしかないのだ」

「なんたる非道。出来れば私が若様のお身代わりになりとうございます」

「心配し過ぎるでない作造。これは天が私に与えた宿命なのだ。この宿命からは逃げられぬ。逃げずに迎え討つ」

「わ、若様……」

作造はぶるぶると肩を震わせ、拳《こぶし》で目頭《めがしら》を拭《ぬぐ》って、歯を嚙み鳴らした。

「その休め鞘に納めた刀の拵えを頼みたい。急いでくれぬか。ゆっくりとはしておれぬのだ」

「承りました。この作造が、刀装に渾身《こんしん》の職人業《わざ》を打ち込んでご覧に入れましょう」

「出来上がるまで、この対馬屋に泊まりたい。よいな」

「申すまでもございませぬ」

「この対馬屋を発《た》つ時は、馬の用意も頼みたい。脚の丈夫な」

「お任せ下さい。責任をもって……」

「ところで作造。下世話なことを訊《たず》ねるものだ、と笑われるかも知れぬが……」

「はて……何でございましょうか」

「その休め鞘に納めた新刀の刃は、幾人相手まで耐えられる？」

「それよりも、お聞かせ下さりませ。一体幾人を相手になされますのか」

「おそらくだが……」

「おそらく？」

「相当な手練《てだれ》を少なくとも二十名以上は相手にすることになろう」

「大丈夫でございまする。刃に対し刃で打ち返しても、一片の刃毀《はこぼ》れも生じない、とまでは申しませぬが、刃と刃の激突で刃粒《はつぶ》が散ったとしても、斬れ味に不足が生じることは絶対にありませぬ。自信をもって断言いたしまする」

「そうか。ならば有り難い」

「若様、この刀に名を付して下され。是非にもお願い致します」

「**新刀対馬**《しんとうつしま》、でどうだ」

「気に入りました。**新刀対馬**、力強い名でございますなあ」

「うむ。まさに名刀をこえた名刀ゆえ、この名が合っておるのだ」

「ところで、このような時に不謹慎《ふきんしん》なことを申し上げますが若様……」

「ん？」

「今宵《こよい》はこの爺《じい》の 盃《さかずき》 に付き合《お》うて下されませ」

「うん。望むところぞ。この**対馬屋**で作造と盃を交わすのは実に久し振りだな」

「今朝早くに**魚清**の矢助さんが老体も何のその、それはそれは元気に訪ねて来まして、活《い》きのいい魚介を、たくさん置いていきましたから」

「矢助の爺《とと》っつあんは、まだ外 商《そとあきな》 いをやっておるのか」

「あの元気だと、死んでも天秤棒を手放しそうにありません」

「苦労時代の商いで町衆たちから受けた恩を忘れずに、大店《おおだな》の隠居《いんきょ》となってからも、町衆を相手の外商いを忘れぬその根性と精神。たいしたものだね」

「全くでございます。矢助さんが久し振りに訪ねて来る度に、今や死語になりかけていると申しても言い過ぎではない『**初心**』とか『**洗心**』とかの言葉を思い出し、ハッとなることがございます」

「大事よのう、『**初心**』とか『**洗心**』は。剣客や刀匠など業《わざ》を極めようと日日はげむ者にとっては、とくに忘れてはならぬ言葉よの」

「仰《おっしゃ》る通りでございまする」

柿坂作造は深深と頷いたあと、まじまじと宗次を見つめ嘆息《たんそく》した。余程に宗次のこれからの事が心配なのであろう。

名工集団の誉《ほま》れ高い現在の『対馬屋』には、鍛造（鍛冶《かじ》）、研ぎ、鞘、鍔《つば》、柄《つか》、塗り、の各拵えに大勢の名工を揃えているが、かつての『対馬屋』にはこの『対馬屋』の屋号も無く、**初代**柿坂作造ほか三、四人の職人世帯でしかなかった。初代柿坂作造は、自身が手がけた刃の切れ味に不満が強く、武器としての日本刀の刃の改良に、常に苦しんでいた。

彼のこの苦悩に対して示唆《しさ》・教示《きょうじ》を与えたのが、宗次の父親（義父）で剣法兵法の世界より**大剣聖**と称せられ敬われた、揚真流《ようしんりゅう》剣法の開祖、**梁伊対馬守隆房**《やないつしまのかみたかふさ》であった。『日本刀の命は刃の研ぎにあり』と当たり前に理解していた初代柿坂作造に、**大剣聖**は『日本刀が駄作か名刀かの境界は、目に見えぬほどに微細な研ぎの角度にあり』と説いたのであった。

まさに一瞬なる一呼吸《ひとこきゅう》で太い青竹十本を切り倒した**大剣聖**の『無動一撃』（殆《ほとん》ど足の位置を変化させず上体の〝捻《ひね》り〟だけで**瞬撃**《しゅんげき》する刀法）の業《わざ》を目の前で学ばされた初代柿坂作造は、**大剣聖**による**瞬撃**の一瞬に不思議な音を発するのを捉えた。

ヒュッでもシャッでもヒョッでもない、短く鋭い音だった。今流で表現すれば、薄いカミソリの刃を思わせる、色で言えば青く感じるような。

この音の秘密が『研ぎの角度』にあったのだ。大剣聖は自分の命を預ける刀の研ぎを鍛冶へは任せず、幾多の工夫研究を重ねながら、自《みずか》らの手で研いでいたのだった。

まさに、恐るべき大剣聖であって、宗次は残念ながらまだこの域には達していない。

こうして初代柿坂作造は、大剣聖の〝研ぎの音〟を追い求め、やがて許されて梁伊対馬守の**対馬**を屋号として与えられ、名工集団の道を歩み出したのだ。

この初代柿坂作造が病没して、今の**二代目**を引き継いだのが、『名工研進《めいこうとぎしん》』の字《あざな》で江戸はもとより関東一円に知られた『対馬屋』の大番頭にして研ぎ師頭の**進吉**《しんきち》であった。

一七一

二代目柿坂作造が、**新刀対馬**の刀装を仕上げたのは、七日後のことであった。作造が渾身の業を打ち込んで仕上げた見事に勇壮な柳生拵《やぎゅうこしらえ》であったが、さすがに七日間という短期では、名人と雖も作造ひとりの力で柳生拵を仕上げるのは容易《たやす》くない。鞘、鍔、柄、塗りなどそれぞれの分野に秀《すぐ》れた職人たちが、刀匠作造の仕事を全力で支えたのであった。

仕上がった柳生拵の大小刀に深く感動し満足した宗次は、明日の早朝に『対馬屋』を発つという前日の夕七ツ頃（午後四時頃）、柿坂作造に真剣な顔でこう告げて、『対馬屋』を無腰で（無刀で）出た。

「八軒長屋に一度戻って、亡き父（梁伊対馬守）が大事に着ていた紫檀色《したんいろ》の着流しに着替え、新刀対馬を確《しっか》り体に固定すべく菱繋《ひしつな》ぎ文様《もんよう》の幅広角帯《かくおび》で腰を巻いてこよう」

聞いた作造は（これは本気で命を賭《か》けようとなさっている……）と捉《とら》え、胸ふるえるのを抑え黙って見送ったのであった。

夕七ツ頃の空にはまだ日の光が残っていて、江戸の町町《まちまち》は明るかったが、この刻限は武家の夕食時であって（必ずしも堅苦しく守られた訳ではないが）、職人たちも一日の仕事を終え、家路《いえじ》につく頃だった。

「やあ、宗次先生。お久し振りでござんす」

「よ、市平《いっぺい》さん。遠出だったのかえ」

「へい。品川《しながわ》の料理屋まで」

「そいつあ御苦労さん」

小駆けに向こうからやって来て擦《す》れ違うまでの間に、それだけ早口で喋《しゃべ》って遠ざかってゆく、肩に工具箱をのせた大工の市平《いっぺい》さんとかであった。

宗次はちょっと考える表情を見せてから、表通りを歩くのを止め、裏通りを選んだ。

家の裏手へ道を一本入っただけで、人の往き来は驚くほど少なくなる。

大事を前に余り他人様《ひとさま》に顔を見られぬ方がよい、とでも宗次は考えたのであろうか。

裏道から、時には路地を右へ左へと進んで、宗次が再び表通りに出たのは行きつけの居酒屋『しのぶ』の間近だった。

「降るのかな……」

宗次は空を仰《あお》いで呟いた。西の空にはまだ充分な明るさがあったが、東の空から頭上にかけては、黒い雲が広がり出していた。その雲が手足を広げるようにして、むくむくもぞもぞと不気味に蠢《うごめ》いている。

宗次は人の往き来が途切れた表通りを小駆けに『しのぶ』横の路地から勝手を心得た調理場へと入っていった。焼き魚の匂いが満ちていた。

「よ、角《かく》さん……」

「お、宗次先生、久し振りじゃないの」

突然ヌッと現われた宗次に驚く主人《あるじ》の角之一《かくのいち》の声で、背を見せて煮鍋の中へ箸《はし》を入れていた女将《おかみ》の美代《みよ》が、勢いよく振り返った。

「あらまあ先生。一体どうしてたのよ。すっかり顔を見せなくなって」

「すまねえ。絵仕事が急に慌《あわ》ただしくなってよ。振り回されてんだ。それよりも女将。筆と墨汁《ぼくじゆう》はねえかかえ」

「そりゃあ、あるわよ。品書きや値段改めには欠かせないからさ」

「すまねえが、ちょいと貸しておくんない」

「うん」

美代は訝《いぶか》し気《げ》な顔つきで、調理場に接している板間へと入っていった。

「角《かく》さん。いわしの塩焼き、まだかよう」

調理場と向き合っている小上がりの客席から、大声が飛んだ。

「へい、間《ま》もなく……」

「ついでに熱燗《あつかん》二本もだ」

「合点《がってん》でい」

美代が板間《いたのま》から出てくるなり、大賑《おおにぎ》わいの客席へ視線をやりつつ、墨汁と筆を宗次に差し出した。

それを受け取った宗次が、板間《いたのま》と調理場の仕切り襖《ぶすま》の二枚の内の一枚を閉じたので、角之一と美代は思わず顔を見合わせた。

宗次が閉じた襖は丈夫な板襖で、表装の芭蕉布《ばしょうふ》には何も描かれていない白襖《しらぶすま》であった。

宗次が手にしている筆を墨汁に浸《ひた》したことで、角之一と美代の表情が漸《ようや》くハッとなる。

二人は思い出したのだ。この少し薄汚れている白襖二枚の内の一枚に、ヒマが出来たときでよいから梅の花とメジロの組合せを明るく描いてほしい、と頼んであったことを。むろん、殆ど冗談で口から滑り出た言葉であった。角之一も美代も、親しくしている宗次が京《みやこ》の御所様（天皇、上皇）からお声が掛かるほどの、天下無双の浮世絵師だということを承知している。白襖一枚に大きく絵を描いて貰ったなら、目がくらむような画代が必要となる事態が訪れるであろうことも。

〝最近の噂《うわさ》〟として日本橋《にほんばし》の呉服問屋《ごふくどんや》『あかね屋』の主人嘉兵《あるじかへい》が、子猫二匹が長火鉢の猫板の上で重なるようにして居眠りしている色彩画の軸絵に「五百両をお支払いさせて戴きました……」と〝真《まこと》しやか〟に言ったのがある。

もっとも宗次が、そのような噂にかかわることはない。

だから今、角之一と美代夫婦は、こわ張った眼差《まなざ》しで食い入るように宗次の右の手を見つめていた。

その宗次の右の手が動いた。

角之一と美代は、はじめて見る宗次の雄渾《ゆうこん》にして繊細な絵筆運びに目を見張った。

みるみる内に梅の木が描かれ、花が咲き、蝶《ちょう》が訪れて二羽のメジロが花の蜜を吸うためか枝に並んで止まった。二羽の小鳥をメジロと見る者に判らせるところに、宗次の絵筆の秀《すぐ》れた繊細さがあった。

しかし、賑わう客を忘れて、宗次の筆運びに釘付《くぎづ》けとなった角之一と美代は、やがて度肝《どぎも》を抜く、それこそ信じられないような〝現実〟を、目の当《まあ》たりにする事となる。

それは、間《ま》もなくのことであった。

「あ……動いた」

角之一が呟き、美代が「ええ」と相槌を打って「またよ、ほら……」と付け加えた。

二人は、梅の小枝に止まった二羽のメジロが、羽ばたきをしながら梅の花に嘴《くちばし》を近付けるのを〝目撃〟したのだ。

見間違いではない、という確信が二人にあったから、申し合わせたように当然仰天《ぎょうてん》した。

このように、宗次に雨蛙《あまがえる》、雀《すずめ》や鶯《うぐいす》などの小鳥、蝶やトンボなどを描いて貰った者の多くは、必ずと言ってよいほど「あ、動いた……」「飛んだ……」「泳いだ……」と〝目撃〟して仰天させられる。

これが宗次の絵の力量であり凄みであった。姿形《すがたかたち》だけでなく、命をも吹き込むところに、宗次の『天才』というものを超越した恐るべき実力があった。それはおそらく、厳しい修行をもって揚真流剣法の極みに、ジリジリと到達しつつある証でもあるのだろう。

賑わっている客たちから「まだかよう女将……」という何度目かの大声があったとき、宗次の筆は止まった。

彼は襖から三、四歩さがって描き了《お》えた自画を眺め、「よし……」と満足そうに頷いた。

彼は振り向いて、角之一と美代の顔を交互に見つめた。

「頼まれていたのを忘れていた訳じゃあねえんだが、すっかり遅くなっちまった。こんなところで我慢しておくれ」

角之一は、ぶるるっと顔を横に振った。

「我慢なんて、とんでもねえ。凄《すげ》え絵だよ。でも先生よう、困ったよう」

「困った?」

「支払う金《かね》がねえんだよう。何百両など、とても用意出来ねえ」

「つまらぬ冗談を言いなさんな。ビタ一文《いちもん》でも貰う積もりなら描《か》きゃあしねえわさ」

宗次は目を細めてニッと夫婦に笑い掛けると、まるで身を翻《ひるがえ》すようにして調理場から路地へと出た。

「あ……降ってやがったか」

宗次は首をすくめ自宅を目指して走り出した。いつの間にか、かなりの勢いで雨が降っていた。

夜の帳《とばり》は、いつもより早く下りている。辺りはもう、真っ暗だ。厚い黒雲が夜空を覆っているのであろう。

『しのぶ』から近い八軒長屋の自室へ駆け込んだとき、彼の着ているものはかなり濡《ぬ》れていた。

彼は着ているものを取り替えると、火事に備えて常に水を張ってある小さな浴槽の釜に火を点《つ》けた。

一七二

宗次が熱めの湯の入浴を終え、さっぱりとした普段着に着替えを済ませた頃、屋根を叩く雨音はかなり激しくなっていた。

「今宵《こよい》の内に止《や》んでくれれば、馬に負担が掛からないのだが……」

と、明日の朝発ちを憂慮《ゆうりよ》する彼だった。

（この住居《すまい》へは二度と帰れぬ結果となるやも知れぬな……）

宗次の胸の内には、その思いが強くあった。つまり、四代様（家綱）から告げられた**副将軍**の役目には就《つ》けない可能性の方が大きい、と思うのであった。

住む主人《あるじ》が帰って来られなくなった時のことを考え、宗次は家の中の殆どを占めている大切な沢山の画材などを片付けた。

可愛がってきた花子や吾子に、色紙を描き残すことも忘れなかった。

「まるで死出の旅に備えての、片付けだな……」

がらんと綺麗になった室内を見回して、宗次は思わず呟き苦笑した。

天井から降り落ちてくる雨音は、ますますうるさくなっている。

宗次は夕餉《ゆうげ》をまだとっていなかったが、とる積もりもなかった。

多数となるに相違ない相手と、どう闘うかに集中したかったからだ。

薄暗い小行灯《こあんどん》の明りの中で、宗次は胡座を組み目を閉じ瞑想《めいそう》に入った。

今回は、『黒い目標』に対し自分から挑む闘いであった。全ての災厄《さいやく》を打ち払い、第三者へ『黒い組織』の殺意が及ぶことを、潰滅《かいめつ》させるための闘いであった。

亡き父より伝授された揚真流剣法の業《わざ》の全てを、その闘いに注ぎ込む積もりだった。

雨音が尚《なお》もうるさくなる。

瞑想に入ってどれくらい経った頃であろうか。表口の腰高障子がトントンと二度鳴った。弱弱しい鳴り方であった。

向かいに住むチヨでないことは、宗次には直ぐに判る。

「どうぞ……お入りなさい」

閉じていた目をあけ、宗次は表口の方を見たが、表口障子が開く様子はない。と、頭上で雷鳴が轟《とどろ》き、稲妻で白く染まった表口障子がビリビリと震えた。

宗次は立ち上がった。殺気などの、異様な気配を表口に感じてはいなかったから、彼の動きには勢いがあった。何かを予感したかのように。

表口障子を彼が開けた途端、またしても雷鳴と稲妻が走り、目が眩《くら》むような一瞬の明るさの中で、宗次は目を見張った。

美雪であった。美雪がずぶ濡れとなって小刻みに肩を震わせながら立っていた。

「な、なんてことだ……」

驚きの小声を発した宗次は、殆ど反射的に美雪を土間内へ引き込んでいた。否《いな》、美雪の方からよろめき倒れ込んできた、と言った方がよかった。

またしても稲妻が走り、ズダーンという落雷の音。近場だ。

宗次は表口を素早く閉じるや美雪を軽軽と抱き上げて、板間《いたのま》に上がった。

「どうしたのだ……夜中になぜこのような無謀《むぼう》を」

冷え切っている美雪の体を抱きしめながら、震え続ける美雪に訊ねた。

「井華塾を……井華塾を、お助け下さい」

蒼白《そうはく》な顔で言う美雪に「判った……」と短く応じた宗次は、美雪を確《しっか》りと抱いたまま浴室へ行くと、まだ充分な温《ぬく》もりを残している浴槽に、そのまま二人で体を沈めた。

湯が浴槽から溢《あふ》れるザアッという音。

「無茶をする人だ……」

宗次がそう言うと、美雪はぐったりと力尽きたかのように目を閉じ、宗次の胸に顔をうずめた。

意識を、失っていた。

一七三

江戸は季節はずれの悪い風邪《かぜ》がはやり出す徴候《ちょうこう》を見せていた。

宗次《そうじ》は、それを恐れた。

「美雪《みゆき》、どうした……しっかりしなさい」

美雪の耳元で強めに囁《ささや》いた宗次であったが、反応は全くなかった。

彼は浴室の格子窓《こうしまど》を開けた。

激しく吹き込む雨粒が宗次の顔を叩く。

「母さん……」

宗次は雨音うるさい向こうへ声を掛けた。

チヨの家と宗次の家の玄関口は、少し斜めにずれて向き合っている。

だが宗次の家の浴室は、チヨの家の台所と向き合っていた。しかも、お互いの格子窓の位置が、有り難いことに寸分のずれも無く向き合っている。

心配は、激しく降るこの雨音だ。

「母さん……」

宗次は絞り気味の声を、胸腹《きょうふく》に圧力《ちから》を加えて吐き出した。

と、音無き稲妻《いなずま》が立て続けに二度光って、白糸《しらいと》の如《ごと》く輝いた篠突《しのつ》く雨脚を通して格子窓の開くのが見えた。

剣客《けんかく》として眼力すぐれる宗次だ。見誤りではない。確かに格子窓は開いた。

「どうしたのさ一体……」

顔は窺《うかが》えないが、まぎれもなくチヨの声であった。

「すまない母さん。ちょっと来てくんないか」

浴室の格子窓からの我が息《そく》とも思う宗次の声だ。これは徒事《ただごと》でないと判断したチヨの動きは早かった。

溝板小路《どぶいたこうじ》を雨の中突っ切りざま宗次の家へ入るや、そのままの勢いで薄暗い浴室に飛び込んだ。防湿を施した浴室用の小行灯《こあんどん》の心細い明りは、まだほんの少し残って揺れている。

その心細い薄明りの中の光景に、チヨは目を大きく見開き仰天《ぎょうてん》した。

「あっ、い、一体これは、な、何事なのさ」

「訳はあとからだ。母さん、すまねえが着替えの着物を急ぎ貸しちゃあくれねえか」

「判った。直《す》ぐに持ってくるから」

「母さんの娘時代のものがあれば有《あ》り難《がて》え。現在の寸法だと美雪には合わねえだろうからよ」

「余計なお世話だい」

チヨは言い置いて身を翻《ひるがえ》した。肥えた体に似合わぬ勢いだった。余程に衝撃を受けているのであろう。

宗次は雨が吹き込んで来る格子窓を閉め、間近な美雪の顔を久し振りにしみじみと眺《なが》めた。

（少し痩《や》せたかな……井華塾《せいかじゆく》を仕切る仕事はおそらく、並大抵《なみたいてい》ではないのだろう）

宗次は、そう思った。一見やさしく見える美雪ではあったが、胸深くに芯《しん》の強さを秘めていることを、宗次は承知している。だからこそ、自分に対して理不尽《りふじん》であった先夫《せんぷ》（前夫に同義）廣澤和之進《ひろさわかずのしん》と訣別《けつべつ》し、彼から復縁を乞《こ》われても二度と受け付けなかったのであろう、と。

チヨが着替えの着物と何枚もの手拭《てぬぐい》を持って、浴室に戻ってきた。

「助かったよ母さん……」

「とにかく先生。美雪様をそっとこの洗い場に横たえて、あとは私に任せて頂戴《ちようだい》」

囁くチヨに「うん、判《わか》った」と応じた宗次は、美雪を軽軽と抱きかかえて浴槽からあがった。

意識を失っていた美雪が、両腕を突っ張る仕種《しぐさ》で宗次の胸を拳《こぶし》で突いたのはこの時だった。

どうやら意識を取り戻したようであったが、突っ張るその両拳の力は弱弱しかった。

「安心しなさい。私だ」

宗次は美雪の耳へ顔を寄せて告げると、あとをチヨに任せて浴室から出た。

綺麗《きれい》に片付いている絵仕事のための板間《いたのま》で、宗次は濡《ぬ》れている着物を素早く着替えた。

そこへ、美雪の面倒を見ている筈《はず》のチヨが、浴室の方を不安気《げ》に振り返りつつ、宗次の前に戻ってきた。

「あれ母さん、美雪は?」

小声の宗次にチヨは囁き声で応じた。

「矢張《やは》り大身家《たいしんけ》のお姫様だね。自分で出来ますから、と仰《おつしや》るもんでさ」

「大丈夫かな」

「なんと言っても井華塾の塾頭先生だからね美雪様は。一分《いちぶ》の隙《すき》も見せずにシャンとしていらっしゃいます」

「そうか……」

と、宗次は頷《うなず》くほかなかった。

「あたしゃ家へ戻っているよ宗次先生。困ったことがあったら遠慮せず声をかけておくれ。真夜中でも構わないからさ」

「すまねえな母さん。迷惑を掛けちまった」

「今さら水臭いことを言うんじゃないよ。あ、それから、美雪様の濡れたお着物は明日にでも取りに来るから、浴室にそのまま置いといて」

「うん、そうする。有り難うよ」

「じゃあ……」

チヨは宗次の腕《かいな》を軽く叩くと、また不安気に浴室の方を見つつ土間に下りた。

表口を開けてどしゃ降りの外へ出るとき、チヨは宗次を振り返り見て何か言いたそうな様子を見せたが、諦《あきら》めたように静かに表口障子《しょうじ》を閉めて立ち去った。

雨降る夜、しかもこのような刻限に美雪がなぜ八軒長屋を訪れたかについて、宗次と話を交わしたかったのかも知れない。今や美雪は、屋根葺《やねふき》職人久平《きゅうへい》一家にとって、非常に大切な存在なのだ。なにしろ花子《はなこ》が通塾し、しかも〝優秀な子……〟と美雪他から認められ始めているのである。いずれ吾子《あこ》をも通塾させたい、と久平もチヨも思っている。

浴室で生じた人の気配がこちらへ近付いて来ると感じて、宗次の表情がやさしさを拵《こしら》えた。とは言っても手狭い住居《すまい》であったから浴室は目と鼻の先、直ぐそこだ。

雨でびしょ濡れとなった髪を解いて梳《す》き流《なが》した美雪が、俯《うつむ》き加減で姿を見せた。

宗次の住居《すまい》兼仕事場は、九尺二間《くしやくにけん》（間口約三メートル、奥行約四メートル）が一軒分の家であるここ八軒長屋で、二軒分を続きで借りている。

高《たか》が知れた九尺二間を二軒分だから〝手狭い〟という表現は変えようがない。それでも大家の許しを得て小さな浴室を造り、絵仕事がしやすいように内装にも多少の手を加えてある。

美雪は長火鉢《ながひばち》を前にする宗次と向き合うかたちで正座をすると、三つ指をつき黙って深深と頭を下げた。

宗次は、いつもは**御所風髷**《ごしようふうまげ》を結《ゆ》っている美雪の、梳き流した**垂髪**《すいはつ》をはじめて見て、美しい、と感じた。それにチヨが町娘の頃に着ていたらしい質素な着物が、なかなかに似合っている。

この美雪《ひと》は何をしても似合わないということがない。改めて宗次は、そう思った。

このような具合に、いつも絵師の目で自然と眺めてしまう宗次である。

宗次がやわらかな調子で口を開いた。

「気分はどうだね」

「大丈夫でございます。見苦しいところを見せてしまい、申し訳ございませぬ」

視線を落とし、力なく言う美雪であった。

宗次は穏《おだ》やかに返した。

「私は見苦しい、などとは思っていない。巷《ちまた》には悪い風邪がはやり出す徴候が見え始めているという。このような無茶はよくないと思いなさい」

「はい」

「チヨさんに、世話をかけてしまった」

「明日の朝お目にかかって、お詫《わ》びするように致します」

「うむ……温かな茶でも飲むかね」

「はい。お淹《い》れ致します」

「炭火がないのだ……が、直ぐに熾《おこ》すから」

宗次は手早く動いて、長火鉢にたちまち炭火を熾した。

「水屋《みずや》に小さな鉄瓶《てつびん》や大きめの湯呑《ゆの》み、茶葉を納めた漆器《しっき》などが揃《そろ》っている。頼めるかな」

「承知しました」

美雪の口元がようやく綻《ほころ》んだ。どしゃ降りの雨に叩かれた余りひどい姿を宗次に見せてしまい、打《う》ち萎《しお》れていた気力も少し持ち直したかに見えた。

「うまい。美雪が淹れてくれたお茶を宗次は、さすがに私が自分で淹れたのとは格段の差だ」

と、目を細めた。

微笑《ほほえ》んだ美雪もひと口、そっと飲んで、

「まあ、とても良い若葉の味と香りですこと。これは葉茶が余程に良いのでございましょう」

「この葉茶だがね。奥多摩《おくたま》の山深くの産なのだ」

「奥多摩……もしや、お向かいのチヨ殿のお父様がおつくりだという？」

「ほう。チヨの父親が奥多摩在であることを美雪は知っていたのか」

「はい。花子と菊乃《きくの》と三人、屋敷のお茶室でのひとときを楽しんだ折、花子が思い出したように、ふと漏《も》らしたのです」

「では、奥多摩のその父親が武田《たけだ》の血を引いていることも、花子から聞いたのかね？」

物静かに言って、湯呑みの茶をゆっくりと飲み干した宗次であった。

「まあ、武田のでございますか……いいえ、それは初めて耳に致します」

「あ、いや、すまない。少し言葉が足らなかった。武田の血、とは言っても従五位《じゅごいの》下《げ》・大膳大夫《だいぜんのだいぶ》**武田信玄**《たけだしんげん》公直系のとか、武田家重臣の、とかではない。あくまで武田勢力の中にあった**武人のひとり**、という意味なのだが」

「花子はそのことを知っているのでございましょうか」

「年に一、二度だが、奥多摩から葉茶や山葵《わさび》や山葵漬を持って祖父が訪れるのだから、ひょっとすると祖父の口から聞かされているかも知れぬな」

「おかわりを、お淹れ致しましょう」

「うん、頼む。これほどゆっくりとした気分で茶を味わうことは、滅多《めった》にない」

宗次はそう言って、二杯めの茶を注いでくれる美雪の手元を、じっと見つめた。

美雪が急須を長火鉢の〝猫板《ねこいた》〟の上へ戻すのを待って、宗次は表情を改めた。目つきが少し厳しくなっている。

「ところで……」

宗次と視線を合わせた美雪であったが、たちまち悄然《しょうぜん》と肩を落とした。

井華塾の運営では塾頭として、てきぱきとした差配ぶりを見せている彼女とは、まるで別人だった。

宗次がやわらかな口調で言った。

「何をするにしても冷静な判断と先見の明を疎《おろそ》かにしたことのない美雪が、どうしてこの悪天候のなか、このような刻限に私を訪ねてきたのだね。井華塾を助けてほしい、という意味のことを言ったが、具体的にはどういうこと？」

「………」

「叱《しか》っているのではないのだ。余りのことに驚いているだけなのだ。美雪の今宵《こよい》の動きは、お父上は御存知なのかね」

「いいえ」

美雪はうなだれた姿勢で小さく首を横に振った。

「お父上は若年寄心得《わかどしよりこころえ》にして番衆総督《ばんしゆうそうとく》という、幕府の重臣の立場にいらっしゃるのだ。その大身家の姫君が、お父上の知らぬ内にこのような大胆な動きを取るなど感心しない。もしもの事があったら、どうするのだね。江戸の夜は辻斬りがいまだに皆無《かいむ》ではないのだよ」

「何もかも承知の上で、こうして参りました。菊乃は知っております」

「あの用心深い菊乃さんは制止しなかったのかね」

「はい。気を付けて行って御出《おいで》なさいと……そして家中の手練《てだれ》の者四名を、私《わたくし》の背後に付かず離れずで備えてくれておりました」

「なるほど。さすが菊乃さんだが、しかし、家中の手練四名を動かすほどの権限を、奥の取締に就《つ》いている菊乃さんが持っている筈《はず》もあるまい。あまり勝手なことをすれば家老や用人たちから叱責《しっせき》されよう」

「我が西条《さいじょう》家の**家老**である**戸端元子郎**《とばたげんしろう》と菊乃は、とても気が合いますようでまるで兄と妹のように日常ざっくばらんに交流致しております。それゆえ、今宵の私《わたくし》の動きについてはおそらく菊乃から戸端元子郎の耳へ事前に入っていると思われます」

「美雪の**大和国**《やまとのくに》**への旅**では、家老戸端様の嫡男忠寛《ちゃくなんただひろ》殿（三十歳、妻子あり）が警護の供《とも》侍《ざむらい》を差配してくれたのであったな」

「左様でございまする」

「よし……では、井華塾のどのような点を、どのように助けてほしいのか、具体的に申してみなさい。それが解決し次第、私が美雪に付き添い屋敷までお送りしよう……と言いたいところだが、そのチヨの着物を着てではなあ」

「お騒がせしてしまい申し訳ございませぬ。それに夜を徹してでも、時間が足らぬほどに沢山《たくさん》の重要な課題を持参いたしましてございます」

「そうか……じゃあ、ともかく、付かず離れずで此処《ここ》まで美雪を護衛してきた西条家の家臣たちへは、夜を徹することになる、などと事情を話して先に引き揚げて貰《もら》うとしよう」

宗次がそう言って立ち上がろうと、片膝《かたひざ》を立てたとき、

「あの……もう屋敷へ引き揚げさせましたゆえ……」

と、美雪はきまり悪そうに言って、しょんぼりと視線を落とした。

立てた片膝を戻した宗次はちょっと苦笑をみせると、住み馴《な》れた我が家を見まわした。

「どうだね美雪。改めてしみじみと眺めるこの部屋の狭さ貧相さは」

「落ち着いて温かな、とても住み易《やす》い気が致します。我が屋敷は余りにも広過ぎて真夏でも寒寒と感じることがございます」

「ははっ……だが真冬のこの部屋は、とびっきり寒いぞ。何処《どこ》からともなく入ってくる隙間風《すきまかぜ》で、身も心も凍ってしまう。この大きな長火鉢など、何の役にも立たぬ程にな」

「でも八軒長屋の人人は皆、温かな人たちばかり。私《わたくし》は幾度も訪ねて来ております

けれど、皆さんいつも身構えることなく自然に笑顔で受け入れて下さいます。それでいてきちんと作法を心がけておられて」

「それは美雪の人柄がさせるのだ。美雪の性格には一片の小さな刺《とげ》も無い。誰に対しても公平でやさしい。自分が損するかも知れないことを恐れていない。井華塾の運営においても、西条家は気が遠くなるほど大きな負担を強《し》いられている。それが質素な生き方をしている八軒長屋の人人には判るのだよ。贅沢《ぜいたく》な生活をしている己《おの》れの姿に気付かず思いあがっている階級の人人は、絶対に下下《しもじも》の人人からは受け入れられない」

「自分をそのように眺めたことはございませぬけれど……でも父上は私をいつも、まるで幼子のように眺めて接して下さっており、大きな慈愛《じあい》を感じてございます。母を病《やまい》で亡くしてからは一層のこと……」

「お父上は何事に対しても全身全霊で打ち込む美雪のことが心配でならぬのだ……その心配がいつの場合も慈愛の底にあるのだと思いなさい」

「はい……早く父上に心配を掛けぬように致さねばならぬと思ってはおりますけれども」

「さてと……どうかな美雪。相談ごとは明日の朝早くからでも片付けるとせぬか。何だか疲れが濃いように見えるから、今宵はもう休みなさい。薄布団なら何枚もあるので休むに心配はない」

「ご相談のこと、私《わたくし》は明日の朝早くからでも構いませぬ」

「それにしても困った御人《おひと》だ、美雪は……」

「え？」

美雪は小首をほんの少し傾《かし》げて、宗次の目を見つめた。

「今をときめく若年寄心得にして番衆総督という大身家の息女であるのだぞ美雪は……それが一介の町絵師の家へ一夜の宿を、たった一人で求めることになるとは」

「先生……あの……御迷惑でございましたでしょうか」

「迷惑などとは思っていない。美雪のことを誰よりもよく知る者として、当然の道理について申しただけだ」

「美雪は……あの……今宵……心を決めて参りました」

美雪はそう言うと三つ指をついて軽く頭を下げ、両の目から大粒の涙をポトポトと落とした。

宗次は暫《しばら》くの間、じっと美雪のその様子を見つめていたが、やがて黙したまま深深と頷《うなず》いた。閉じた唇《くちびる》を真一文字に引きしめて。

決意した男の顔であった。

一七四

翌朝――。

チュン、チュンという雀《すずめ》の囀《さえず》りで宗次はゆっくりと覚醒《かくせい》し、目を見開いた。猫の額《ひたい》ほどの庭との間を仕切っている障子の上半分に朝陽《あさひ》が当たっており、庭木の枝枝とその上で飛び戯《たわむ》れている雀が影を映している。

朝陽がもう少し高さを増せば障子全面に日が当たって、日差しには充分以上に満足出来る部屋となる。

目覚めた宗次は直ぐに、アッとなった。何とも言えぬ味噌汁《みそしる》の良い香りが漂っていたからだ。それだけではない。炊《た》きたての御飯の香りも味噌汁のそれに混じっている。

宗次は腹筋を使って静かに寝床《ねどこ》の上に体を起こした。

隣に並べて敷いてあった寝床は既に片付けられており、美雪は台所に立ってこちらへ背中を向けていた。

微かな音を立てて、何かを刻んでいる。右の肩がその動きを見せていたのだが、相当に手なれたあざやかな呼吸、と宗次はみた。

「美雪……」

宗次は驚かさぬよう、彼女の背にそっと声を掛けた。

あ……という表情で振り返った美雪は前掛けをしていた。

「お目覚めになってしまわれましたね。出来るだけ音を立てぬようにと気を付けていたのですけれど」

美雪は、そう言いながら前掛けで手を拭《ふ》き、宗次の前にやってきて座った。

明るい表情だ。

「なに。味噌汁の香りが余りに旨そうなのでな。仙人でも目を覚ますよ」

「ふふ……」

それは昨夜この家《や》を訪れた美雪が、二重《ふたえ》の切れ長な目を綺麗に細めて初めて見せた含み笑いであった。

宗次は言葉短く訊《たず》ねた。

「後悔しておらぬな、美雪」

「はい、いささかも……自分の心のままに従いましたゆえ」

消え入りそうな声で答え、こっくりと小さく頷いた美雪だった。炎《ひ》となって熱く続いた宗次の腕の中での事を思い出したのであろうか。頰《ほお》をほんのりと朱《しゅ》の色に染めている。

「そうか……自分の心のままに、な。よかった」

「ご負担にならぬよう心掛けますゆえ宜しくお願い致します」

「何を言うか。大いに負担を掛けてよいのだ。美雪の全てを受け止めると、私はこの場で確《しっか》りと誓わねばならぬ」

「有り難うございます。自分に素直に従えて、とても幸せに思っています」

美雪の目が潤《うる》み出したのに気付いて、宗次は話を不意に〝現実〟に戻した。

「うむ……しかしだ美雪。その前掛けは一体どうしたというのだ。この家《や》にはないぞ、前掛けなどは」

「庭との間を仕切っております障子の上の端に僅《わず》かに朝陽が射し込みました頃、チヨ殿がそっと見えて全く何も言わずに、前掛けと漬物を置いて帰られたのです。突然のことでしたゆえ、大変驚きました」

「ははは。そっと見えて全く何も言わずに、か……まるでくノ一（女忍び）ではないか」

宗次の言葉で美雪は再び「ふふっ」と微笑《ほほえ》んだ。

「でもチヨ殿はそのあと直ぐに戻ってこられて朝餉《あさげ》の準備を、あざやかな身振り手振りで教えて下さったり、手伝って下さったり、なされたのです」

「眠っていて全く気が付かなかったな。これは参った。無言のままやり遂《と》げるとは、いかにも母さん、いや、チヨらしいやさしさだ」

と宗次は苦笑して言ったあと続けた。

「けれども美雪が漬物を刻む呼吸は後ろから見ていて、なかなかのものであった。いささか、びっくりさせられたかな」

「近頃は菊乃と共に台所に立って、父のお酒の肴《つまみ》などを拵《こしら》えたり致しております。膳部方《ぜんぶかた》（調理人）に教えて貰いながらではありますけれど」

「そうか。それはいい。お父上もお喜びであろう。ではそろそろ私の朝餉の拵えを進めて貰ってもよいかな。なんとのう腹が空《す》いて参った」

「畏《かしこ》まりました。その前に、お床《とこ》を片付けてしまいましょう」

「いや、それは私に任せなさい。私がやる」

宗次が腰を上げると、美雪も静かに立ち上がり、二人は間近に向き合った。

「美雪、よく戻ってきてくれた」

「美雪は嬉《うれ》しゅうございます。もう二度と離れたくはございませぬ」

宗次は、黙って頷くと美雪のしなやかな体を引き寄せ、胸の内に強く抱きしめてやった。愛《いと》おしさが、熱く込み上げてきていた。

一七五

刀商百貨『対馬屋《つしまや》』の二代目**柿坂作造**《かきさかさくぞう》は、顔色にこそ出さなかったが、不安を胸中《きょうちゅう》に募《つの》らせていた。朝早めには此処へ戻るゆえ旅立ちの準備を頼む、と言っていた宗次がなかなか姿を見せないのだ。約束の刻限を守るということでは、なかなかに厳しい宗次であることを承知している作造だった。

何ぞあったのではないか、とあれやこれやを想像しながらも、職人たちにはいつも通り泰然《たいぜん》と接したりしている。

それでも庭を散策する振りを見せては、然《さ》り気《げ》なく店前《たなまえ》の通りに出て向こう角から宗次が現われはせぬかと、つい人待ち顔になる。

店の表口を黙然《もくねん》と竹箒《たけぼうき》で掃《は》いていた『対馬屋』の実直な下男矢介《げなんやすけ》が見かねて、主人《あるじ》であり名刀匠である作造に、おずおずと近寄った。

彼は朝の早めに宗次が訪れることを、主人《あるじ》の作造から事前に聞かされている。

だからこそ念入りに、店前を綺麗に掃除していたのだ。年齢《よわい》五十過ぎになる下男の矢介であったが、年若い宗次が訪ねて来るたび必ずと言ってよいほどにやさしく声を掛けてくれるから、心から敬っていた。ときには「何か美味《うま》いものでもお食べ……」と、小粒を握《にぎ》らせてくれたりする。

矢介はぺこりと作造に頭を下げてから、明るい笑顔で遠慮がちに言った。

「若様なら大丈夫でございますよ旦那様。きっと間《ま》もなくお見えになりますです」

「う、うむ。そうかのう……」

「案外に、向こう角の手前あたりまで、既《すで》に来ていらっしゃるかも知れませんわな」

「お、ならば少し見てくるか」

言い置いて作造は足早に矢介から離れていった。

「若様のお人柄があちらこちらに〝父親〟を拵えていらっしゃるなあ。ひょっとすると、この儂《わし》も、そうかも……」

矢介は次第に離れてゆく主人の背中を見送りながら、呟《つぶや》いて苦笑した。

昨夜のどしゃ降りの雨は一体何だったのかと思いたくなるほど、雲一つない快晴の青空だった。

眩《まぶ》しい朝の日差しの下、通りの角まで来た作造は、ウッとした感じで歩みを止めた。

その表情に驚きが走っていた。

矢介が言ったように、まさに宗次の姿が一町半ばかり向こうにあって、こちらへと来つつあったからだ。

しかも、若く美しいひとりの女性《によしよう》が、宗次よりほんの僅か下がるかたちで寄り添うようにして従っている。作造にとっては、はじめて見る女性《によしよう》であった。

女性《によしよう》は町娘を窺《うかが》わせる質素な着物を着てはいたが、名刀匠として旗本家へ出入りすることが少なくない作造は、その美しい女性の何とも言えぬ楚楚《そそ》とした風情《ふぜい》、それでいて芯の強さのようなものを凛《りん》とした印象の中に漂わせていることに（これは町家の御人《おひと》ではない……）と察した。

宗次が作造に気付いて笑みを見せたので、作造は丁重に頭を下げた。

その作造の前に、二人はやってきた。

「お待ち申しておりました」

「遅れてすまぬ。作造ははじめてであったな。紹介しておこう」

宗次はそう言って少し体を横に開き、美雪が僅かに足元の位置を進めた。

「この御人は若年寄心得にして番衆総督の地位にある西条山城守貞頼《やましろのかみさだより》様の御息女、美雪様だ」

人の往《ゆ》き来《き》が少なくない通りであるため、宗次が声を控えめにして告げると、作造は（ええっ……）と驚きの表情を拵え、目を大きく見開いた。

西条山城守の名と地位を知らぬ筈がない、旗本諸家とも交流のある名刀匠柿坂作造であった。その作造が、宗次の先の言葉が冷えぬ内に驚きの第二弾を頭から浴びせられた。

「間《ま》もなく私の妻となる御人だ。ひとつ宜しく頼む……」

「西条山城守が娘、美雪でございまする。宜しくお見知りおき下さりませ」

美雪が綺麗に御辞儀をし、さすがの名刀匠作造も直ぐには言葉が返せず、

（ああ……これはなんと……）

と、体全体で慌ててしまった。それはそうであろう、宗次の幸せな結婚を『対馬屋』の主人《あるじ》として、誰よりも強く願ってきた作造なのだ。宗次の父である今は亡き大剣聖、従五位下《じゆごいのげ》・梁伊対馬守隆房《やないつしまのかみたかふさ》の存在あったからこその現在の『対馬屋』である。

「わ、若様……」

たちまち作造の顔がくしゃくしゃになっていくのを、「これ、往来《おうらい》じゃ……」と囁

き告げた宗次が足早に美雪と作造から離れた。

二度も三度も美雪に対し頭を下げた作造が、漸《ようや》く落ち着いた笑顔で美雪に語り掛けつつ、宗次のあとから歩みを速めた。

美雪が昨夜とは格段に違った明るさで、作造の話に応じている。

店の前を掃き清めていた下男矢介の顔が、こちらへやって来る二人ではない三人の姿を認めて一瞬（おや？……）となったが、直ぐさま店の内へ飛び込んでいった。

一七六

庭に面した『対馬屋』の客間で向き合った宗次、美雪、作造の間では改まった話は出なかった。全てを理解し心得た作造は余計な問いを宗次や美雪に向けなかった。美雪も、殆《ほとん》ど何も語らなかった。自然な明るさに包まれた、いつものしとやかで上品な美雪であった。

庭を眺めながら茶をゆっくりと一服したあと、宗次はこの客間で旅仕度《たびじたく》を調《ととの》えた。必要なものは既に作造の手でここに取り揃えられていた。

美雪が宗次の旅仕度を甲斐甲斐《かいがい》しく手伝うのを、作造は我が息《そく》と嫁を眺めるかのように目を細め嬉しそうであった。

宗次がこれからどのような目的の旅に出るのか、美雪は既に昨夜の内に詳しく打ち明けられている。大きく驚きはしたが、美雪はうろたえることなく確りと受け止めた。そのあたりは、さすが名門大身家、西条山城守の娘であった。

「無事のお帰りを信じてお待ち申し上げております」

話の全てを聞き了《お》えた美雪は、そう言って三つ指をついて美しく頭《こうべ》を下げた姿で、宗次に応《こた》えた。

そしてその姿は、如何《いか》なる事態に直面しても決して二度と動じることのない、宗次の伴侶《はんりよ》としてのものだった。

宗次は美雪の、その意志の強い変化の原因について、問い詰めることはしなかった。大切なのは、戻ってきてくれた、という現実であると思っている。あれこれと問い詰め、知ろうと強要することで美雪の誇《ほこ》りに傷が付くかも知れないことを恐れた。

「馬の用意が調《ととの》いました。いつでも大丈夫でございます」

庭口に下男の矢介が姿を見せ、ぺこりと頭を下げてから抑《おさ》え気味な声で伝えた。

宗次が「うむ」と頷く。

別れの刻《とき》が迫ってきたことで、名刀匠柿坂作造の表情が硬くなった。

単なる短い別れではない。激戦の地へと送り出す別れであった。

「美雪、床《とこ》の間《ま》の刀を……」

「はい」

すすうっと静かに素早く足を運んだ美雪は、床の間の刀掛けに掛かっていた**新刀対馬**の大小刀を、着ている質素な着物の袂《たもと》で包み持つようにして、宗次に差し出した。

それは、はじめて見る**新刀対馬**と称するこのずしりと重い大小刀が、宗次の新しい刀であると美雪が知った瞬間でもあった。

「今日の旅立ちのため、そこに控えておる爺《じい》が拵えてくれた刀《もの》だ」

宗次に告げられて、美雪は「刀掛けより持ち上げた瞬間、大変な刀であると感じ入りました。真《まこと》に有り難うございます」と、作造に向かって謝意を伝え、軽く頭《こうべ》を下げた。

それはすっかり、宗次の**永久伴侶**としての覚悟を決めた、美雪の淑《しと》やかな姿であった。

二人は『対馬屋』の者たちに見送られることを遠慮して、二人と一馬《いちば》だけで刀商百貨の屋敷をあとにした。

馬の手綱《たづな》は宗次が引き、美雪はその宗次と肩を並べ、人の往き来が多い表通りは避けて西条家へと向かった。

「山城守様が御出《おいで》だと有り難いのだがな」

「今日は登城の日ではありませぬゆえ、城中にて特別な会議がない限り屋敷におられると思いますけれど」

「会って美雪を昨夜の内に屋敷へ送って行かなかったことを心からお父上にお詫び致《わ》さねばならぬ」

「いいえ。昨夜から今朝に掛けて、私《わたくし》の身に生じたことは全て、私《わたくし》自身の意思による……」

「待ちなさい」

宗次は小声で美雪の言葉を押さえてから、言った。

「私は美雪のお父上には、きちんとお詫びせねばならぬのだ。それが誰よりも美雪のことを大事としているお父上に対しての、私の**感謝**にして**思いやり**なのだ」

「……**感謝**にして**思いやり**……」

呟いた美雪の表情が、ハッとなった。

「判ってくれたようだな。ただ単にお詫びするだけではない。美雪という素晴らしい女性を育てあげて参られたお父上に、心の底から頭を下げたいのだ」

「あなた……」

　美雪は宗次の横顔を見て囁くと、宗次の左腕《ひだりかいな》に自分の胸を押し当てるようにして寄り添った。

「私《わたくし》、ひと足先に御屋敷へ戻って、あなたの旅立ちと御屋敷へ見えられることを、父に知らせに参った方が宜しいのではありませぬか」

「なに。美雪の警護の侍が既に屋敷へ戻って、お父上に告げていよう」

「え？」

「警護の彼らは、昨夜のどしゃ降りの雨の中でも、ひと晩中、私の住居《すまい》から目を離さなかったし、『対馬屋』の近くに控えてもいた」

「まあ、そのようなことが……少しも気付きませんでした」

「いい家臣だ。まさに不屈の忠誠心だ。その態度を見ただけで、剣士としてどの程度の力量であるかも見えてくる」

「あなたがそのように申していたことを、当人たちに伝えても宜しゅうございましょうか」

「いや、いずれ私の口から伝える機会が訪れるだろう」

「はい」

人の往き来全く無いと言ってよい、森閑《しんかん》たる中・小の旗本屋敷が建ち並ぶ通りに二人は入っていた。

彼方《かなた》の突き当たりを左へ折れれば、『旗本八万通』である。

いよいよ西条家の屋敷が見えてくる。

「あの……」

美雪が言葉を切って、視線を落とした。言うべきか止《よ》すべきか、の迷いに一瞬襲われたかのようだった。

「どうした。構わぬ。言ってみなさい」

「矢張《やは》り心配でございます」

「私の此度《こたび》の旅がかね？」

「はい。言葉を飾らずに一つだけ、お訊《き》き致しとうございます」

「聞こう」

「此度の旅先では……一人で多数を相手になさいますのでしょうか」

「恐らく……」

「それはあのう……どれほどの多さ……なのでございまするか」

「二、三十名を相手にすることになるのでは、と覚悟している」

「それほどの……」

　美雪は肩を落とした。これまでに、それこそ数え切れぬ程の理不尽を相手に闘ってきた宗次を、見続けてきた彼女であった。血の雨を浴びるたびに慟哭《どうこく》してきた宗次を知り尽くしている。

「何故《なぜ》あなたにばかり大きな御苦労が伸《の》し掛《か》かるのでございましょう。あなたが、お可哀想《かわいそう》でなりませぬ。出来るならば代わって差しあげとうございます」

「これも運命《さだめ》だ。いつまで続くか知れぬが支えてくれ美雪。其方《そなた》が傍《そば》にいてくれるだけで如何《いか》なる艱難辛苦《かんなんしんく》にも私は耐えられる」

「はい。決して離れは致しませぬ。いつもあなたのお傍《そば》に居《い》させて下さりませ」

「その言葉はお互い様ぞ美雪」

　中・小の旗本屋敷が建ち並ぶ静まり返った通りを、二人は左へ折れ『旗本八万通』に入っていった。

　巨邸が続く彼方に西条家の表門が見えている。

　心なしか馬の蹄《ひづめ》の音が高まった。発達した筋肉に全身を包まれている栗毛《くりげ》のいい馬だった。名刀匠柿坂作造が手を尽くし、宗次のために最良の栗毛を見つけてくれたに相違ない。

二人は西条家の表門の前で立ち止まり、どちらからともなく顔を見合わせた。

「私《わたくし》が先に入って、あなたの訪れを父に伝えて参りましょう」

「うむ……そうか……よし、頼む」

「はい」

美雪が頷いて閉ざされている表門に近付いて行ったとき、離れてゆく彼女の後ろ姿をどう捉えたのか栗毛が嘶《いなな》いた。

西条家の表門の左右には、表通りに突き出るかたちで番所（物見窓とも。門番の詰所）が備わっている。中に詰めている者に、その嘶きが聞こえぬ筈がない。

美雪が番所の格子窓を拳で打つよりも先に、潜《くぐ》り門（潜り木戸とも）が先に内側から開いた。

「あ、こ、これは……」

間近な美雪と、表通りで栗毛の手綱を手に佇《たたず》んでいる宗次を認めて、門番の表情が小慌《こあわ》てとなった。

たちまち大門が左右に開けられる。

「先生のお馬を……」

「は、はい」

美雪に命じられて門番が表通りに素早く飛び出し、美雪は足早に**中の口**（いわゆる通用玄関）へ急いだ。そこには菊乃が待っているに相違ないという確信があった。

中の口とは家族用の玄関という解釈でいいだろう。下男下女や賄《まかな》い人は勝手口から出入りするが奥女中は家族と共に中の口から出入りすることが少なくない。

小旗本や中堅旗本の屋敷では、中の口は表玄関（いわゆる式台付の玄関）からさほど離れていない位置に備わっている。

しかし、西条家ほどの大身屋敷になると、中の口は表玄関から随分と離れている場合が少なくなく、しかも中の口と雖《いえど》も式台を確りと備えている場合が多い。

美雪が中の口へ入ってゆくと、矢張《やは》り菊乃は（お嬢様は間《ま》もなくお戻りになられる……）と決め込んでいるような様子で、待っていた。

「お、お嬢様……案じてございました。それにしても、そのお着物……」

と、さすがに質素な着物に驚きはしたが、声を潜めてホッとした表情を見せた菊乃だった。

美雪は真顔で物静かに返した。

「菊乃。宗次先生が玄関に見えられます。大事にお迎えして下さい」

「あ、はい。畏《かしこ》まりました」

「父上は書院に御出《おいで》ですか」

「書院の広縁に座して、お庭をご覧になりながら、詩作に耽《ふけ》っていらっしゃいます」

「では宗次先生を丁重に父のもとに御案内して下さい。私は先に父上に勝手な行動を執《と》ったことを、お詫びして参ります」

「お嬢様。その前にお着物をお着替え……」

「よいのです。これは大切なお着物です」

美雪はそう言い置いて、書院へ向かった。かつてない鼓動の高鳴りを覚えていた。無理もない。尊敬する父に相談もなく執った昨夜の行動の結果を、自分の意思に従って手の内に確りと受け止めた結果を、父に打ち明けねばならぬのだ。

菊乃は菊乃で、まるで自分の身に一大変化が訪れたような小慌てな様子で、表玄関へと急いだ。

立派な両刀を帯びた旅仕度の宗次がちょうど、式台の手前に佇んだ瞬間に出会って、菊乃は式台より一段高くなっている框《かまち》の手前に思わずへなへなと崩れ、そのまま ぴたりと平伏《へいふく》した。

「先生、ようこそ御出《おいで》なされませ。御無音《ごぶいん》に過ぎ真《まこと》に申し訳ございませぬ」

そう挨拶《あいさつ》しながらも菊乃は、式台に上がってきた宗次先生が直ぐ前に立った気配を平伏のなか捉えた。

「菊乃さん、面《おもて》を上げて下さい」

「はい」

菊乃はゆっくりと姿勢を改め、目の前に佇む宗次と視線を合わせた。

そして彼女は、宗次の両の瞳がきらきらと輝いているのを認めた。決してやさしい眼差《まなざ》しではなかった。かと言って険《けわ》しい目の色でもない。

宗次が言った。厳しい響きをともなっていた。

「菊乃さん。美雪に二度と、昨夜のような無謀を勧《すす》めてはならない。宜しいな」

「すみ……すみませぬ」

「謝ることはない」

宗次はそう言うと、「さ、山城守様まで案内して下さい」と、菊乃を促《うなが》した。

重重しい口調であった。

一七七

前に立つ菊乃に従って、宗次は長い廊下を書院へ向かった。

庭では家臣たちの動きが目立っていたが、邸内はひっそりとしていた。

邸内の静けさに比べ、庭の随所に目立っている家臣たちの様子にはよく訓練された緊張感が窺われた。刺客が次次と現われ、手当たり次第という激しい動きで襲い掛かってくることへの警戒のためと思われた。

長い廊下が左へ折れる手前で、前を行く菊乃が歩みを休め振り向いた。

「左に折れまするとすぐに書院でございます。私はこの位置に控えさせて戴きます」

「左様か。うむ、ではこれを預けよう」

宗次は腰の大小刀、**新刀対馬**をとって菊乃に預けた。

「確りとお守り申し上げます」

「頼む」

宗次は頷いて菊乃の脇を抜け、その直ぐ先を左へ折れた。

そこからはひときわ幅が広くなった縁が続いており、その縁の中ほど、日が明るく差し込んでいる中に美雪の正座する姿があった。

彼女はゆっくりと向かって来る宗次と目を合わせ、いささかの乱れもない呼吸でしとやかに深深と頭を下げた。

ただ、『広縁に座して庭を眺めながら詩作に耽っている』筈の、山城守の姿は見当たらない。

美雪が面《おもて》を上げ、姿勢を改めて書院の内《うち》へ、そっとした感じで声を掛けた。

「父上、宗次先生がお見えになりました」

美雪の澄《す》んだ静かな声に対する、山城守の返事はなかった。おそらく（うむ……）と黙して頷いたのであろう。

宗次は、美雪を隣に控えさせたかたちで、書院の前に着座するや、山城守と一瞬目を合わせたあと深く平伏した。それは美雪が驚くほどに儀式的な凜凜《りり》しい美しさの漲《みなぎ》った、武人らしい平伏の姿であった。

「今朝は突然にお訪ねする無作法となりましたること、心よりお詫び申し上げます。申し訳ございませぬ」

「あ、いや……」

床の間を右に置いた位置に座していた山城守が、すっくと立ち上がって、まだ平伏を解かぬ宗次の前に歩み寄った。床の間を背にした位置には、宗次のためであろうか座布団が敷かれている。

山城守は先《ま》ず美雪と目を合わせた。

父と娘の阿吽《あうん》の呼吸であった。

離れていなさい、という父の呼吸を読んだ美雪は、ゆっくりと立ち上がり父に一礼をして座を離れていった。

山城守が囁いた。

「宗徳《むねのり》（宗次）様。さ、こちらへ御出下《おいでくだ》さい」

「なれど、この場でまだ申し上げたき事が……」

「美雪の父として申し上げねばならぬ大事がございまする。先ずは私の言上《ごんじょう》をお聞き下さる位置へ何卒《なにとぞ》お座り下さりませ。さ……」

促されて宗次は、我が意を押し通せなかった。美雪の父として、という言葉を口にしたその人は、若年寄心得にして番衆総督の地位にある幕府の重臣である。

宗次が頷いて腰を上げて書院へ入ると、山城守の手が日を浴びている障子を閉じ、眩しいほど明るかった室内がやわらかな明るさとなった。

宗次は、上座に座することを常に不本意としてきた。

その宗次が今日は山城守の言葉に従った。

山城守は宗次と向き合って確りと目を合わせてから、静かな動きで平伏した。

いかにも武人らしい、一点も非の打ち所が無い、威風に満ちた平伏であった。

その山城守が平伏のまま、身じろぎもせずに言った。

「宗徳様に美雪の父として、胸の内よりこの一命を賭《と》してお願い申し上げまする。我が娘のことを……我が美雪の生涯についてのことを……どうか……どうかお受け下さりませ」

平伏して言い終えた山城守が、そのままの姿勢を微動もさせず、両の目から大粒の涙をはらはらとこぼした。ひと声かければ二千数百名の『五番勢力』を自在に動かすことの出来る幕府最強の重臣が流すその涙は、『井華塾』の発展に殆《ほとん》ど単独で打ち込もうとしている娘の**心中**《しんちゅう》を、不憫《ふびん》に思う父親の涙であった。

山城守は塾頭の仕事に一心に全力を投じている娘の心の空洞――激しい虚《むな》しさ――に早くから気付いていていた。

宗次は座を立って、山城守の前に進んだ。

そして……言った。

「山城守様。申し訳ございませぬ。この宗次、山城守様にお詫び申し上げねばならぬことがございまする。どうか面《おもて》をお上げ下さって、私の顔を睨《にら》みつけつつも、ご寛《かん》容《よう》のお気持で聞いて戴《いただ》きたく存じます」

「宗徳様……」

面を上げた山城守の双眸《そうぼう》に一瞬不安の影が走った。それは娘の美雪から『**大事なこ**

と』をまだ打ち明けられていない者の目の色であった。

　宗次が、ひと膝詰めて言った。

「結論から申し上げまする。この宗次は、いや、徳川《とくがわ》宗徳と西条美雪の二人は八軒長屋で昨夜、ひっそりと婚儀《こんぎ》の盃《さかずき》を交わしましてございます」

「え……」

「お許し下さい。西条家のような名門武家の御息女を妻に迎えるについて絶対に欠かしてはならぬ家格に沿った深い見識と博識と教養から成る**有職**《ゆうそく》と、歴史上の先例、伝統を大事と致さねばならぬ**故実**《こじつ》を、この徳川宗徳は疎《おろそ》かに致しました。深くお詫び申し上げます。いかようにも、お叱り下さい」

「真《まこと》に恐れ多いお言葉でございまする。この山城守、全てに関しただいま理解いたし、受け入れましたることを、お礼の言葉と共にお返し申し上げます。これ以上の……これ以上の喜びはございませぬ。まさに万感《ばんかん》胸に迫る、でございまする」

　山城守は、即座にそう返して短く丁重に平伏した。**徳川御三家筆頭名古屋**《なごや》**尾張**《おわり》**藩主**徳川光友《みつとも》の直系**宗徳**と、武門最高家である西条家の姫、美雪との婚儀が事実上成立した瞬間であった。それは『**華美な金銀宝石の飾りもの**』にも『**万両の小判**』にも『**権力臭い御歴歴の居並び**』にも全く無関係な、江戸幕府史上最も質素にして清楚《せいそ》な、

『名門』と『名家』の縁組であった。**ここにこそ、このかたちにこそ**、大きく深い意味が存在した。

山城守は実は菊乃から「急な事でございますが、ただいま美雪様が井華塾運営に関し宗次先生の助言を求めるため、手練の家臣《もの》数名をともなって、宗次先生の御宅へ出かけられました」と、聞かされてはいた。

また、信頼している菊乃が承知してのことだから、と安心し切ってもいた。

それだけに、宗次（徳川宗徳）の〝言上《どうてん》〟を聞いて、美雪が宗次の自宅で一夜を明かしたと知り、それはもう半《なか》ば気が動顚していた。

が、娘の幸せを願って、あざやかに言葉を返せたのは、さすが山城守であった。

むろん、山城守がそれをすかさず返せたのは、宗次の豊かにして清涼なる人柄・人格のせいなのであろう。

文武に群を抜いて秀《すぐ》れた人物でありながら、決してそれをひけらかす事のない宗次の深い謙虚さを、山城守は心から尊敬し、そして信頼していたに相違ない。

一七八

宗次《そうじ》は夕方近くまで西条《さいじょう》家の書院で、山城守《やましろのかみ》と二人だけで尽きぬ話を交わした。馳走《ちそう》は美雪《みゆき》と菊乃《きくの》が台所に入って、膳部方《ぜんぶかた》（調理人）の手を借り調《ととの》えられたが、山城守・宗次好物の酒はほんの申し訳程度に抑《おさ》えられた。

宗次のこれからの旅の危険を思う、美雪の気配りであった。

夕方近くになると、東の空に真っ青な広がりが残った状態で、西の空にゆっくりと夕焼けが漂い出した。

宗次は、美雪のほかは誰に見送られるのも遠慮して、西条家表門の前で馬上の人となった。肌艶《はだつや》よく隆隆たる筋肉で馬体を包んだ栗毛《くりげ》だった。

「お気を付けて……」

美雪は栗毛の傍《そば》に寄って、旅装調えた馬上の宗次と目を合わせた。

「大丈夫だ。必ず戻ってくる」

「お待ち致しております。一日も早く……」

「うむ」

宗次は頷《うなず》くと馬上から上体を少し傾け、右の手を下げた。

「もう少し寄りなさい」

「はい」

栗毛の馬体に触れる程に寄った美雪の頰《ほお》に、宗次の手がそっと触れた。

「私にとって誰よりも大事な女性《ひと》となったのだ。それに井華塾《せいかじゆく》の塾頭である立場を決して忘れてはならない。昨夜のような無茶な動きは宜《よろ》しくない。いいね」

「心得てございます。もう決して……」

「ではな……」

宗次は馬上の姿勢を改めると、栗毛の馬腹を軽く打った。

馬が美雪から静かに離れ、常歩《なみあし》（分速約一一〇メートル）へと入っていく。

美雪は、次第に遠のいてゆく人馬に向けて丁寧《ていねい》に御辞儀をし、暫《しばら》くの間身じろぎ一つしなかった。

馬上の宗次は一度も振り返ることなく、『旗本八万通』が尽きるところまで来て、栗毛の手綱《たづな》を左へツンと軽く引いた。

人馬が左へ曲がって、美雪にも宗次にも、お互いが見えなくなった。

宗次は山城守にも美雪にも言ってはいなかったが、このあと江戸出発に先立って一か所立ち寄る所を既《すで》に決めていた。

その場所は、西条家からさほど遠くはない。これから立ち寄る所が、重苦しい何かを秘めているかの如く。馬上の宗次の表情は、暗く沈んでいた。

暫くの間、人の往《ゆ》き来《き》が殆《ほとん》ど無い武家屋敷が建ち並ぶなかを西へ向かって進んだ人馬は、やがて**帯坂**《おびざか》に差し掛かった。正保《しょうほう》の頃（一六四四〜一六四八）、帯坂より北方向へおよそ八町余（約九〇〇メートル）はなれた牛込《うしごめ》の武家屋敷で、一つの悲劇が生じた。その武家屋敷の若く美しい女中が、家宝の皿十枚の内の一枚を屋敷内の深井戸へうっかり落としてしまい、激怒した非情の主人《あるじ》によって問答無用とばかり手打ちにされたのだ。

以来、手打ちにされた日の夜、必ず朧月《おぼろづき》があらわれ、その弱弱しいボウッとした薄明りの下《もと》、井戸端で一枚、二枚、三枚……と皿を数える血まみれの美しい幽女《ゆうじょ》が佇《たたず》むようになった。

恐怖で半狂乱となった屋敷――のち人人から**番町皿屋敷**《ばんちょうさらやしき》と呼ばれるようになる――の主人《あるじ》が「おのれ……」とばかり槍を振りかざすと、幽女は九枚の皿を胸に抱いたまま掻《か》き消えるのだった。しかし、そのあと決まって濠《ほり》に沿った土手道を血でびっしょりと濡《ぬ》れた長い帯を引き摺《ず》ってトボトボと歩く幽女の姿を、人人は見かけることとなる。一枚、二枚……と呟《つぶや》きながら、よろめき歩く血まみれの凄惨《せいさん》な姿を。

やがてその怨《うら》めしい姿は、決まって帯坂まで来て、スウッと消えるのだった。

消えた丁度《ちょうど》その前に、幽女の許嫁《いいなずけ》石川四郎五郎信安《いしかわしろごろうのぶやす》の小屋敷があったとか、なかったとか。

帯坂の名は、むろん血まみれの幽女が其処《そこ》で霞《かすみ》の如《ごと》く消え去ることから、誰言うとなく付けられた名いわば〝源氏名《げんじな》〟であって、地名ではない。

その帯坂まで来て、宗次を乗せた栗毛が不意にぴたりと歩みを止めた。

「ん？……どうした」

宗次は前傾姿勢を取って囁《ささや》きかけながら、栗毛の首すじを撫《な》でた。

人の往き来ない森閑《しんかん》とした、中小の武家屋敷に挟まれた、さして広くない帯坂通りであった。

栗毛が何かを警戒するかのように盛んに耳を動かしているのだが、宗次は何の不審な気配も覚えなかった。

が、馬は何かを感じている、と捉《とら》えた宗次は馬上で上体を静かに振り、前後左右を見まわし、最後に空まで仰《あお》いだ。

夕焼け色が濃くなりつつある、綺麗《きれい》な空の色だった。地上の明るさはまだ充分で、何かを見落とすという暗さには程遠い。

「訪ねる先は間《ま》もなくだ。さあ……」

宗次は軽く馬腹を打ってみたが、栗毛は動かなかった。

はて？　と思った宗次は再度、今度は先程よりも慎重にゆっくりと周囲を見まわした。

そして、その表情が思わず動いた。

通りの直《す》ぐ先左手に、屋敷と屋敷に挟まれた小路《こうじ》がある。

その小路の入口に大きな柳の木があって、その柳の木を背にするかたちで女がひとり項垂《うなだ》れて熟《じっ》と佇んでいるではないか。

屋敷女中の身形《みなり》だった。

宗次は小さく首を傾《かし》げた。一度目に周囲を見まわした時には、柳の木のところに女の姿はなかった。見落としたとも思えない。

宗次は栗毛の首すじを、ポンと軽く掌《てのひら》で打った。

今度は心得たように、馬は穏《おだ》やかにゆっくりと進んで、柳の木の前で歩みを止めた。

「これ、いかがした」

と、宗次は女に声を掛けた。やわらかな口調であった。

馬体が目の前に立ったというのに、顔を上げることもなかった女が、漸《よう》やくのこと気怠《けだる》そうに面《おもて》を上げて宗次と目を合わせた。

宗次の表情が思わずウッとなる。女の瞳は燃えさかる炎《ひ》のように真っ赤であった。夕焼け空を映していた。

宗次は労《いたわ》るように問い掛けた。

「そなた、此処《ここ》で何を致しておる。ひどく憔悴《しょうすい》しているように見えるが」

「………」

「この夕焼け空の下でも、顔色がよくないと判るぞ。病《や》んでおるのか」

「病んではおりませぬ」

女が澄《す》んだ綺麗な声で口を開いた。宗次の目を瞬《まばた》き一つせずに見つめたままだった。

「では何ぞ悩み事などで、追い詰められておるのかな。若《も》しや、お金か?」

「いいえ……」

「そうか……私はこれから旅立たねばならぬ身なのだ。お金のこと以外で余程に困ったことがあるなら神田《かんだ》の八軒長屋に住むチヨという心やさしい町女房を訪ねてみなさい。私の名を告げてな。色色と相談に乗ってくれよう。私の名は宗次と言う」

「有り難うございます。でも大丈夫でございます」

「この辺りの武家の御女中と見たが……」

「はい」

「やはりそうであったか。で、名は？」

「お菊《きく》と申しまする。お付き名でございます」

宗次は一瞬、西条家の奥を任されている菊乃の顔を思い出した。

「ではお菊。私は行くが、本当に大丈夫だな」

「ご心配いただき、心が休まりましてございます」

「うむ……じゃあ、これで」

栗毛は、悄然《しょうぜん》と佇んだままの女から離れて歩み出した。

が、七、八間《けん》と行かぬ内に、宗次は「ん？」と気付いた。

（お菊？……確か番町皿屋敷で手打ちにあった女中も、お菊という名であったな）

宗次は手綱を軽く引いて栗毛の歩みを止め、振り向いた。

が、柳の木のところには、女の姿は既になかった。通りの何処《どこ》にも見当たらない。

空はもう、血の色に染まっていた。

「はて、面妖《めんよう》な……」

呟いて宗次は栗毛を再び進ませた。訪ねようとする目的の場所は、間《ま》もなくであった。

一七九

目を見張るようなその巨邸は、大外濠川《おおそとぼりがわ》（神田川《かんだがわ》）を西方向へ渡って直ぐのところに在《あ》った。直ぐのところ、とは言っても余りの大きさのため、何処《どこ》から何処までがその巨邸の敷地であるのか見当さえつかない。

その敷地の広さ、七万五千二百五坪《つぼ》もあった。

これが御三家筆頭、尾張名古屋《おわりなごや》藩上屋敷の敷地の広さである。新宿《しんじゆく》区市谷本村町《いちがやほんむらちょう》に現在ある**防衛省の敷地ほぼそっくり**が、かつての尾張名古屋藩上屋敷と言えば、読者には「ええっ」という驚きと共に一層判《わか》り易《やす》いだろう。

しかし、権威・威勢《いせい》の点では御三家筆頭に格付される尾張名古屋藩ではあったが、上屋敷の敷地の広さに限れば、小石川《こいしかわ》の水戸《みと》藩上屋敷は十万千八百三十一坪、本郷《ほんごう》の加賀藩前田《かがまえだ》家上屋敷（東京大学赤門で知られる位置）は十万三千八百二十二坪と、尾張名古屋藩を上まわる目が眩《くら》むような広大さだ。

因《ちな》みに御三家第二の、麴町《こうじまち》に位置する紀州《きしゅう》和歌山藩上屋敷（ザ・プリンスギャラリー東京紀尾井町《きおいちょう》〈旧赤坂《あかさか》プリンスホテル〉の界隈《かいわい》）は二万四千五百四十八坪とかなり狭い。

宗次は栗毛に跨《また》がったまま、尾張名古屋藩上屋敷の長屋塀に沿った北側の通りから、ゆったりと進んだ。

なにしろ広大な敷地が、幾つかの寺院の他は武家屋敷によって囲まれているのだ。野鳥の囀《さえず》りひとつ聞こえてこない。

屋敷の表御門は宗次が現在《いま》いる位置の、敷地をこえた、丁度反対側（南側）にあることを、彼は承知している。

時代が過ぎると、この広大な敷地の西側に馬場（馬術教練場）が出来るのであったが、宗次の時代にはまだ設けられていない。

近い将来にそれが出来る屋敷塀（長屋塀）に沿った、夕焼け空の下の通りを宗次と栗毛は歩んだ。人の往き来は全くない。それだけに規則正しい蹄《ひづめ》の音が、森閑としたなかに響きわたった。

宗次は馬上から栗毛に語りかけた。

「栗毛や。お前とはどうやら気が合いそうだのう。だから、栗毛や、ではいかぬ。名を付けようではないか」

宗次が口にした言葉の意味が判る筈《はず》もないが、しかし、栗毛は首を縦に二度振って微かに鼻を鳴らした。

「そうか、お前もそう思うか。では**吹雪**《ふぶき》でどうだ。お前を初めて見た時フッとそのような印象を持ったのだがな」

栗毛が再び首を縦に二度振った。栗毛に**吹雪**の名が付いた瞬間であった。

「気に入ってくれたのだな。よし、吹雪よ。難《むつか》しい旅になりそうだが、ひとつ宜しく頼むぞ」

それには応《こた》えず吹雪は、宗次に手綱で合図をされるまでもなく、自分から通りを左へと折れていった。

この辺りから先を合羽坂《かっぱざか》と言って、ゆるやかな傾斜となっていた。右手には武家屋敷や御用屋敷（お役目屋敷）が通りの中ほど辺りまで続いており、そこから先の小さな区画に町家が集まってこれを市谷本村町と称した（つまり現在防衛省が所在する地名である）。

ここまで来ると、その先の通りが急に拡張されていると判り、すなわち御三家筆頭尾張名古屋藩上屋敷の荘重《そうちょう》なる表御門が認められるのだった。

荘重なる、と表現はしたが、明暦《めいれき》三年（一六五七）一月の**『明暦の大火』**によって焼け野原と化した江戸の復興政策で幕府は、建築等が華美に過ぎることを禁じた。

それというのも、大火前の大名屋敷の中にはそれこそ、**高度な芸術的価値**（現在で言うところの）を有する絢爛《けんらん》たるものが少なくなかったからである。

とは言っても、御三家筆頭家の上屋敷の表御門である。華美に過ぎることを避けたとしても、将軍家との往来の可能性を考えれば、**礼節・警備・秩序**の観点からも貧弱・貧相な御門であってよい筈がない。

その荘重なる表御門へ、吹雪は実に堂堂たる姿勢で歩み寄っていった。

（これはいい馬だ……）

と、宗次は改めて思った。

表御門の大扉は、一見しただけでずっしりとした重量感を覚える、訪れた者を圧倒する板唐戸《いたからど》（厚い一枚の板状のものを重ね合わせたもの）であった。左右二枚からなる両開きの、つまり観音《かんのん》開きの大扉だ。

その大扉を挟むかたちで、六尺棒を手に両刀を帯びた門衛が二人ずつ立っていた。足軽とか若党などではなく、身形から藩士と判る侍《さむらい》たちだった。

年若いひとりが険《けわ》しい顔つきで馬上の宗次に歩み寄り、しかし丁重《ていちょう》に頭を下げてから口を開いた。門衛たちは夕焼け空に覆《おお》われたこの刻限に、藩邸上屋敷に客があるなど、上司から連絡を受けていない。けれども丁寧《ていねい》に頭を下げて応ずる、という作法を忘れぬ姿勢は、さすが御三家筆頭の門衛であった。

「おそれながら……」

と切り出した侍の前に、馬上の宗次はゆっくりと下り立って口を開いた。

「私は徳川宗徳《とくがわむねのり》と申す者です。浮世絵師宗次と言う者もいる。藩主徳川光友《みつとも》様に至急お目に掛かりたいのだが……」

聞いて門衛の表情がギョッとなった。宗次の面貌《めんぼう》は知らずとも、徳川宗徳とか浮世絵師宗次についてはどうやら承知しているようだった。

「し、暫《しばら》くお待ち下さい」

年若い門衛はそう言って再度、丁寧に腰を折ると、身を翻《ひるがえ》し大扉の方へ戻っていった。

彼が只事《ただごと》でない様子で何事かを囁いたのは、四人の門衛の内で最年長者と判る三十半《なか》ば過ぎくらいの者に対してだった。おそらく門衛頭なのであろう。

その最年長者の顔にもたちまち驚きが広がり、宗次の方を見ようともせずに潜《くぐ》り門を押し屋敷内へ消えていった。

年若い門衛は宗次の方を見たが引き返して来ようとはせず、離れた位置からもう一度頭を下げた。恐れ多い様子をはっきりと表に出している。

宗次は辺りを見まわした。

表御門と向き合うかたちで、広くなった通りの端に樹高二、三丈《じょう》ほどの、銀杏《いちょう》の若木が三本植えられていた。

宗次は手綱を引いてその銀杏の木に近付いてゆき、手綱を幹に軽く巻き付けた。結び付けはしなかった。不測の事態に対しての馬の自由を奪わぬよう、軽く巻き付けただけだ。

馬への宗次らしい思いやりだった。

「此処で暫く待っていなさい。なに、必ず戻ってくるからな」

吹雪の頰《ほお》を撫で額《ひたい》をさすってやりながら、宗次は囁いた。

吹雪が夕焼け色で朱《しゅ》に染まった目で、宗次を見つめた。その落ち着いた印象に宗次が安心したとき、背後から人の動く気配が伝わってきた。

宗次の表情が振り返って思わず「ん？」となる。

身構えを硬直させるかのようにして威儀を正している四人の門衛のなかに、しずしずとした雰囲気で現われたのは五十過ぎに見える女性《ひと》であった。地味な茶系の着物地の半身側（片側）に広げるかたちで、赤白の梅の花と松の緑を控えめに散らし、残る片側は茶色地のままという〝空間〟を大胆に演出した小袖を着ている。寛文《かんぶん》年間（一六六一〜一六七三）の前後を通じて武家や上層町民の間に時花《はや》った、〝寛文小袖〟と称される着物の典型的な意匠だった。

ひと目で宗次は、ここ藩邸の『奥』を取り締まっている立場の女性《ひと》ではないかと思った。単なる奥女中なら、地味な色合いとは言えこれ程に人目につく小袖は許して貰《もら》えない。

双方目が合い、宗次が軽く会釈《えしやく》をしてその女性に歩み寄るよりも、相手の歩みの方が速かった。まるで迷う様子も見せず、一気に宗次に近寄ろうとする感じであった。

二人は、静まり返った表御門の前の通り中ほどで、夕焼け色に染まりながら向き合った。

「おお、まぎれもなく宗徳様じゃ。若様でいらっしゃる。なんと御立派になられたことか……」

寛文小袖の女性《ひと》の口から突如《とつじよ》こぼれた、感動に震える囁きに、宗次は思わず気持を乱した。

しかし、その女性は宗次に喋《しやべ》らせようとはせず、更に一歩を詰め寄って話を続けた。

「私《わたくし》はこの御屋敷、尾張名古屋藩上屋敷の奥を取り締まる立場にある梅乃《うめの》と申しまする」

そう名乗ってその女性《ひと》は先《ま》ず丁重に腰を折ってから、囁くのを止《よ》して当たり前の小声となった。

「私《わたくし》こと梅乃はまだ二十八、九の若かりし頃、そう二十年以上も昔になりましょうか。ご家老様やご用人様のお供をして、目黒《めぐろ》の梁伊対馬守隆房《やないつしまのかみたかふさ》様の御住居《おすまい》へ幾度となくお訪ね致したことがございます」

「そのような事が……」

と、宗次はほんの短い間ではあったが、過ぎし昔を思い出すかのような遠い眼差《まなざ》しになった。

言われてみれば七、八歳の頃であったろうか。何処からか訪れた若い御女中風と、目黒の林や小川のほとり、目黒不動尊《ふどうそん》などを散策した記憶がうっすらとある。

が、宗次はそれを表には出さずに直ぐさま、表情を改めた。

「突然で申し訳ありませぬが、いささか事情あって江戸を離れる前に、藩主徳川光友様にお目に掛かって是非《ぜひ》にもお伝え致したきことがございます」

「私《わたくし》が間に立って御殿様にお伝え申し上げる、という訳には参りませぬのでしょうか」

と、梅乃の表情が幾分、硬くなった。

「はい。直接お話し致さねばなりませぬ」

「畏《かしこ》まりました。では私が案内申し上げまする」

「ひとつ宜しく……」

宗次は言葉やわらかく返して、梅乃に対し軽く頭を下げた。

一八〇

書院へ通された宗次（徳川宗徳）であったが、藩主徳川光友はなかなか現われなかった。

待たされた。

宗次は待ち続けた。書院の大障子は開け放たれていたから、庭を濃い朱色に染めている夕焼け色が、次第次第に黒さを増して赤黒く変化していくのが判った。

それでも宗次は凛《りん》とした姿勢を崩さず、待ち続けた。

腰の刀は大小とも梅乃に預けてある。

屋敷には責任を持って預かる御役目の者はいたが、梅乃は「私が責任を持ってお大切に……」と、自分から強い口調で申し出た。

宗次の表情が、小さく動いた。広縁を足早にこちらへと近付いてくる足音を捉えたのだ。ひとりの足音、と宗次には判った。

そしてその足音が背後――真後《まうし》ろ――で止まったとき、宗次は正面の床《とこ》の間《ま》に向かって静かに平伏した。揚真流《ようしんりゆう》兵法の宗家らしい、綺麗な平伏であった。

書院に入った足音は宗次の背中に勢いよく迫り、しかしそこで避けるように右へ回り込み、床の間を背にしてドサッと音立てて座った。

尾張名古屋藩の宰相《さいしよう》、徳川光友であった。〝尾張柳生《やぎゆう》〟より柳生新陰流《しんかげりゆう》を熱心に学び、相当な剣客《けんかく》大名として知られてもいる。それゆえか、あるいは持って生まれた性《も》質《の》ゆえか、年齢《よわい》五十を過ぎているというのに、その〝御気性《ごきしよう》〟は穏やかとは言い難《がた》い。

「実に……実に久し振りよのう宗徳。構わぬ。面《おもて》を上げい」

野太い声で促《うなが》されて、宗次はゆっくりと顔を上げ、相手と目を合わせた。

父と向き合っている、という感情は全くなかった。

こちらを見ている相手の表情に、父親らしい何かを見つけることも難しかった。

（他人様だ……）

と、宗次は自分の胸の内に向かって呟いた。

「お前でなければ、突然に訪ねて来た者に会う暇《ひま》など今の私にはない。言葉を飾らなくともよい。訪ねて来た訳を単刀直入に申せ」

「はい。ならば申し上げまする。正統なる柳生剣を用いて私を襲うことには我慢致しましょう。なれど、その刃を幕臣その他の人人に向けるのは即刻、お止《や》め下さい」

「なにっ」

藩主光友の眉《まゆ》が、ぴくりと吊り上がった。目が光っていた。

「私とは何の関係もない者に対し、今後もみせしめの如く柳生剣をもって迫るならば、私は揚真流剣法でもって、この藩邸を血の海に致しまするぞ」

聞いて藩主光友は、くわっと目を見開いた。

「狂ったか宗徳。それが血を分け与えた父に向かって言う言葉か」

「父とは思うておりませぬ。また、これ迄《まで》に父らしいことをして戴いたこともございませぬ。私の実の父はたったひとり、大剣聖でその名を知られた梁伊対馬守隆房でございまする」

「おのれ、四代様（徳川家綱《いえつな》）より副将軍の指名を受けたからと言うて、そこまで傲《おご》り高《たか》ぶったことを申すか、この青二才が」

藩主光友はそう言うと、肘掛《ひじかけ》（脇息《きょうそく》）を拳《こぶし》で激しく殴りつけた。肘掛が大きな音を立てて躍《おど》り上がり、吹っ飛んだ。

「はて、私が四代様より副将軍に指名されたることは、それをお受けするかどうかは別として、信頼できるほんの二、三名の者しか知りませぬ。さては江戸城中の上様おそば近くに**尾張忍び**を幾人も潜《ひそ》ませておられますな」

聞いて藩主光友の顔から、サアッと血《ち》の気《け》が引いていった。宗次にはそれが、はっきりと判った。

彼は強い口調で告げた。

「何という情け無いことか。**尾張公**はそれほど将軍になりたいのでございますか。この私が副将軍から将軍へと登り詰めるかも知れぬことを、尾張公はそれほど恐れておられましたか。それゆえに私や善良なる幕臣その他へ、柳生の刃を向けられたのか」

「黙れ、若僧……」

「黙りませぬ。ようくお聞きなされよ尾張公。すぐさま江戸城中の**尾張忍び**を撤収なさることとです。幕政に協力する謹直《きんちょく》で徳望《とくぼう》高い御三家筆頭でいて下され。それを堅くお約束下さるならば、**尾張忍び**の件が私の口から出ることは二度とありますまい」

「ふん。徳川宗徳、そこまで上《のぼ》せ上《あ》がった男になってしまったか。この広大な尾張御殿《ごてん》から無事に出られると思うておるのか。お前はすでに姿見えぬ手練《てだれ》により十重二十重《とえはたえ》に取り囲まれておる」

「承知してござる」

「二刀を帯にしておらぬというのに、強気よのう。から威張《いば》りか」

「揚真流はもともと無刀を思想とするもの。無刀こそが原理」

「ふん、雨蛙《あまがえる》の強がりか……」

「ならば試してみなさるか。この書院を血の海にしてご覧にいれる……」

藩主光友は思わず生唾《なまつば》をのみ込んだ。宗次の目が白銀色《しろがねいろ》に染まって爛爛《らんらん》たる光芒《こうぼう》を放っているかに見えたのだ。宗次が、〝斬る〟という本能に炎《ひ》を付けた**瞬間の証**であった。

（狼《おおかみ》の目だ……）

と、光友は戦慄《せんりつ》した。

宗次は静かに立ち上がって藩主光友に背を向け、書院から出て広縁に佇んだ。すでに目の前の庭園には、夜の帳《とばり》が下り始めていた。

が、西の空の一角にはまだ、闇色に近くなった夕焼けが残っていた。

宗次が勢いをつけて振り返った。そして険しい眼《まなこ》で片足を一歩、書院へぐいっと踏み戻した。

尾張柳生剣を相当につかう筈の光友がひきつった顔で撥条《ばね》仕掛のように腰を上げるや、背後の床の間の刀掛けに横たえてあった黒鞘白柄《くろさやしらつか》の大刀を、わし摑《づか》みした。

けれどもその直後には、何事もなかったかの如く、宗次は書院から離れて広縁を歩き出していた。

広縁の柱には既に掛け行灯《あんどん》が、火を点《とも》していた。

その明りの下を、宗次はゆっくりと進んだ。

庭に潜む幾人もの人の気配が、自分の動きと共に移動するのを、宗次ははっきりと捉えた。

しかしそれも、宗次が広縁の突き当たり――大障子が閉じられた部屋の前――で右へ折れると、泡が消えるように掻き消えてしまった。

右へ折れて少し行った位置に、掛け行灯の明りを頭上から浴びるかたちで、梅乃が宗次の大小刀を確《しっか》りと胸に抱き、正座をしていた。

彼女は宗次の姿を認めて立ち上がり、よろめいた。余程の安心がよろめかせたのであろう。

宗次が近付いてくるのを待たず、梅乃は自分の方から寄って行った。

「ようございました。案じておりました」

梅乃は小声で告げ、宗次の手に大小刀を返した。

それを宗次が腰に通して帯がヒョッと鳴ると、漸《ようや》く梅乃の顔に安堵《あんど》があらわれた。

「有り難う。ここまでにして下さい。これよりは、もう私から離れているように」

「いいえ。表御門までお送り申し上げます。そうさせて下さりませ」

「それよりも、中納言光友卿《ちゅうなごんみつともきょう》のお傍に居て貰いたい」

「え？……」

「奥を取り締まる其方《そなた》が中納言光友卿のお傍に控えることで、おそらく殿のご気分は随分と休まろう。そのように、なされよ。早く……」

「は、はい……それでは」

梅乃は心残りな様子で、宗次から離れていった。

玄関までは、まだ長い廊下が残っている。

両刀を帯びた宗次は、とうてい納得できない程の異様な静けさの中を、掛け行灯の明りの下、玄関へと向かった。

とうてい納得できない程の異様な静けさ、と表現したが、御三家筆頭尾張家（六一万九五〇〇石、実高七七万八八〇〇石余）ほどの巨藩になると、江戸屋敷は総員数千名の藩士ほかを抱えている。

ここで言う江戸屋敷とは、ここ市谷門外の**上屋敷**、麹町《こうじまち》の**中屋敷**、戸山《とやま》の**下屋敷**、築地《つきじ》の**蔵屋敷**その他を指しており、むろん最大規模は**藩庁江戸本部**とも言うべき上屋敷である（巨大企業ともなると、東京本社と大阪本社を併せ持っている場合があるアレだ）。

宗次はコトリとした音ひとつしない静まり返った長い廊下を進み、次第に玄関へと近付いていった。

（あと二つの角を右に折れ左へ曲がると、玄関……）

書院までの〝長かった道のり〟を、正確に覚えている宗次であった。

何処からか、微かな話し声が聞こえてきたような気がして、宗次の歩みが僅《わず》かに緩《ゆる》んだ。

が、そのあとは何も聞こえてこない。

（気のせいか……）

と、宗次は歩みを速めた。血を分けた実の父に会ったというのに、感動の欠《か》けらも覚えていない宗次であった。それどころか、一刻も早くこの広大な屋敷から出ねばならぬ、という思いに迫られていた。べつに、其処此処《そこここ》に潜んでいるであろう不穏《ふおん》な分子を恐れている訳ではなかった。「肌に合わぬ、この威厳に満ちた屋敷は……」と感じているに過ぎなかった。嫌悪《けんお》に近かった。

右に折れる廊下の角が、掛け行灯の明りの直ぐ先に迫ってきた。廊下はその位置で、右と左へ曲がる丁《てい》の字形に交叉《こうさ》していた。

宗次はその角を右へ曲がった。

瞬間、宗次の歩みが止まった。大袈裟《おおげさ》に言えば、一条の稲妻《いなずま》に打たれたように止まった。

迂闊《うかつ》にも、右へ曲がった途端、背後に人の気配を捉えたのだ。

宗次は振り向いた。

振り向いて、三歩と離れていないその場所に佇む女性《ひと》と、目を合わせた宗次であった。

やさし気な顔立ちの初対面の女性《ひと》であった。年齢《よわい》、四十を過ぎたあたりであろうか。少し離れた位置に、お付きの女中《もの》を四、五人控えさせている。

宗次は一瞬呼吸《いき》を止めたが、ハッとした様子で廊下に片膝《かたひざ》をつき、頭を下げた。

初対面の女性《ひと》は、しずしずと宗次に近付いて、自分もそっと腰を低くした。

お付きの女中たちは動かない。

初対面の女性《ひと》が囁いた。

「おお、間違いない。宗徳殿じゃ。妾《わらわ》の記憶にある幼き頃の宗徳殿の面影《おもかげ》が、はっきりと残っておる。真《まこと》に立派におなりじゃ。剣客としてまた絵師として当代一流との噂《うわさ》を耳に致しております。どうか面《おもて》を上げて、妾《わらわ》にようく顔を見せて下され宗徳殿」

宗次は促されるままに面《おもて》を上げて、初対面の女性《ひと》と目を合わせた。いや、遥か遠くにあった記憶がゆっくりと、実にゆっくりと鮮明になりつつあって、目の前の女性がすでに〝初対面の女性《ひと》〟ではなくなりつつあった。

目の前の女性《ひと》がたおやかな口調で言った。

「梅乃より伝え聞いて、宗徳殿がこの位置に差し掛かるのをお待ちしておりました。妾《わらわ》のこの顔を覚えてはおられませぬか。宗徳殿が確か四、五歳の頃でありましたか。妾《わらわ》は殿のお供をして目黒の梁伊対馬守殿の住居《すまい》へ一度だけ訪ねておりまする」

「え……」

と、此処ではじめて宗次は驚きの表情を見せた。目の前の女性《ひと》が言った「……私は殿（徳川光友）のお供をして……」に衝撃を受けたのだ。全く記憶にないことであった。しかし、目の前の女性《ひと》が誰であるかは、はっきりと認識しつつあった。

「いま……殿のお供をして、と申されましたか」

「はい。殿がやさしく目を細めて宗次殿を我が胸に抱き上げなされたこと、この私《わたくし》は今もその時の殿の表情、動きの一つ一つをよく覚えております。殿は幾度となく、宗徳殿の頭を撫でられたりなされて」

女性の言葉が、〝妾《わらわ》〟から〝私《わたくし》〟へと、やわらかに変化した。

「私《わたし》は、覚えてはおりませぬが……」

宗次は静かに応じたが、胸の内に雷鳴が轟《とどろ》くのを覚えて、ぐっと歯嚙《はが》みした。実の父に抱き上げられ幾度となく頭を撫でられたことを初めて知った宗次の胸の内は熱く激しく泡立った。戸惑《とまど》いであった。

女性が言った。

「殿のことは記憶になくとも、目黒の林や小川の畔《ほとり》を手をつないで二人切りで散策した私《わたくし》のことは、若しや思い出されたのではありませぬか。そのような目をしていらっしゃる。私《わたくし》は寛永《かんえい》十五年（一六三八）二月二十日、殿との縁組が決まり、翌寛永十六年九月二十一日に三歳で、江戸城内吹上《ふきあげ》の鼠穴《ねずみあな》に在りました藩上屋敷へ入輿《じゅよ》（貴人が嫁入りする意）しました。ここまで申し上げれば、もうお判りでございましょう宗徳殿」

「はい」

と、宗次は頷いた。ここ市谷にいま在《あ》る尾張名古屋藩の上屋敷は、明暦の大火（明暦三年〈一六五七〉）の後に新造されたことを、むろん承知している宗次であった。

宗次は目の前の女性の、やさしく潤《うる》んでいるかに思える瞳を見つめながら答えた。

「三代様（徳川家光《いえみつ》）にとって最もいとしい最初のお子、千代姫《ちよひめ》様でいらっしゃいましよう。御名《おな》は**東叡山寛永寺**《とうえいざんかんえいじ》を開基《かいき》なされた**天海大僧正**《てんかいだいそうじょう》（僧官の最高位）が付けられました。千代姫様の幼き頃からの英邁《えいまい》さは、夙《つと》に知られてございます。この宗次、幼き頃に手をつないで散策に連れて戴いたること、確りと思い出しましてございます」

「ふふ……」

藩主光友でさえ明《あか》らさまには抗《あらが》えぬ、三代将軍徳川家光がひとり娘として心から愛した千代姫である。その姫君《ひと》が宗次に向かってはじめて「ふふ……」と円熟の含み笑いを見せた。

「宗次殿は私《わたくし》に対して、姉上、姉上、とそれはよう懐《なつ》いて下されました」

「そ、そのようなことが……」

「見れば旅立ちの衣装じゃが、これより何処ぞへお出かけなさるのですか」

「はい。大事な用で急ぎ向かわねばならぬ行き先を、抱えてございますれば……」

「旅立ちのことは殿は？……」

「いいえ、話題には致しておりませぬ」

「旅立ち、余程にお急ぎなのですか。当屋敷内の私《わたくし》の**御守殿**《ごしゅでん》にて、もう少しゆっくりと語り合うことは出来ませぬのか」

御守殿《ごしゅでん》とは、将軍家の姫が**御三家**に嫁《とつ》いだ際に設けられる**最高格式の殿舎**のことである。

「はい。急ぐこと、何卒《なにとぞ》ご容赦《ようしゃ》下されますように……」

「では、仕方ないのう。ならば御門の前までお送り致しましょう」

「恐れ多いことでございます」

二人はゆっくりと腰を上げると、肩を触れ合うようにして玄関の方へ歩き出した。

お付きの女中たちが、二人の後を一定の間を空けてしずしずと従った。

御簾中《ごれんちゅう》千代姫（御三家当主の正室は**御簾中様**と称された）の付き人としては、彼女たち女中の他に『**公儀付人**』と称する一団が、幕府から出向するかたちで付いていた。むろん御簾中が**将軍家の姫君である場合に限る**のだが、その構成を順序不同で述べれば用人二名、医師一名、用達人一名、手練《てだれ》の武士五名、台所頭一名、台所組頭二名、台所人四名、同朋《どうぼう》一名、赤坂屋敷(当時)奉行一名、進物《しんもつ》奉行一名、小人頭一名、小人五名、小間遣《こまづかい》五名、駕籠《かご》之者(忍び)二十名、あわせて五十名という多数であった。

しかし今、それら『**公儀付人**』の姿は、御簾中千代姫のまわりにはどうやら見当たらない。おそらく「動くこと無用……」と、姫に強く命ぜられたのではあるまいか。

玄関を出ると、あろうことか御簾中千代姫は、宗次の右の腕《かいな》に我が豊かな胸を触れるが如く、ぴたりと寄り添った。いつの間にやら、空には満月があって皓皓《こうこう》たる明りを降らしている。

そして、御簾中千代姫は、

「このままに……」

と、短く囁いた。

何かを覚えたのであろう。宗次が「心得ました」と小声で応じる。

表御門の内側にいた守衛の四、五人が、御正室の突如の出現に緊張し小慌《こあわ》てとなった。

「御開門を……」

守衛たちとの間を詰めて、御簾中千代姫が言葉短く穏やかに命じた。

守衛頭らしい年輩の一人が、威儀を正して「は、はい」と一礼をし、表御門の外に向かって、

「御開門……」

と、告げた。

途端、宗次の左手が目立たぬ動きを見せて、二刀を帯びた左腰を帯の上から軽く押さえた。

大扉の向こうから、凄《すさ》まじい殺気が放たれたのだ。

守衛たちの手によって閂《かんぬき》を外された大扉が、微かな音を立てることもなく静かに左右へ大きく引き開けられた。

宗次の眼が凄《すご》みを覗《のぞ》かせて一瞬光った。

彼の足は、**扉通り**（扉筋とも）から先へは、進まなかった。

しかし、宗次を残して御簾中千代姫は何事もない様子で、**扉通り**から先へ歩みを進めた。

扉通りとは、表御門の左右に立脚する頑丈《がんじょう》な主柱《おもばしら》（大柱）と主柱を結ぶ、**表御門にとって最も重要な線**を指して言う。

その大扉を支える左右の主柱に対し、右へ倣《なら》えをするかたちで体格すぐれた屈強の

武士たちが並んでいた。その数、右列および左列合わせて三十余名。

(尾張柳生家……)

宗次は、ひと目でそう見破った。確信があった。

が、その尾張柳生家。まさか御簾中千代姫様が表御門から現われるなど予想だにしていなかったのであろう。皓皓たる月明りの下で、彼らは慌てて片膝つき、深深と頭《こうべ》を下げた。それも、一人一人の動きがバラバラであった。藩の精鋭衆である筈なのに、御簾中千代姫様が現われたことによる狼狽《ろうばい》ぶりは、無様《ぶざま》すぎると言ってもよかった。

「宗徳殿……」

表御門の外へと出た御簾中千代姫は立ち止まって振り向き、宗次を促した。

促されて宗次は、**扉通り**(扉筋)をまたいで、表御門の外に出た。

「あの馬で旅立ちを？……」

銀杏の木の横にこちらを向いて立っている吹雪に、然《さ》り気《げ》なく視線を走らせた御簾中千代姫が、傍にやってきた宗次に囁いた。

尾張柳生衆たちは、微動だにしない。

宗次は、黙って頷いた。

二人は柳生衆たちの間を進んで通りに出、吹雪に近付いていった。

吹雪は元気であった。宗次を見て鼻をヴルルッと低く鳴らし、喜びの感情を表に出した。

（大丈夫だ。毒をのまされた様子はない……）

と、宗次は胸を撫で下ろした。

御簾中千代姫が宗次との間を詰めて囁いた。

「宗徳殿。旅よりお戻りになられましたなら、私《わたくし》に連絡をするとお約束下され。宗徳殿とは、もっと色色とお話を致したいのです」

「し、しかし……」

と、宗次は返答を踏み止《とど》まった。藩主中納言光友卿を刺激することは炎《ひ》を見るより明らかだった。

「上様のことを、心配なさることはありませぬ」

御簾中千代姫は、藩主光友のことを宗次に対し、はじめて〝上様〟と言った。御三家内部に限っては、当主のことを〝上様〟と称することは少なくなかったようである。

「判りました。旅より戻りましたなら、ご連絡を致すことをお約束しましょう」

この場で話を長びかせることはまずい、と考え宗次は小声で応じ、身軽に吹雪の背に乗った。

「きっとですよ」

宗次は御簾中千代姫と目を合わせて黙って頷くと、吹雪の腹を軽く打った。

一八一

軽く手綱を引いて、宗次は夜空を仰いだ。頬にポツリポツリと当たる冷たいものが落ちてきた。皓皓と輝いていた月がいつの間にか、薄雲に遮《さえぎ》られて朧月《おぼろづき》と化し濃い闇が下り出している。星のまたたきは、既に見えなかった。が、しかし激しい**暗闇稽《げい》古《こ》**で鍛《きた》えてきた宗次の視力に全く問題はない。

「どう……」

尾張邸を後にした宗次は、夜間ではあったが出来るだけ他人目《ひとめ》に触れぬよう、表通りを巧《たく》みに避けて此処まで来たのだった。すぐれた視力が夜間の彼の動きを必ずしもではないが助けている。

通りの右手は鬱蒼《うっそう》たる林で埋まった境内《けいだい》を持つ麻布大明神《あざぶだいみょうじん》だった。宗次がよく知るこの麻布大明神と通りを挟むかたちで、松平陸奥守《まつだいらむつのかみ》邸（現、東五反田《ひがしごたんだ》の清泉《せいせん》女子大学界隈《かいわい》）があってひっそりと静まり返っている。

宗次の時代、この辺りは松平陸奥守《まつだいらむつのかみ》邸のほか有力武家の屋敷で占められ、その中に幾つかの寺院が混在していた。そして僅かながらであるが、町家や百姓家、畑地も見られる（時代の推移と共に武家屋敷の数は減り、次第に町家や農地が拡大していく）。

「たいした降りにはなるまいが……さて、どうするか吹雪よ」

宗次が吹雪に語り掛けるが、吹雪の返答はなかった。

「少しばかり、歩いてみるか……」

呟いて宗次は、軽く馬腹を打った。

右に麻布大明神を見て、吹雪がゆったりと歩み出す。

が、幾らも行かぬ内に宗次の表情が「ん？……」となった。辻を右へ折れた途端、夜風で小さく揺れている赤提灯《あかちょうちん》が目に留《と》まったのだ。武家屋敷に囲まれたかたちで在る町家や農家が数十軒集まった〝集落〟だった。時代の流れと共にやがてこの〝集落〟は、近隣の〝集落〟と帯状につながってゆき、次第に武家屋敷を駆逐《くちく》した〝街区〟へと発展してゆくのだが。

「行ってみるか。少し空腹を覚えているのでな……」

宗次は、ゆっくりと吹雪を進めた。

軒《のき》から下がっている赤提灯の前で吹雪から下りた宗次は、そこが見窄《みすぼ》らしい古い農家を『めし　うどん　そば』の店に改めたものと判った。改めたもの、とは言っても土間に幾つかの床几《しょうぎ》と飯台《はんだい》（今で言うテーブル）を入れただけの店だ。

有り難いことに、店の右側に接して厩《うまや》がある。あるいは、牛でも飼っていたのだろうか。

宗次はその中へ吹雪を入れてやり、表口の腰高障子が開け放たれたままの『めし　うどん　そば』の店を覗き込んだ。

思わず逃げ出したくなるほど薄暗い店内には、ひとりの客もいない。店の者の姿も見当たらなかった。鰯油《いわしあぶら》の掛け行灯が三灯、ひどい臭いと薄青い煙を漂わせているだけだ。

ひょろひょろと揺れている炎が、これまた心細い。

「誰かおらぬか……」

と、宗次が声をかけると、奥から「はあい」と思いのほか元気な明るい声が返ってきた。

（子供？）

と思いながら宗次は言葉を続けた。

「厩《うまや》に馬を入れさせて貰《もろ》うたのだが、構わぬかな」

「はあい。何か食べてくれるなら構いません」

宗次が（子供？）と思った元気な明るい声は、正面に下がった大暖簾《おおのれん》の向こうから聞こえてくる。大暖簾とは言っても、よく見るとどうやら敷布を用いたもののように思われた。それも、今にもとろとろに溶《と》けてしまいそうなほど汚れの目立つ古い敷布に見えた。

これはえらい店に入ってしまった、と宗次が後悔したとき、大暖簾の中央が左右に分かれて小さな丸顔が覗いた。用心したように顔だけが覗いたのだ。

幼い女の子であった。七、八歳（今で言う六、七歳）くらいであろうか。くりくりとした丸い目で宗次を見て笑った。

「お侍さん、何を食べてくれますか」

「何が出来るのかな」

「ご飯と味噌汁《みそしる》と漬物しかありません」

宗次は「何を食べてくれますか」と問うた幼女が、「ご飯と味噌汁と漬物しかありません」と応じたことに目を細めやさしく苦笑した。

「では、それを、おくれ」

「ご飯は大盛に出来ます。お金《かね》は要《い》りますよ」

「ははっ、普通でよい」

「はあい」

幼女の丸顔が、とろとろに溶けてしまいそうな〝敷布暖簾〟の向こうへ消えようとするのを、「これ……」と宗次は止めた。

「お父さんや、お母さんは、どうしているのだ」

「二人とも寝ています。熱を出しています」

「熱？……」

宗次は大きな〝敷布暖簾〟に寄ってゆき、幼女の肩を軽く押すようにして、その向こうへと入っていった。

魚臭い臭いが染み込んだ〝敷布暖簾〟によって隠されていた其処は、やはり鰯油の掛け行灯が点《とも》る薄暗い台所だった。農家の台所そのままで、とても客に飯を食わせるような調理場には調《ととの》っていない。大・中・小・小と竈《かまど》が四基並んでいて、その内の二つに釜《かま》と鍋《なべ》が載っている。

驚いたことにその台所と、土間を挟んで向き合っている板間《いたのま》に薄布団二組が敷かれていて、夫婦らしい男女が横たわっていた。幼女の両親《ふたおや》なのであろう。

宗次を認めて母親の方が慌てて体を起こし、胸元を合わせた。

「この子の母親だな」

と、宗次が声を掛けても、向こう向きに横たわった父親の方は、ぴくりとも動かない。

「す、すみません。こんな見苦しい恰好《かっこう》で……」

「この子の母親なんだな、と訊《き》いておるのだ」

「は、はい」

「このような幼子《おさなご》に店を任せるとは、どういう積もりだ。感心せぬな」

「ご飯と味噌汁だけを拵《こしら》えてくれたら、あとは自分でやるとテルが……娘がそう言って承知しないものですから」

「承知しないものですから、などと言っても幼子の申すことではないか。このような暗い台所で熱い味噌汁を椀に注ぎ入れる際に、こぼして火傷《やけど》でも負ったらどうするのだ」

「は、はい……商売の金《かね》で、かつかつの生活ですよってに」

「熱は高いのか？」

「くらくら致します」

「どれ……」

宗次が寄っていくと、母親は体を硬くして、また胸元を合わせた。肩から胸元へと落ちる線がふっくらと豊かなことから、どうやら腺病質《せんびようしつ》な体質ではないようだった。

宗次の掌が、熱を診《み》ようとして母親の額《ひたい》に触れた。

「これはいかぬな。高過ぎる。いつからだ？」

「私も亭主も、もう三日になります」

「このまま放置しておくと、胸をやられかねない。この辺りに医者は？」

「いないも同然です。怪し気《げ》な医者ばかりで」

「息苦しさはあるのか？」

「呼吸をすると左の肺が痛いです。鈍痛《どんつう》が走ります」

「左腕を水平に伸ばしてみなさい」

「こう？……」

「うん、それでよい」

宗次が水平に伸ばした母親の左腕から下がっている袂《たもと》に手を滑り込ませようとすると、母親は「あれ……」と小声を発して体を縮めた。

「これ、誤解するな。左の腋下《わきのした》へ掌を当ててるだけだ。もそっと気を楽に致せ」

「申し訳……申し訳ありません」

宗次は母親の左の腋下あたりに掌を当てて表情を曇《くも》らせた。

非常な熱さだった。それに速い鼓動が掌に触れた。

「いかんな……さ、寝ていなさい」

と呟いた宗次は素早く動いた。厩へ行って馬から下げた旅の小荷物の中から、矢立《やたて》（墨と筆の携帯用筆記具）と巻紙を取り出して戻った。

布団の上に横たわっている母親に、宗次は訊《たず》ねた。

「この近所に親しい者はおらぬのか」

「隣の権助《ごんすけ》さんは亭主の釣り仲間です。心配して、ちょくちょく顔を出してくれます」

「商売は？」

「馬喰《ばくろう》です。馬の売買のほか馬の病気を診《み》られるから、呼ばれて各地に出歩くことが多く留守がちですけど、家にいるとテルの遊び相手になってくれたりとても親切な人です」

「家族は？」

「年老いた母親がひとり……」

「わかった。すまぬが今宵《こよい》は、土間の隅に泊まらせておくれ」

そう言った宗次は、矢立の筆と墨で巻紙にさらさらと手紙を書いた。

宛先は湯島《ゆしま》三丁目の『白口髭《しろくちひげ》の蘭方医《らんぽうい》』柴野南州《しばのなんしゅう》であった。

宗次はその手紙を手に外へ出ていったが、暫くして戻ってきた。

「権助とやら、なかなかいい男だな。私が懇意《こんい》にしている湯島三丁目の医者宅まで、私の馬でちょいと走って貰うことにした」

宗次が寝床《ねどこ》の母親に向かってそう言ったとき、表で地面を打つ蹄の乱れた音がし、そのあと甲高《かんだか》いひと鳴きがあって、一気に駈足《かけあし》（分速三四〇メートル〜五五〇メートル）へと入っていく蹄の音が伝わってきた。馬喰の権助が手綱を握《にぎ》っているのだろう。

「お気にかけて下さいまして、有り難うございます」

母親は胸の前を合わせてまた体を起こすと、宗次に頭を下げた。

幼子テルが、宗次の袖口を遠慮がちに引いて言った。

「お侍さん、テルと一緒に味噌汁とご飯と漬物を食べて下さい」

「お、そうだったな。よし、一緒に食べよう」

「お侍さん、あの、先払いになってますから……」

聞いて宗次の表情が、思わずくしゃくしゃになった。

一八二

翌朝、宗次は五ツ頃（午前八時頃）、テルに見送られて『めし うどん そば』の店を発《た》つこととなった。昨夜遅くに早駕籠《はやかご》で来てくれた柴野南州先生と医生二人によって、テルの両親《ふたおや》は丹念に診て貰い「心配ない。ただの風邪《かぜ》」ということで、ホッとした宗次である。

南州先生は必要な薬を十日分置いて医生と共に早駕籠で帰って行った。帰り際に旅装を調えた宗次をジロリと睨《ね》めつけ「また難《むつか》しい怪我《けが》を持ち込まぬようにして下されや」と小声で告げた他は、宗次の肩をポンと叩き何も言わずに早駕籠に乗り込んだ。

それが宗次に対する南州先生の、いつに変わらぬ優しさであり思いやりだった。

宗次は手綱《たづな》を引いて厩から吹雪を出した。

「お侍さん、これ……」

テルがボロ布のような風呂敷包みを宗次に差し出した。

「何かね？」

「おにぎりです。漬物も入ってます」

「テルが拵えてくれたのか」

「そうです。お代はいりません」

「ははっ、それは有り難う。大事に美味《おい》しく食べさせて貰うよ」

「うん」

「よしよし。テルはいい子だな」

宗次は手綱から手を放して、両手で風呂敷包みを大事そうに受け取ると、鞍《くら》から下がっている革袋にそれをそっと納めた。

「テルや、ちょっと手を見せてみなさい」

「うん」

宗次は差し出されたテルの両手を見た。

子供らしくない、荒れた手肌であった。おそらく小さな体で一生懸命《いっしょうけんめい》に店の水仕事を手伝っているのであろう。

宗次は黙ってテルの頭を幾度も撫でてやってから、腰を下げて目を合わせた。

昨夜の内に用意した紙にくるんだもの――五両――を、宗次はテルの懐《ふところ》に挟んでやった。

「なんですか、お侍さん」

「泊まり賃だ。それに朝ご飯代もまだ払っていなかった」

「いりません。お医者さんは、よく診てくれて薬を置いて帰ったのに、お金《かね》を取りませんでした。あのお医者さん、お侍さんの親戚ですか？」

「古い付き合いの人なのだ」

「このお金、いりません」

テルが懐からそれを取り出そうとする手を、宗次は労《いたわ》りを込めてそっと押さえた。

「取っておきなさい。そして、他人目《ひとめ》につかぬ所にしまっておきなさい。そのうち、きっと役に立つから。それにこのおじさんは近い内に再び此処へ来ることになろう。その時にまた、ご飯を食べさせておくれ。そして、泊めて貰いたいのだ。判ったね」

「うん」

「昨晩《ゆうべ》帰ったお医者さんも、近い内にまた来てくれよう。その時にテルは、両の手を診て貰いなさい。少し手肌が荒れているようなのでな」

「はい」

テルは嬉《うれ》しそうに頷いた。澄んだ瞳を輝かせていた。

「それでは、おじさんは、これで旅に出る。元気でいるのだよ」

「遠い所へ行くのですか」

「さあてな……」

宗次はもう一度、テルの頭を撫でてやってから、ひらりと吹雪に跨《また》がった。

吹雪がゆっくりと歩み出し、離れてゆく宗次の背中にむかって、テルが小さな体を丸めて御辞儀をした。

この幼い子が美雪の『井華塾』で学び、のちの『柴野南州医学校』で教えを受け、**貧しい人人の側に立った秀《すぐ》れた女医**として大成しようとは、さすがの宗次もこの時はまだ予想だに出来ていなかった。

そして、このテルという女医の輝ける『救命思想《きゆうめいしそう》』に強烈な影響を与える『**教育学**』『**道理学**』など新分野の学問の大家として花子《はなこ》（八軒長屋）が盟友の立場で存在することになろうとは、更に気付きもしていない宗次であった。

一八三

巳《み》ノ刻《こく》（午前十時）過ぎ、宗次を乗せた吹雪は、思いがけない場所で歩みを止めていた。

尾張藩邸を発ったとき宗次が目指していたのは、徳川**家康**公の『**幕政地**』であった駿府《すんぷ》である。二代将軍に息**秀忠**《そくひでただ》を任命して江戸を預け、自身は駿府へ引っ込んだ家康公であったが、幕政についてはまだまだ手放さなかった。駿府城に入りはしたものの、強力な**隠密情報機関**『**葵**《あおい》』を創設し、〝秀忠幕府〟を自在に遠隔操作したのである。

しかし、この強力な組織『**葵**』の拠点は家康公が世を去り、大老**酒井雅楽頭忠清**《たいろうさかいうたのかみただきよ》の**時代**（四代将軍の時代）に入ると、やがて大老権力によって酒井雅楽頭の身辺江戸へ移され、何かにつけ宗次の面前に立ち塞《ふさ》がるようになった。

が、宗次の強烈な揚真流兵法はこの『**葵**』を、時の長官**本郷清継**《ほんごうきよつぐ》およびその父で将軍御側衆《おそばしゅう》筆頭（老中格）として権力を振るった本郷甲斐守清輝《かいのかみきよてる》ともども、撃破した。

こうして本郷家は潰滅《かいめつ》し江戸からその姿を消し去った……筈であったにもかかわらず、再び刺客に狙われ出した宗次とその周辺の人人である。

宗次は、刺客の一つは**尾張藩から湧き上がり**、もう一つは**本郷家の残党もしくは本郷家の支族によるもの**と推量した。

こうして『葵』の発祥の地である駿府へ、吹雪と共に向かおうとしていたのだ。

が、幼子テルと薄布団を並べて一夜を明かした宗次は、まさにその明け方、コツンと脳裏に触れるものを感じたのである。

(駿府へ向かう前に、潰滅させた本郷家の屋敷を念のため、江戸へ引き返して検《み》ておくべきではないか……)

と。……その元本郷《もと》甲斐守邸が今、宗次の目の前にあった。実に久し振りに見るかつての宿敵父子《おやこ》の広壮な拝領屋敷だった。馬上で上体を右へ強くねじると、半蔵濠《はんぞうぼり》へ落ち込んでいる石垣の一部が建ち並ぶ屋敷の向こうに垣間見《かいまみ》える。

が、しかし元本郷《もと》甲斐守邸は無残な姿を晒《さら》していた。本郷家が潰滅したあと、幕府はその屋敷を〝拝領〟させる相手が見つからなかったのか、それとも見つけなかったのか、ほんの少し左に傾き加減の表門は太い竹矢来《たけやらい》で閉ざされたままだ。表門の屋根には草が生《お》い繁《しげ》り、敷地を囲む土塀、板塀の崩壊が著《いちじる》しい。それらの塀越しに伸び放題に荒れた樹木の枝枝には、蔓《つる》が二重三重に巻きついて無残な有様だった。

宗次は改めて眺《なが》める、継絶《けいぜつ》武家の非情な現実に「ふう……」と浅い溜息《ためいき》を吐《つ》いて、吹雪から下りた。

「待っていてくれ」

宗次は吹雪に囁きかけて首すじを二度、三度とやさしく撫でてやってから、手綱を鞍の前橋《ぜんきょう》に引っ掛け、表門に向かって歩き出した。

彼の視線は、表門の左右にある脇門（潜り門）のうち、右側の脇門に注がれていた。左側の脇門は表門と同じように竹矢来が組まれて閉ざされていたが、右側の脇門には竹矢来が無かった。

宗次の手が、その右側の脇門を用心深くそっと押した。

キキィ……と微かな軋《きし》み音があって、宗次の手の動きが止まった。手は脇門に触れたままだ。

暫く経《た》って、宗次は再び、そろりと脇門を押した。

今度は微かな音を立てることもなく、脇門は半開きとなった。

宗次は邸内に踏み入って、脇門を閉じた。

表門の裏手——つまり内側——に、竹矢来が立て掛けてあった。疑うまでもなく右側脇門のものに相違ない。

「先客があったか……」

宗次は呟いて、視線を右から左へとゆっくり走らせた。庭は一面に腰高の雑草に埋め尽くされ、銀杏の巨木が雷でも浴びたのか真っ二つに裂かれ黒コゲになっていた。

かつて栄華を誇った殿舎は、屋根瓦の多くを滑り落として、屋根のところどころに大穴をあけている。屋根にまで雷の直撃を受けたものか。

宗次は玄関に向かって、歩み出した。

一八四

宗次《そうじ》は玄関式台の前まで来て、あたりに用心しながら静かに腰を下ろした。

長旅の際に彼が用いる雪駄《せった》は、乗馬での全力疾走や、地上での激しい戦闘などに備えて、足首に紐で確《しっか》りと固定されている。

また雪駄の花緒《はなお》は湿気に備え丈夫なやわらかな獣皮《じゅうひ》が使われており、地面との摩《ま》擦《さつ》に耐え続けねばならない裏面も、充分な厚手の獣皮で覆《おお》われていた。

宗次は足首をひと回りしている雪駄の紐を、痛みを覚える程に強く括《くく》り直した。早くも激戦の訪れを予感しているのか？

「さて……と」

呟《つぶや》いてゆっくりと腰を上げた宗次が、なんと新刀対馬《しんとうつしま》を抜き放ったではないか。

そして、明るい玄関の奥に、じっと視線を注いだ。明るい、と書いたが、玄関の間《ま》の上あたりの屋根に、大穴が開いているのだ。そこから燦燦《さんさん》と日が差し込んでいる。

宗次が視線を注いでいるのは、玄関奥の少し手前に日を浴びて、こちらを睨《にら》みつけるようにして備わっている衝立障子《ついたてしょうじ》であった。

大きかった。高さ六尺以上、幅およそ一丈《じょう》はあろうか。ここから先へは誰であろうとも行かせぬとばかり、仁王立《におうだ》ちの如《ごと》くである。しかもその襖表《ふすまおもて》に描かれている彩色絵《さいしきえ》は、くわっと眼《まなこ》を剝《む》いて睨《にら》み合った荒ぶれる金剛力士二体であった。

（見事なる絵筆はこび……誰が描いたのか）

胸の内で呟いて、宗次の片足が壮麗《そうれい》な造りの長い式台にのった。床に花模様《はなもよう》が浅く彫られている。

実に長い式台がギシッと鳴って、宗次の動きが止まった。名門**本郷甲斐守家**《ほんごうかいのかみ》を潰滅《かいめつ》させた当事者として、宗次がこの屋敷の殿舎内《でんしゃうち》へ足を踏み入れるのは、これが初めてだった。屋敷まわりへは、幾度となく訪れてはいるが。

宗次の視線は、依然《いぜん》として金剛力士の衝立障子に注がれていた。

名門の玄関を飾る、大きくて立派な衝立障子だ。今は傷《いた》みが目立ってはいるが、相当な金を支払って作らせたものに相違《そうい》ない。襖表《ふすまおもて》のまわり、つまり衝立障子のまわりは唐錦《からにしき》で縁取《ふちど》りされ、がっしりとした木造《きづく》りの支脚台《しきゃくだい》と框《かまち》は黒漆塗《くろうるしぬり》で、打ち込まれている金銀の止《と》め金《がね》などが日差しを浴び光っていた。

平安時代、衝立障子は御所や上層公家《くげ》の間で重用《ちょうよう》され、とくに御所のものは大きく華麗であったようだ。時代が流れて徳川《とくがわ》幕府となり、武家屋敷というものが次第に調《ととの》ってくると、屋敷玄関の威風を演出するものとして、衝立障子がひときわ目立つ拵《こしら》えとなっていく。

宗次の、もう一方の足が花模様の浅く彫られた式台の上にのり、床に全体重が掛かった。

木と木を強くこすり合わせたような鈍《にぶ》い音が、今度はかなりの大きさで森閑《しんかん》たる静けさの中へと吸い込まれていく。

宗次の唇《くちびる》の間から、チッという舌打ちが漏《も》れた。彼がこのような場で舌打ちをするのは、珍しいことだった。

ジリッと宗次は歩み出した。幸《さいわ》いなことに、花模様が浅く彫られた式台は軋《きし》みを発するのを堪《こら》えてくれた。

そろりと進む宗次の右の手にあった新刀対馬が、刃を上に向けて彼の右の肩にのった。

視線はまだ、高さ六尺以上、幅およそ一丈の衝立障子に注がれたままだ。

それにしても、長過ぎる式台であった。

漸《ようや》くその長さが尽きて、一段の低い階段を上がり、玄関との間を仕切る框に宗次の足がのった。

框というものは、丈夫な素材を用いて頑丈《がんじょう》に出来ているのが普通だ。

その框が事も有ろうに、ガリッと大きな音を発しざま、右端あたりがかなり動揺した。

やはり傷みがひどいのだ。表面からは窺《うかが》えぬ基礎深くが、既《すで》にシロアリにでも食い荒らされているのであろうか。

シロアリ被害は時に、荘重《そうちょう》な拵えの木造家屋であろうとも、致命的な痛手を与える。

それでも宗次は、次第に目前に迫ってくる大きな衝立障子から、視線を外さなかった。

かといって、その衝立障子の向こうに、人の気配が潜んでいると捉《とら》えている訳ではない。

彼は、衝立障子の陰に、何も感じ取ってはいなかった。

敢《あ》えて言えば、〝無〟を感じるのみ。コトリとした音も、微かな人肌の匂いも、剣客《けんかく》として最も捉え易《やす》い〝気配〟も、今の宗次の本能には微塵《みじん》も触れてはいなかった。

その彼の動きが、衝立障子にあと七、八尺という辺りまで進んで、止まった。

口を真一文字に引き締めた彼は、何かを嗅《か》ぎ分けようとでもするかのように目を細め、呼吸《いき》を止めた。

それだけではなかった。右の肩にのっている新刀対馬の柄《つか》に、左手も移って左右両手持ちとなり、左足がそろりと退《さ》がって腰が沈んだ。

両瞼《まぶた》を閉じる程に細めたその奥で、宗次の目がギラリと凄《すご》みを放つ。

それは宗次が過去の戦闘で見せたことのない、残忍さを孕《はら》んだ凄みだった。

さながら野性の残忍さ。

次の瞬間。

「うおいやあっ」

沈黙を破った宗次の口腔《こうこう》から裂帛《れっぱく》の気合が、いや、裂帛の咆哮《ほうこう》が迸《ほとばし》った。

大きく捲《めく》れた天井穴から砂ぼこりが降ってくる程、カビ臭《くさ》い空気がビリビリと震えた。

刹那《せつな》……。

衝立障子の裏側から手前へ、稲妻《いなずま》の如く突き破った数条の閃光《せんこう》があった。

その無言の閃光を、宗次の右の肩から弧《こ》を描いて、掬《すく》い上げるように走った新刀対馬が跳ね上げる。

ガッと鈍い音を放って五本の槍《やり》の穂先が断ち切られ、高高と舞い上がって大きく捲れた天井穴に消えていった。

このとき既に新刀対馬は、衝立障子を上から下へ真っ二つに裂《さ》き、それを蹴り飛ばして踏み込んだ宗次は、脇差《わきざし》を抜き放っていた。

新刀対馬がブンと空気を唸《うな》らせて袈裟《けさ》斬りに走り、刃をかえして上から下へと翻《ひるがえ》った。

悲鳴もあげずに、身形《みなり》正しい二名の侍《さむらい》が、もんどり打って横転。

床が砲を放ったような大音を発し、うち一人が破れた床板もろとも床下へ落下。

この時にはもう、休みを知らぬ宗次の脇差は、左手から斬りかかってきた刃を打ち払いざま、相手の左胸へ深深と突き刺さっていた。

そして、ひねりざま引き抜く。

激しく噴き出した鮮血が、まともに宗次の顔面に当たった。

一瞬にして朱《しゅ》の形相《ぎょうそう》と化した宗次が、右片手大上段、左片手地擦《じず》り構えで、はったと相手を睨《ね》めつける。

「参れえええっ」

宗次の怒声が、傷みひどい殿舎を走った。屋内に潜んでいるであろう誰彼に対し、自分の位置を教えているようなものだ。

しかしそれは、宗次が全身を怒り色に染めた、〝宣戦布告〟の叫びであった。間違いなく殿舎の其処彼処《そこかしこ》に潜んでいるであろう〝敵〟に対する「オレは此処《ここ》だ……」の宣戦布告だった。〝殺《や》る〟〝一人残さず斬る〟、それが宗次の胸中《きょうちゅう》で今、音立て煮えくり返っていた。

　宗次は顔面血だらけとなって二刀をぶるぶると震わせた。

　宗次が手にする刀を震わせるなど、揚真流《ようしんりゅう》兵法の業《わざ》にはない。

　烈火《れっか》の如き宗次の余りの形相に、残った二人が硬直した顔つきで身を翻《ひるがえ》した。

「卑怯《ひきょう》……」

　そう叫ぶよりも、宗次の左手にあった脇差が、放たれた矢の如く翔《と》ぶ方が速かった。

　その矢を、まるで追うように、宗次が床を蹴る。

　その衝撃で床板が崩れるよりも、宗次の飛燕《ひえん》の走りの方が遥《はる》かに先だった。

　脇差が一人の首を後ろから貫き、もう一人の背後に迫った宗次の新刀対馬が其奴《そやつ》の脇腹に激烈な一撃を加えた。横殴りの一撃だ。

「ぐあっ」

　五名の内ではじめて断末魔《だんまつま》の叫びを放った其奴は、ぼろぼろの腰高障子《こしだかしょうじ》に頭から突っ込み、『玄関の間』へ転がり込んだ。

　そのまま血の海の中で大の字となって、ぴくりとも動かない。

　重量刀である新刀対馬の、恐ろしいほどの斬れ味であった。なにしろ『名工研進《めいこうときしん》』で知られた二代目柿坂作造《かきさかさくぞう》の拵えなのだ。

一八五

脇差を鞘《さや》へ戻した宗次は朱に染まった顔で血刀（新刀対馬）を引っ下げ、七尺幅と判《わか》る廊下を奥へ向かってゆっくりと進んだ。どういう訳か、上級幕臣の中には〝縁起《えんぎ》が良い〟ということで七尺幅の廊下を好む者が多い。拝領屋敷は〝御上《おかみ》から賜《たまわ》る屋敷〟であるから、その造作《ぞうさく》について「あれが良い、これは嫌……」の好き勝手は原則として許されない。しかし上級の実力幕臣《ばくしん》が賜る拝領屋敷は、**拝領地に新築**される場合が皆無《かいむ》ではないため、その場合は玄関式台、中の口、廊下、台所、客間などについて事前の申し出や打診が認められる例もある（**拝領屋敷**や**拝領地**については様様な形態があるため、別の機会に述べる）。

ゆっくりと歩む七尺幅の長い廊下は、彼の足下で頻《しき》りに軋んだ。

両側に幾つもの部屋が連なり、障子はひどく破れ或《ある》いは内側へ倒れたりしていたが、七尺幅廊下は外と変わらぬ明るさだった。

なぜなら室内・廊下の天井の其処彼処《そこかしこ》に、大穴があいているからだ。

やがて七尺幅廊下が、目に眩《まぶ》しい明るさとなって広縁と化した。右手に草茫茫《ぼうぼう》の池《ち》泉《せん》庭園があるが、殆《ほとん》ど草や枯葉で埋まって見る影も無い。

草茫茫の広大な庭園は殿舎の向こう端——つまり広縁の向こう端——を、左へと曲がっていた。

本郷家の栄華《えいが》が途切れることなくそのまま続いていたならば、大金を投じて造園したに相違ない池泉庭園は、さぞかし美しかったであろう。

宗次は、傷みひどい広縁を、左手に並ぶ部屋に用心しながら進んだ。

彼にとって有《あ》り難《がた》いのは、どの部屋の障子も荒れ果て、室内がよく窺えたことだった。

彼が右手にする新刀対馬の切っ先からは、ポタポタと血玉が垂れ落ちている。

何事もなく宗次は、広縁の向こう端の曲がり角まで近付いた。

そこで、宗次の歩みが止まった。

(いる……数え切れぬ程の気配……)

漸くのこと鍛《きた》えぬかれた宗次の五感が、微音、呼気、人肌の匂い、微かな体温、チリチリとした緊迫感、などを捉えた。

それは次第に近付いてくる『宗次という獲物』を待ち構える、狼《おおかみ》どもの〝無に近い気配〟というものであった。キバとツメを研《と》ぎ、爛爛《らんらん》と眼《まなこ》を光らせる狼どもの。

宗次は殿舎の角――左への曲がり角――にジリッと二、三歩躙《にじ》り寄り、両の腕ひと抱えはあるかと思われる驚くべき巨柱の陰で、再び動きを止めた。

そこで宗次は、静かに息を吸い込んだ。

そして止める。唇がぐいっと真一文字に閉じられた。

大勢相手に大乱闘が予想されるとき、宗次は必ず息を止める。それも長い時間にわたって。

先程の五名や六名相手というのは、〝大勢相手〟の範疇《はんちゅう》に入っていないのか宗次は……。

宗次は巨柱の陰から出て、左に曲がり、そこで動きを止めた。

広縁の長さは向こう端まで凡《およ》そ、二十丈《じょう》はあるか？

その中ほどに、広縁から庭へ突き出るかたちで、ほぼ真四角な拵えの畳三十枚分くらいは有ろうかと思える大月見台《つきみだい》があった。満月の夜、そこで本郷甲斐守は妖艶《ようえん》な侍女《じじょ》を侍《はべ》らせよく月見の宴《うたげ》を楽しんだのであろう。

しかし、その広い宴台には今、本郷甲斐守の姿は当然なく、ひとりの老女――黒い着物を着た――の正座する姿があった。殿舎の方を向いてだ。おそらく宴台と書院は向き合っているものと思われるが――そういった例が多いから――しかし、宗次の位置からは離れ過ぎておりまだ書院の存在は確かめ難《がた》い。

それにしても、微動だにしない老婆《ろうば》の黒い着物は、喪服《もふく》か？　いや、紛《まぎ》れもなく喪服だ。

「ん？」

このときになって血まみれの宗次の顔の中で、二つの目が変化した。

広縁に沿って庭に面して並ぶ幾つもの部屋。その部屋の閉じられている障子が全て真新しくなっていた。傷みの目立つ殿舎に不似合いなほどに。

それは明らかに、人が住まうことを前提とした、障子の張り替えがここ最近の内にあったことを思わせた。その住まう人というのは、果たして？

けれども宗次は、すでに〝無に近い気配〟を捉えている。したがって障子が真新しくなっていることに気付いても、冷然たる境地に入っている感情に、さざ波が生じることもなかった。

それらの室内に誰が幾人潜んでいようが、もはや関心なかった。

宗次は広縁の、庭側の上がり框に沿うようなかたちで、ジリッと老婆に近付いていった。部屋の障子との間を空けているのは、室内から不意に槍で突かれるのを避けるためだ。

と、喪服の老婆が顔だけを宗次の方へ向けた。

不意にだった。

そしてニヤリと、老婆は短く笑った。そう、唇をはっきりと開いて短くだ。

老婆は御歯黒《おはぐろ》であった。鋭い黒光りを放つほどの、御歯黒だった。喪服色だ。

ひと言でいえば御歯黒とは、歯を黒く染めること。

平安時代以前は、主に少女を含む女性に見られる風習であったが、時代が進むにつれ次第に**公家**（男子）および**武士**にまで及んでいった。

ただ、夥《おびただ》しい合戦を制して創立なった徳川幕府（江戸幕府）は、ある意味で荒ぶれる**『武弁幕府』**であったから、武士の（と言うよりは男の）御歯黒はたちまちの内に廃《すた》れていった。

ただ、女性の場合は『既婚の女であることの証《あかし》』として御歯黒の風習は残ったが、これも好き嫌いがあって、必ずしも全ての既婚女性がその風習に右へ倣《なら》えをした訳でもなさそうだった。また、これが半《なか》ば強制力を有した風習であったか否《いな》かを確信的に論じる文献を、著者はまだ見つけていない。

染め液について簡単に言えば米の磨《と》ぎ汁とか古茶に鉄屑《てつくず》とか釘《くぎ》などを入れて腐食《ふしょく》させ（錆《さ》びさせ）、茶黒く濁《にご》った液を用いるものである。いくら鉄分豊富とは言え健康にとても良い染め液、とは言えそうにないことから、抵抗感を持った女性は少なくなかった筈《はず》だ。

彩色画の大天才と評価されている宗次のまわりでも、御歯黒の風習を受け入れている女性は極めて少ない。

それはともかく、御歯黒老婆は、もう一度ニヤリと笑うと、その笑いをすうっと表情から消して、向き合った殿舎――おそらく老婆の真ん前は書院――に顔を戻した。

宗次と御歯黒老婆との間が、ジリジリと縮まってゆく。

彼の右手にある、ずっしりとした拵えの刀を持つ切っ先からは、まだ血滴《ちしずく》が垂れていた。

喪服を着たこの御歯黒老婆は一体何者？

この老婆、**ある人物**と次のような恐ろしい会話を**自分の配下の女**との間で既に、交わさせている。身の毛が弥立《よだ》つような恐ろしい会話を。

「して、その傲慢不遜《ごうまんふそん》な人物の名は？」

「今や天下一の浮世絵師として京《みやこ》の御所様の覚えがめでたい宗次なる人物でござる。この人物、その絶大なる人気を武器として将軍家に接近致し、幕府政治を私《わたくし》せんと致しております。**駿府《すんぷ》本郷家**の力でなにとぞ消して下され」

「ふん、浮世絵師ごとき、大老酒井《さかい》家の力で消せぬのか」

「既にこの宗次なる男、余りにも将軍家深くに接近し過ぎておりますため、大老、老中、若年寄と雖《いえど》も迂闊《うかつ》に手が出せませぬ。どうかお力をお貸し下され」

猪兵衛《いへえ》は両手をついて、神妙な面持《おもも》ちで軽く頭を下げ、そして戻した。

「して報酬は？」

「**駿府本郷家**の直系男衆に、**江戸本郷家**を完全に復活して戴《いただ》くこと。つまり、**老中格の将軍御側衆《おそばしゅう》筆頭**の復活および**江戸『葵《あおい》』長官**の復活。この二つでござる」

「足らぬ」

「足りませぬか」

「あと一つ、**駿府本郷家**の直系男衆に、若年寄あるいは若年寄心得の地位を確約しなされ」（『汝《きみ》よさらば〈四〉』）

この会話のあと、右の**猪兵衛**なる人物は、駿府本郷家の手によって殺害されていた。
猪兵衛とはつまり**大老酒井《さかい》**雅楽頭《うたのかみ》忠清《ただきよ》の腹心《ふくしん》中の腹心で、家老格近習の地位にあった太田《おおた》猪兵衛芳正《よしまさ》である。大老酒井家の重臣だ。駿府本郷家との交渉不成立で、江戸へ戻ることを許されずに抹殺《まっさつ》されてしまったのである。

その非情の御歯黒老婆が、喪服を着て、遂《つい》に宗次の前に現われたのだ。

「ふふふふっ……」

ほくそ笑んだ御歯黒老婆は、次にギリギリと歯を嚙《か》み鳴らしたが、正面（殿舎）に顔を向けたまま、宗次の方を見ようともしない。

この喪服を着た不気味な御歯黒老婆こそ、今は亡き駿府本郷家の元**頭領**、相模守義信佐家《さがみのかみよしのぶすけいえ》の妻**高尾**《たかお》だった。

いま**頭領**の立場は事実上、なんと女の**高尾**が引き継いでいる。

駿府本郷家は、江戸本郷家および江戸近郊に独立家を数家構える『**本郷一族**』を統括する絶大な力を有していた。

高尾の亡き夫義信佐家《よしのぶすけいえ》の位《くらい》である『相模守』は、**四職大夫**《しきだいぶ》（修理大夫《しゅりのだいぶ》、左京大夫《さきょうのだいぶ》、右京大夫《うきょうのだいぶ》、大膳大夫《だいぜんのだいぶ》）に匹敵《ひってき》する立場だ。

しかもである。この義信佐家《よしのぶすけいえ》の体に流れていた血は、現在《いま》より七十幾年かの昔、『駿府』の主人《あるじ》であった家康《いえやす》公が駿府本郷家の美しい娘に手を出したことに始まっている（『汝よさらば〈四〉』）。

その事実を知らぬ宗次は今まさに、神君《しんくん》家康公と『**骨肉**《こつにく》**の間柄**』にある駿府本郷家に宣戦しようとしているのだ。

いや、彼の右の手にある重量刀・新刀対馬は、すでに一撃のもとに五名を討《う》ち斃《たお》している。

将軍家に対し刃を向けてしまった、と言えなくもない。

御歯黒老婆高尾が、またしてもほくそ笑んで立ち上がり、歯を噛み鳴らした。

すると、老婆高尾の正面にある部屋の大障子が八枚、内側から左右に勢いよく開かれた。障子を受けた太柱《ふとばしら》がバアンと大音を発する。

おそらく書院に相違ないその座敷から、一人……二人……三人……と喪服を着た、つまり黒装束《くろしょうぞく》が現われ、御歯黒老婆高尾のまわりに集結した。

その数、およそ二十余名。腰にはやや長めの大刀を帯び、脇差は邪魔になると考えてか帯びていない。

高尾が漸く、宗次の方へ体の向きを変えた。

「矢張《やは》り此処へ参ったか浮世絵師宗次……いやさ、徳川宗徳《むねのり》よ」

老いの声ではあったが、甲高《かんだか》かった。よく通った声だ。

宗次は応じず、無言だった。ここに至っては、べらべらと喋《しゃべ》る気は生じなかった。

肺の中に溜《た》めていた息を、相手に気付かれぬよう宗次はそろりと吐き出した。

呼吸を止めてから、かなりの時間が経《た》っている。

彼は広縁の上がり框に沿って、月見台に更に近付いた。

高尾を護《まも》るかのようにして喪服（黒装束）の一団が、ざざっと下がる。

高尾が再び甲高い老声を発した。紙の破れるような鈍《にぶ》い響きが、高尾の甲高い声の裏にあった。よく通った声ではあったが、透明な声ではない。かと言って嗄《しわが》れ声でもない。

「おのれ徳川宗徳。ようも江戸本郷家を潰《つぶ》してくれた。この年寄りの心中はいま煮えくり返っておるわ。憎《にっく》きやつ宗徳め」

「………」

宗次は黙ったまま、更に三歩を進めた。

右足の先が、月見台の端に触れた。

高尾が、くわっと御歯黒を覗《のぞ》かせて怒声を震わせつつ迸らせた。

口が大きく三日月《みかづき》形に裂けていた。

「ようく聞け宗徳。この婆《ばばあ》はな、かつて神君家康公に特別に寵愛《ちようあい》されてきた、駿府、江戸および関東一円にその名を知られた**本郷一族**を統括する高尾《たかお》という者じゃ」

と聞いても宗次の表情に変化はなかった。目の前の御歯黒老婆が何者であろうが

「どうでもいい……」境地にすでに入っていた。

しかし、その宗次も老婆高尾の次の言葉には、表情を動かさざるを得なかった。

「江戸本郷家の頭領で文武にすぐれたる老中格御側衆筆頭の**甲斐守清輝**《きよてる》は、この婆《ばばあ》の年の離れたる実の弟ぞ」

（えっ……）

思わず宗次は胸中で驚きの声を発していた。

「お前をこの屋敷から生かしては帰さぬわ宗徳」

高尾はそう叫ぶや老いの身とは思えぬ身軽さで後ろへ下がり、かわって二十余名の黒装束が月見台の床を激しく軋ませ、前面に出てきた。

それに合わせ、宗次も月見台の上に踏み入った。

「復讐《ふくしゅう》じゃ。斬れっ」

高尾が絶叫した。どろどろと震える声だった。

顔面朱に染めた宗次が、今度は腰低くして正眼《せいがん》の構えを取った。甲斐守清輝が高尾の実弟、と知った事による驚きは既に消えていた。

黒装束は全員、大上段の構えで揃《そろ》えた。綺麗《きれい》に揃っていた。

『朱』と『黒』による、遂《つい》に最後の闘いの訪れだった。

（どいつも、こいつも、容赦《ようしゃ》しねえ）

宗次は、胸の内で吼《ほ》えた。持って生まれて来たが感情の奥底深くにじっと潜ませていた〝狼の本能〟が、地響きを立て始めていた。

「殺《や》れいっ」

高尾の金切声《かなきりごえ》が飛んだ。

六名が月見台を蹴って、三名が左右に分かれ宗次に襲い掛かった。

宗次も突っ込んだ。

新刀対馬が唸りを発してきらめきながら一閃。右側一人の足首が切断され、勢いつけた刃は反転するや左手内側の黒装束の膝上《ひざうえ》を撃打。

敗者二人は悲鳴をあげるよりも先に、もんどり打って月見台に叩きつけられた。

重量刀のその激烈すぎる打撃で、敗者二人の体はドンと音立てざま宙に浮き、次の落下で床板もろとも地へ吸い込まれた。

殆ど目に止まらなかった宗次のその一瞬の凄まじい撃打で、残った二名が逃避《とうひ》本能にさからわず床に伏せた。

このとき宗次は更に踏み込んで、高尾を守ろうとする横一列五名の中央に躍《おど》り込んでいた。

乱戦であった。本能と本能の激突だった。憤怒《ふんぬ》の〝朱の形相〟で、宗次が新刀対馬を振るう。彼の腹の辺りから「うん……」「ぬん……」といった重苦しい気合ならぬ気合が発せられるたび、悲鳴と甲高い響きが入り交じり、敗者の手が、腕が、大腿部《だいたいぶ》が血玉を撒《ま》き散らして吹っ飛び、叩き折られた何本もの刃が宙に躍った。

たちまち月見台が、十幾人もの敗者がのたうちまわる〝血の舞台〟となった。

これが『斬る』に徹した揚真流剣法の凄みだった。『殺る』に徹した、と表現を変えた方がよいのかも知れぬ、揚真流剣法の**情け無用**だった。

双方が激突して、まだ**瞬間**と感じる程度の時間しか経っていない。

けれども宗次は、肩を大きく波打たせて、荒い呼吸《いき》をしていた。

重量刀新刀対馬の一打一撃ごとに、全力を振り絞っているのだ。

数名の黒装束に守られる高尾の表情は、引《ひ》き攣《つ》っていた。

彼女の目の前にあるのは、余りにも無残な信じられぬ光景だった。

それは真剣対真剣の常識をこえた、恐るべき光景だった。

真剣対真剣で彼我《ひが》に覆いかぶさるのは、**恐怖**である。

その恐怖が、実力伯仲《はくちゅう》につながってゆき、長時間勝負を生む結果ともなる。

その常識を殆ど一瞬の内に覆《くつがえ》された、高尾だった。

宗次は血刀を引っ下げ、切っ先をぶるぶると震わせ、高尾に迫った。

震えるその切っ先から、血玉が飛び散っていた。

その震えが、宗次の濃い疲労からきていることを、高尾は察することが出来ないでいた。激しい怒りによるものであろう、と捉えて恐怖に見舞われた。

「殺《や》れっ、殺《や》るのじゃ」

叫ぶなり高尾は、黒装束たちの後ろから素早い身のこなしで離れ、書院へ駆け込んだ。

宗次はそれを無視し、残った黒装束たちに斬り込んだ。

全滅させる!

その思いが宗次の肉体の隅隅で火膨《ひぶく》れとなっていた。自分へ憎しみの刃が向けられることは、まだよい。だが、その憎しみの刃が無関係な人人に向けられてきたことを、宗次は許せなかった。

最後に残った数名は、強かった。高尾を守ろうとする、選《え》りすぐられた集団であったのだろう。

宗次は残り僅《わず》かとなった爆発力で、己《おの》れを奮《ふる》い立たせた。

鋭い風切音を放って、新刀対馬は攻めた、また攻めた。縦横無尽《じゅうおうむじん》だった。

重い。

と、宗次は感じ出した。新刀対馬の特徴、いや、長所が宗次の体力に負担を掛け出していた。

朱に染まった顔面が、百鬼の形相となる。

相手集団は、よく受けた。受けて返した。呼吸を揃えていた。

相手の切っ先が、ぐうーんと伸びて宗次の頬《ほお》を浅く裂いた。そして直後、下がりかけた。その下がろうとする刃に、宗次はぴたりと張りついて右足深く踏み込んだ。踏み込まれて相手の刃は欲を見せたのか、宗次の左肩を叩こうとした。

その寸陰《すんいん》を宗次の眼力《がんりょく》が、見逃す筈がない。

逆に左肩を〝相手の攻め〟へぐいっと突っ込ませるや、新刀対馬を下から弧を描いて掬い上げた。

骨肉を断つ鋭い音を立て、敗者の断ち切られた大腿部が、一回転しざま仲間二人に激突。「があ」と呻《うめ》いたその二人に新刀対馬の切っ先は一気に食らいついた。

新刀対馬が右へ走り、左へ斬り下がる。ぶあっという異様な風切音。

蹴られ、殴られたかの如く二人は床に叩きつけられ、くの字に崩壊した床板と共に地に沈んだ。

一瞬の勝負であった。

残るは三名。

「来いっ」

全身血まみれで、宗次は大上段に構えた。

と、あろうことか、その三人は申し合わせたように刃を己れの首すじに当てるや、宗次を憎悪《ぞうお》を込めた目で烈《はげ》しく睨みつけて引いた。そう。烈しく睨みつけてだ。

漸く、月見台に静けさが戻った。

宗次は、倒れのたうちまわっている敗者たちを見まわし、書院へと入っていった。

「おのれ、悔しや」

高尾も矢張り宗次を烈しく睨みつけた。

そして、手にしていた懐剣《かいけん》を自分の首に突き立てた。

「これで……これで……終わらせぬぞ。必ずお前を……殺す」

言い残して高尾は、ゆっくりと膝を崩し、前のめりに倒れ伏した。

どこかで、烏《からす》がひと鳴きした。

宗次は新刀対馬を、血まみれのまま鞘に納めた。もはや、汚れた刃を清める気力を、彼は残していなかった。

宗次は書院から広縁に出て、雲ひとつ無い青空を仰《あお》いだ。

八軒長屋で結ばれた美雪《みゆき》の白い裸身と、いとおしい顔が脳裏《のうり》を過《よ》ぎった。両の掌《てのひら》には、美雪の豊満な乳房の感触が甦《よみがえ》っていた。

「ようやく……終わった」

宗次は、ぽつりと呟いた。

このときであった。パーンと一発のかわいた銃声が、草茫茫《ぼうぼう》の庭内に轟《とどろ》いた。

宗次の顔が「うっ……」と歪《ゆが》む。

広い庭の向こう、雑草の中に鉄砲を手にしたひとりの女が形相凄まじく立ち上がった。

宗次は知らなかったが、その女は高尾の右腕で**富士**《ふじ》といった（『汝よさらば〈四〉』に登場）。

宗次の膝が、がくっとくの字に折れかかる。

富士は宗次のその様子を見て「ざまあみろ」と大声を発するや鉄砲――単発の――を投げ捨て、小刀を手にし、そのときだけ悲しそうな表情を拵えて高尾のあとを追っていった。

瞼《まぶた》をゆっくりと閉じつつ宗次の体が、広縁に崩れて床板が軋んだ。

全てが終わって、静寂が戻った。


（完）

「門田泰明時代劇場」刊行リスト

ひぐらし武士道
『大江戸剣花帳』(上・下)
徳間文庫　平成十六年十月
光文社文庫　平成二十四年十一月
徳間文庫(新装版)　令和二年一月

ぜえろく武士道覚書
『斬りて候』(上・下)
光文社文庫　平成十七年十二月
徳間文庫　令和二年十一月

ぜえろく武士道覚書
『一閃なり』(上)
光文社文庫　平成十九年五月

ぜえろく武士道覚書
『一閃なり』(下)
光文社文庫　平成二十年五月
徳間文庫　令和三年五月
(上・中・下三巻に再編集して刊行)

浮世絵宗次日月抄
『命賭け候』
徳間書店　平成二十年二月
徳間文庫　平成二十一年三月
祥伝社文庫　平成二十七年十一月
(加筆修正等を施し、特別書下ろし作品を収録して『特別改訂版』として刊行)

ぜえろく武士道覚書
『討ちて候』(上・下)
祥伝社文庫　平成二十二年五月

浮世絵宗次日月抄
『冗談じゃねえや』
徳間文庫　平成二十二年十一月
光文社文庫　平成二十六年十二月
(加筆修正等を施し、特別書下ろし作品を収録して『特別改訂版』として刊行)

浮世絵宗次日月抄
『任せなせえ』　光文社文庫　平成二十三年六月

浮世絵宗次日月抄
『秘剣　双ツ竜』　祥伝社文庫　平成二十四年四月

浮世絵宗次日月抄
『奥傳　夢千鳥』　光文社文庫　平成二十四年六月

浮世絵宗次日月抄
『半斬ノ蝶』（上）　祥伝社文庫　平成二十五年三月

浮世絵宗次日月抄
『半斬ノ蝶』（下）　祥伝社文庫　平成二十五年十月

浮世絵宗次日月抄
『夢剣　霞ざくら』　光文社文庫　平成二十五年九月

拵屋銀次郎半畳記
『無外流　雷がえし』（上）　徳間文庫　平成二十五年十一月

拵屋銀次郎半畳記
『無外流　雷がえし』（下）　徳間文庫　平成二十六年三月

浮世絵宗次日月抄
『汝　薫るが如し』　光文社文庫（特別書下ろし作品を収録）　平成二十六年十二月

浮世絵宗次日月抄
『皇帝の剣』（上・下）　祥伝社文庫（特別書下ろし作品を収録）　平成二十七年十一月

拵屋銀次郎半畳記『俠客』（一）　徳間文庫　平成二十九年一月

浮世絵宗次日月抄『天華の剣』（上・下）　光文社文庫　平成二十九年二月

拵屋銀次郎半畳記『俠客』（二）　徳間文庫　平成二十九年六月

拵屋銀次郎半畳記『俠客』（三）　徳間文庫　平成三十年一月

浮世絵宗次日月抄『汝よさらば』（一）　祥伝社文庫　平成三十年三月

拵屋銀次郎半畳記『俠客』（四）　徳間文庫　平成三十年八月

浮世絵宗次日月抄『汝よさらば』（二）　祥伝社文庫　平成三十一年三月

拵屋銀次郎半畳記『俠客』（五）　徳間文庫　令和元年五月

浮世絵宗次日月抄『汝よさらば』（三）　祥伝社文庫　令和元年十月

『黄昏坂七人斬り』　徳間文庫　令和二年五月

拵屋銀次郎半畳記
『汝 想いて斬』（一）　徳間文庫　令和二年七月
浮世絵宗次日月抄
『汝よさらば』（四）　祥伝社文庫　令和二年九月
拵屋銀次郎半畳記
『汝 想いて斬』（二）　徳間文庫　令和三年三月
浮世絵宗次日月抄
『汝よさらば』（五）　祥伝社文庫　令和三年八月

本書は「血闘」と題し、「小説NON」（祥伝社刊）令和二年十二月号〜令和三年八月号に掲載されたものに、著者が刊行に際し加筆修正したものです。

一〇〇字書評

切・り・取・り・線

購買動機（新聞、雑誌名を記入するか、あるいは○をつけてください）

□（　　　　　　　　）の広告を見て	
□（　　　　　　　　）の書評を見て	
□ 知人のすすめで	□ タイトルに惹かれて
□ カバーが良かったから	□ 内容が面白そうだから
□ 好きな作家だから	□ 好きな分野の本だから

・最近、最も感銘を受けた作品名をお書き下さい

・あなたのお好きな作家名をお書き下さい

・その他、ご要望がありましたらお書き下さい

住所	〒				
氏名		職業		年齢	
Eメール	※携帯には配信できません	新刊情報等のメール配信を 希望する・しない			

この本の感想を、編集部までお寄せいただけたらありがたく存じます。今後の企画の参考にさせていただきます。Eメールでも結構です。

いただいた「一〇〇字書評」は、新聞・雑誌等に紹介させていただくことがあります。その場合はお礼として特製図書カードを差し上げます。

前ページの原稿用紙に書評をお書きの上、切り取り、左記までお送り下さい。宛先の住所は不要です。

なお、ご記入いただいたお名前、ご住所等は、書評紹介の事前了解、謝礼のお届けのためだけに利用し、そのほかの目的のために利用することはありません。

〒一〇一 - 八七〇一
祥伝社文庫編集長　清水寿明
電話　〇三（三二六五）二〇八〇

祥伝社ホームページの「ブックレビュー」からも、書き込めます。
www.shodensha.co.jp/bookreview

祥伝社文庫

汝《きみ》よさらば（五） 浮世絵宗次日月抄《うきよえそうじじつげつしよう》

令和3年8月20日　初版第1刷発行

著　者　門田泰明《かどたやすあき》

発行者　辻　浩明

発行所　祥伝社《しようでんしや》

東京都千代田区神田神保町3-3
〒101-8701
電話　03（3265）2081（販売部）
電話　03（3265）2080（編集部）
電話　03（3265）3622（業務部）
www.shodensha.co.jp

印刷所　萩原印刷
製本所　積信堂
カバーフォーマットデザイン　かとうみつひこ

Printed in Japan ©2021, Yasuaki Kadota ISBN978-4-396-34754-3 C0193